O LUGAR MAIS SOMBRIO

LIVRO III

MILTON HATOUM

Dança de enganos

3ª reimpressão

Companhia Das Letras

Grafia atualizada segundo o Acordo Ortográfico da Língua Portuguesa de 1990, que entrou em vigor no Brasil em 2009.

Capa
Alceu Chiesorin Nunes

Imagem de capa
Dança de enganos III, de Guilherme Ginane, 2025. Óleo sobre papel, 65 × 50 cm.
Reprodução de Julia Thompson

Preparação
Márcia Copola

Checagem
Érico Melo

Revisão
Carmen T. S. Costa
Jane Pessoa

Dados Internacionais de Catalogação na Publicação (CIP)
(Câmara Brasileira do Livro, SP, Brasil)

Hatoum, Milton
Dança de enganos / Milton Hatoum. — 1ª ed. — São Paulo : Companhia das Letras, 2025.— (O Lugar Mais Sombrio ; 3)

ISBN 978-85-359-4267-5

1. Ficção brasileira I. Título II. Série.

25-289317 CDD-B869.3

Índice para catálogo sistemático:
1. Ficção : Literatura brasileira B869.3

Cibele Maria Dias – Bibliotecária – CRB-8/9427

EDITORA SCHWARCZ S.A.
Rua Bandeira Paulista, 702, cj. 32
04532-002 — São Paulo — SP
Telefone: (11) 3707-3500
www.companhiadasletras.com.br
www.blogdacompanhia.com.br
facebook.com/companhiadasletras
instagram.com/companhiadasletras
x.com/cialetras

O Lugar Mais Sombrio

VOLUME II — PONTOS DE FUGA

No volume anterior da trilogia O Lugar Mais Sombrio, *Pontos de fuga*, seguimos acompanhando a formação sentimental, cultural e política do jovem Martim durante a ditadura militar brasileira. O protagonista deixa Brasília e retorna a São Paulo, onde ingressa na faculdade de arquitetura e passa a morar numa república de estudantes.

Distante do pai opressor e dos amigos de Brasília, e sobretudo afastado de Dinah, a atriz com quem sua relação ficou estremecida, ele assiste ao endurecimento do regime autoritário, ao mesmo tempo que experimenta as agruras e adversidades da vida adulta.

Na cidade, Martim tem de reconstruir sua relação afetiva com pessoas e lugares. A rua da infância e do início da adolescência, por exemplo, é o local que abriga a temida sede do DOI-Codi. A partir de anotações, cartas e bilhetes, e como se estivesse destinado a um eterno exílio, acompanhamos seus dias, sempre assombrados pela incógnita do desaparecimento da mãe, Lina, que neste terceiro volume da série tomará a frente da narrativa, trazendo à tona segredos e uma nova perspectiva à história.

DANÇA DE ENGANOS

Toda mãe se desorbita.

João Guimarães Rosa

A falsidade triunfou através da dúvida, da estupidez, da piedade, do sentimentalismo.

Joseph Conrad

I

Tua vida ainda é um mistério. Quem proíbe o nosso encontro? Que demônio é esse?

Reli essas frases da última carta. Meses depois, Martim me enviou outra, uma folha com uma caligrafia de inseto, acho que para não ser lida. Ou para não ser lida por mim?

Apenas a data timbrada no envelope era legível: 5 dez. 1972. Palavras ocultas podem nos separar para sempre; essa folha interrompeu a correspondência, mas o tempo de silêncio tem uma história, por isso decidi escrever sobre minha vida e a das pessoas ao meu redor, embora ainda desconheça o demônio que proíbe o encontro com meu filho.

1.

Na Quarta-Feira de Cinzas de 1969, fui da rodoviária de Santos ao Cemitério da Filosofia, mas não cheguei a tempo para o enterro do meu pai. Levei um buquê de flores brancas para o finado Mariano Ríos, e uma rosa vermelha, viva de tão fresca, para outro defunto. Dois homens ainda estavam diante do túmulo, talvez pensassem na amizade dos três marinheiros, subtraída pela morte recente do Mariano. Os sobreviventes eram Jorge Badrouz e Oscar Doherty; usavam uniforme da Marinha Mercante, Jorge tirou o quepe para me dar os pêsames e deixou-o sobre a lápide: "Mariano e meu irmão navegaram para o inferno sem sair do porto, Lina".

Foi embora sem falar da viagem ao inferno. Oscar Doherty, ao meu lado, segurava uma palma-de-santa-rita na mão direita. Vi no túmulo do Mariano coroas de flores enviadas por mestres de cabotagem, oficiais de quarto e pilotos de rebocadores; vi um cacho de orquídeas brancas com as condolências da Delinha, e uma coroa grande e vistosa, enlaçada por uma faixa dourada com o nome da minha mãe, Ondina, dos "filhos Dácio e Lina", do "neto Martim" e o do "genro Rodolfo". O nome do meu ex-marido seria uma mensagem maledicente para mim ou um insulto à memória do morto? Por um momento, a raiva foi mais forte que a dor.

Doherty e eu, de braço dado, andamos até o jazigo da família dele: "A gente deve se conformar com a morte, Lina, mas até hoje sinto que a vida me traiu".

Conversamos um pouco e nos despedimos com um aperto de mão e beijos no rosto: mãos frias, rostos mornos e umedecidos. Oscar Doherty, capitão de longo curso, ainda usava o uniforme de tantas travessias, mas perdera o garbo e o sorriso de outros tempos. Saí do cemitério e fui andar na Ponta da Praia, até me convencer de que o nome do meu ex-marido na faixa dourada não era maledicência da Ondina, e sim um gesto peculiar de decência.

Ela e Delinha estavam no quintal, minha mãe soluçou enquanto me abraçava. A morte do Mariano ia nos livrar de todas as mágoas? Delinha abriu a gaiolona, os passarinhos sumiram, só dois tiês-sangue pousaram na aroeira. As gaiolas pequenas, já vazias, ainda estavam penduradas no beiral da edícula.

"Os pássaros e os anjos vão se encontrar com o finado", disse Ondina. "Teu pai... Por que você não chegou antes? Dácio não avisou?"

"Ele ligou para uma escola em Campinas e disse que o enterro seria às quatro da tarde. Você antecipou para as onze da manhã. Não tenho telefone no sítio, mãe."

"Você se esconde no mato, sempre vai ser tarde demais, Lina. Mas nunca é tarde para voltar a viver com teu marido e teu filho. Só assim você vai ser perdoada."

"Perdoada? Um dia Martim vai morar comigo e com o padrasto dele."

"Nada disso. Meu neto nunca vai morar com um sem-vergonha."

Ondina falava como se eu ainda fosse a filha fraca da adolescência, submissa a uma voz enérgica. Meu pai se protegia dos mandos da mulher com frases lacônicas, às vezes irônicas, mas cedia a muitos caprichos dela. Era um apaixonado submisso; a mulher controlava uma parte do salário do marinheiro e todo o dinheiro da venda de doces portugueses; isso lhe dava uma autoridade quase plena na casa.

Desde jovem, meu irmão, Dácio, a desafiava, e com frequência triunfava nos grandes embates, talvez por isso se tornara insolente, às vezes intratável. Minha mãe anulava meus desejos e destruía a confiança que eu tentava adquirir nos momentos de decisão. Estudei onde ela estudara; Ondina considerava as meninas do colégio fúteis, e as da vizinhança, pobres demais, mas eram só um pouco mais pobres do que nós. Queria ver sua própria imagem na filha, mas, ao contrário de mim, viveu com um homem que a amava e respeitava.

Ela quis me levar ao baile de formatura da Politécnica, estava ansiosa para ver o filho diplomado e conhecer os amigos dele.

"Dácio trabalha numa construtora, mas faz tempo que gosta de fotografia", disse Mariano. "Um dia vai largar a engenharia. Não sei se errou de profissão, tomara que não erre na vida. Não vou ao baile, não sei dançar."

"Eu também não sei, mas nossa filha sabe", disse Ondina, me examinando dos pés à cabeça. "Lina aprendeu a dançar com o corpo quente..."

Naquela noite no Circolo Italiano, a primeira dança foi com Dácio. Ondina acompanhava os filhos a girarem no salão; antes de terminar a valsa, ele disse que um amigo ia ao baile para conversar comigo.

"Esse teu amigo já me viu?"

"Muitas vezes. No mês passado fotografei você quando recebeu o diploma no Stella Maris. Leonardo viu as fotos do teu rosto, até me pediu pra ficar com duas. Acho que ele gostou muito de você, Lina. Às vezes basta uma imagem... Leonardo perguntou por que você estava triste, e eu não soube responder. Você estava triste na tua formatura?"

Os dançarinos rodopiavam à nossa volta, meu corpo ficou rígido, perdi o ritmo, a valsa morreu; o salão do Circolo escureceu e foi inundado por ondas de um mar agitado, e quando uma ilha se aproximou de mim, Dácio segurou meus braços e me levou à nossa mesa; pediu que eu tomasse um pouco de água, tentou me reanimar. Ainda fiquei uns minutos entregue à tontura e à visão do mar e da ilha. Aos poucos, o salão se iluminou, alguns dançarinos me olhavam, os músicos tocavam outra valsa. Vi o leque espanhol na mão agitada da Ondina, o olhar reprovava minha angústia, que ela confundia com fadiga. Dácio perguntou à nossa mãe o que tinha acontecido no Stella Maris.

"Tua irmã estava aborrecida comigo. Ela queria estudar na faculdade de direito e morar com você. Ia atrapalhar tua vida, não cabe mais ninguém naquela quitinete. Mariano é um molenga, ia permitir, mas não deixei."

"Meu pai não é molenga, Ondina. Você vai se arrepender."

Dácio soprou no meu ouvido: "Leonardo e Irma chegaram. Daqui a pouco ele vem conversar com você".

Ficou em pé, Ondina ergueu a cabeça: "O que você cochichou para Lina?".

Sem mover o rosto, ele olhou para baixo: "Disse pra minha irmã que no ano que vem ela vai estudar em São Paulo. Lina já é grandinha, madame Ríos. Ela pode morar numa pensão".

"Vim para a festa da tua formatura e você me fala essas coisas, Dácio."

Ele foi ao encontro dos dois amigos, abraçou Irma e apontou para mim: ela sorriu, os olhos esverdeados encontraram meu rosto; a trança do cabelo ruivo volteava o pescoço longo e repousava num bordado florido da blusa branca. Depois Dácio abraçou Leonardo: um moreno de estatura mediana e rosto anguloso. Ondina, de costas para eles, observava os dançarinos. Leonardo se aproximou da nossa mesa, parou e me olhou, sem distração. Os lábios dele se moviam, querendo dizer algo; o olhar, demorado e tímido, dizia mais que as palavras inaudíveis; me lembrava do olhar de outra pessoa, que eu amara tanto, e ainda não morrera em mim. Esse era o motivo da tristeza, que Leonardo percebera nas fotos do meu rosto. Deu mais um passo, e parou quando um homem alto e forte se apresentou: era da turma dos diplomados, queria conhecer a mãe e a irmã do Dácio, e pediu licença para se sentar; curvou o corpo, beijou a mão da Ondina e me cumprimentou com reverência. Minha mãe, encantada com a polidez do desconhecido, ofereceu-lhe uma cadeira e um sorriso.

Leonardo recuou lentamente, se juntou aos dois amigos e falou com eles; Dácio avançou para nossa mesa, mas logo foi retido por Irma, que o levou ao outro lado do salão; Leonardo os seguiu, parou perto deles e se encostou numa coluna redonda, o rosto voltado para mim. Dácio ouvia a amiga e olhava a mão dela brincar com a trança; Irma se aproximou de uma mesa decorada com um jarro de cristal cheio de rosas vermelhas, amarelas e brancas, pegou uma vermelha, deu para Leonardo e disse alguma coisa. Ele acendeu um cigarro e segurou o talo da rosa; começou a fumar, a rosa dançava na mão trêmula. Os dois amigos o empurravam para a frente, Leonardo dava um passo e parava. Eu estava alheia à presença do intruso na mesa, apenas escutava o zum-zum entre ele e Ondina. Meu pensamento saiu do salão do Circolo, desceu a serra do Mar e penetrou na sala de um bangalô em Santos, depois num quarto com uma estante cheia de pequenos veleiros e escunas coloridos; me lembrei da primeira tarde naquele quarto, uma sombra escureceu minha memória, e de repente regressei à noite do baile. *Acho que ele gostou muito de você, Lina. Às vezes basta uma imagem...* Vi a coluna redonda e rosada, as flores brancas, amarelas e vermelhas no jarro de cristal. Ninguém ao redor da coluna nem da mesa florida. Num susto me levantei, contornei o salão, dando passos firmes para não cair. Por que tinham ido embora, os três, sem nenhuma palavra, nenhum aceno de despedida? Ainda andei até a porta e atravessei um saguão e não os vi. Voltei à mesa. O homem dizia a Ondina que começara a trabalhar ainda criança; tivera sorte no primeiro ano da Politécnica: um professor arranjara um serviço para ele, agora já fiscalizava obras e calculava estruturas. Minha mãe ouvia com uma expressão de pesar, e quando ele disse que comprara um pequeno apartamento no Paraíso, ela comentou, com voz terna: "Você vai vencer, Rodolfo. Já venceu. Nossa casa em Santos também é pequena. Venha visitar a gente no litoral".

Ela disse onde a gente morava, fechou o leque, insinuou que eu adorava dançar. Quando ele me convidou, hesitei em aceitar, mas, diante de dois rostos suplicantes, decidi ir ao salão. Dancei com o pensamento no olhar do Leonardo e com a emoção de lembranças recentes. Nesse devaneio, que durou duas valsas, dei um sorriso, que Rodolfo tomou para si.

Foi uma dança de enganos.

Rodolfo conquistou a simpatia da Ondina, mas não a do meu pai; ela dizia que o engenheiro era muito educado, trabalhava numa construtora e tinha futuro. Meu irmão tentou evitar o namoro, mas eu mesma fui cúmplice da única grande derrota dele nos embates com minha mãe; Dácio só se dirigia a ela, como se eu fosse uma irmã invisível, e as palavras sensatas do Mariano foram desprezadas até por mim. Na véspera do noivado, Delinha perguntou: "O que você sente por esse homem?". Eu disse que ele era afetuoso, e sentia que ele me amava. Ela olhou para mim: "Não tem mãe, pai nem irmão pra decidir, Lina. É só você com o teu coração".

Meu casamento talvez tenha sido um erro consentido, e o mais grave da minha vida. Quantos filhos não são frutos de um grande engano, que só o tempo desvela? Ainda insisti em estudar na capital, mas Ondina dizia que eu ia me perder na cidade grande. Se eu não escapasse das garras da minha mãe, ia viver arruinada, minha juventude seria amargurada pela lembrança de uma tragédia, que talvez eu conte depois, nestas memórias.

Não revelei ao Martim o que ouvi da minha mãe no dia do enterro do meu pai. No guarda-roupa do quarto deles, vi uniformes da Marinha Mercante, quepes, sapatos brancos, galochas, instrumentos de pesca, uma carteira de trabalho, fotos tiradas em Santos e outros portos; abri um estojo de couro, peguei a bússola prateada, me deitei na cama. A voz materna chegava ao quarto, mas eu escutava a do Mariano na minha infância, quando o amor de um pai é mais importante que nós mesmos. Buscava esse amor quando eu e Martim passávamos uns dias em Santos, até minha mãe nos mandar de volta a São Paulo. Ela reprovava o "gênio difícil" do genro, mas não admitia minha separação: motivo da última querela entre meus pais. Ondina nunca aludiu a esse bate-boca. Quem não quer se livrar da culpa, esse demônio que nos angustia?

No dia do enterro do meu pai, Delinha implorou à patroa que parasse de me insultar, o falatório cessou, mas quando Ondina me viu deitada, com a bússola prateada no peito, ouvi as frases mais ferinas da noite. Ela, não eu, tinha a cara da desgraça. Saí da cama da viúva e fui para o outro quarto, onde Martim também dormia quando descíamos para Santos. Lembro que Mariano levava o neto ao Mercado da Ponta da Praia, aos mangues para ver guarás-vermelhos, ao morro do Xixová, a São Vicente... Lá na aldeia dos Paranapuã, ele comprou para o Martim colares e pulseiras, as "bugigangas" que Rodolfo quis jogar no lixo mas foram salvas e estão no oratório desta casa.

De manhã, Delinha contou o que acontecera na noite da morte do Mariano.

"Teus pais jantavam cedo, umas sete horas, nem isso. Seu Mariano comia devagar. Eu tinha caprichado no suflê de camarão. Aí Ondina interrompeu. Ela disse que não suportava ver a filha rameira. O rosto do teu pai ficou cinza. O susto que levei... Ele jogou o talher no prato, pegou a bengala e disse: 'Se você é incapaz de amar nossa filha, não pode amar ninguém'. Saiu mancando, Lina. Não aguentou ouvir a filha ser chamada de rameira. Se eu fiquei triste, imagina ele, doido por você. Guardei a comida, lavei a louça e fui pro meu quarto. Lá pelas nove, Ondina apareceu no quintal e disse: 'Traz aquele beberrão para cá'. Ele gostava de tomar uma cachacinha com os amigos no Bar do Estuário. Fui lá no boteco, não tinha mais Carnaval, cantoria nem batucada, só bebedeira e choro. Aí vi seu Mariano no chão. Ele guardava um segredo sério no coração."

Meu pai morreu na última noite carnavalesca. Os amigos levaram o corpo para nossa casa: a camisa suada, com cheiro de cachaça, o peito ainda morno, o segredo sério no coração parado.

"Tua mãe me pediu pra avisar os outros amigos", disse Delinha. "A notícia se espalhou, o chalé ficou cheio de gente do porto. Saí pra chamar um médico, providenciar caixão e enterro. Aí, de madrugada, tua mãe mudou de ideia, quis enterrar o pobre antes do meio-dia, ela não queria todo aquele povo no cemitério. Depois disse: 'Meu marido morreu quando farreava'."

Delinha queria que eu ficasse uma semana em Santos, mas, para evitar outro embate com minha mãe, fiquei apenas dois dias e voltei para Campinas.

Sempre confiei nas palavras da Delinha, minha amiga desde a infância. Ela foi trabalhar no chalé quando tinha uns onze anos, um pouco mais nova que meu irmão. Minha mãe e uma freira do Stella Maris foram à Casa da Criança de Santos e examinaram uma por uma as meninas órfãs. Delinha olhou o rosto da futura patroa e pediu: "Dona, leva eu com a senhora".

Ela já sabia ler e escrever, aprendia a costurar e cozinhar no orfanato; queria liberdade onde teria que trabalhar, mas ainda estudou quatro anos no Stella Maris.

"Lá no orfanato uma freira me ensinou a não abaixar a cabeça pra ninguém. Mulher boa e braba, Lina. Era um pouco dobrada de tão corcunda. Tinha cara de coruja e andava nos mangues e morros catando meninas abandonadas."

Delinha fingia obedecer à voz ríspida da Ondina, mas fazia o que achava certo. No fundo, a patroa dependia da órfã para viver. Quando Mariano navegava nas pequenas cabotagens, minha mãe ficava apavorada durante os aguaceiros noturnos, ela imaginava uma tormenta no mar e rezava em voz alta pela salvação do marido; Delinha saía do quarto no quintal e dormia na cama da patroa, que temia sonhar com naufrágio, afogamento, morte. Eu mesma sonhei com esses temores maternos, que atormentaram muitas noites da minha juventude e persistiram por bastante tempo.

Só me livrei desses pesadelos em janeiro de 1968, quando meu filho foi morar com o pai dele em Brasília e eu me mudei para o sítio em Campinas, onde vivi mais de dois anos com Leonardo. Uma parte das nossas refeições vinha da horta e do pomar; quase tudo ao redor era mata, e a menos de quinhentos metros do sítio, numa região de campina, tinha um lago onde às vezes a gente se banhava. Os vizinhos mais próximos eram os donos de uma estância e de uma fazendola, situadas numa área dividida pela estrada do Pardal. Lembro uma manhã em que aconteceu uma coisa estranha: eu tinha um compromisso em São Paulo no dia seguinte, era o terceiro mês no sítio. Naquela manhã, o Volga desapareceu. Leo o procurou no pomar, na mata, na campina, na estrada do Pardal… Eu me apeguei ao Volga desde a primeira vez que o vi na quitinete da São Luís: um vira-lata pequeno, que o Leo encontrou ferido na beira de uma rodovia. Dormia na varanda e latia, escandaloso, a qualquer ruído. As manchas marrons esparsadas na pelagem pareciam o mapa de um arquipélago; quando Leo e o cachorrinho se encaravam, notava no olhar deles a alegria de uma recompensa mútua.

Quando voltei de São Paulo, o Volga continuava sumido. Nunca reapareceu. Leo estava abatido, e eu, por outro motivo, prostrada, lacerada pela culpa. Ele não quis adotar nem comprar um filhote.

"Sofrer de novo, Lina?"

Vi aquarelas da face do Volga, cujo olhar, tão vivo nas pinturas, me entristeceu; vi desenhos de um beija-flor--safira de peito azulado, o pássaro mais bonito do pomar. Leo também me mostrou suas primeiras telas, pintadas em Ouro Preto. De vez em quando, ele levava quadros para um galerista em São Paulo, e duas vezes por semana lecionava desenho numa escola para crianças e jovens, no centro de Campinas. Tentava vender seus trabalhos para minhas alunas de francês, mas elas diziam que não eram pinturas decorativas, não iam pendurar numa parede da sala aqueles rostos horríveis. Consegui vender três telas antigas para Santina, uma aluna que morava sozinha num casarão no Cambuí. Ela ia com frequência a São Paulo, às vezes com Honório, o irmão que cuidava dos negócios da família. Eu dava aula numa antessala ao lado do hall, e só uma vez Santina me convidou para conhecer a casa. Ela fazia perguntas e observações pouco sutis: "Por que você vive entocada no sítio? Só tem essas sandálias? Uma professora de francês não combina com esse vestido velho".

Ela quis saber o que as primeiras pinturas do Leo, com figuras ao redor de uma mesa, tinham a ver com as telas recentes. Eu disse que muitos pintores mudavam de estilo, mas Santina detestava mudanças. Ela me pagava as aulas com uma nota alta, e não aceitava o troco. Era uma boa gorjeta para que eu ouvisse desaforos e fofocas.

Quando Leo ia pernoitar na capital, eu preferia ficar no sítio; sentia um pouco de medo nas noites de chuva com blecaute, quando meus devaneios, na escuridão ou à luz de lamparina, me levavam ao meu filho. O verdadeiro temor no sítio não vinha da natureza, e sim de uma dupla de caçadores. Uma tarde de domingo, a caminho do laguinho, vimos de longe os dois homens na campina; um deles apontava uma espingarda para uma árvore, o outro segurava um facão. Voltamos. Essa dupla sumiu por algum tempo. Leo disse que não eram propriamente caçadores, não atiravam por esporte nem para comer os bichos abatidos: baleavam os animais e adiavam, com gozo de maldade, o disparo fatal. Deleitavam-se com o sofrimento de um veado, cachorro-do-mato, ouriço-cacheiro, uma capivara. No domingo seguinte, vimos a carcaça de uma cutia na beira do laguinho; ali perto, na fronteira da mata com a campina, um macaco-prego pendia do galho de uma árvore.

Uma noite, ouvimos ecos de estampidos e de gargalhadas. Na mata escura, algum animal agonizava. Leo tentou me acalmar: era melhor esquecer aqueles loucos.

2.

Numa carta, Martim perguntou: *Você se apaixonou mesmo por esse artista? Quando tudo isso começou? Como?*

É possível explicar ou entender certos sentimentos? Meu filho cursava o colegial em Brasília quando fez essas perguntas.

Nas lições de francês no Paraíso, ele teimava em traduzir *tomber amoureux* por "cair apaixonado". Não estava totalmente errado: às vezes uma pessoa cai por excesso de amor, e não se ergue do tombo.

Numa quinta-feira de maio, passei na quitinete da São Luís para pegar fotos do Dácio e vendê-las às minhas alunas da capital. Ele disse: "Meu amigo não costuma passar por aqui de manhã. Parece que vocês combinaram".

Era Leonardo. A gente não se via desde a festa de formatura dos engenheiros. O cabelo levemente acinzentado o envelhecia mais que o rosto, que não mudara tanto. Ele se aproximou de mim, um pouco hesitante, e me encarou com o olhar daquela noite, como se o passado ainda estivesse vivo.

Dácio quis sair da quitinete, mas eu inventei um compromisso e fui embora sem pegar as fotos. Nos dois encontros com Leo, num intervalo de quinze ou dezesseis anos, nenhum escutara a voz do outro.

Eu mal falava com o meu marido e, na intimidade, sufocava meu choro. Uma só lágrima seria um triunfo para ele, que perdeu o controle e a vigilância sobre mim quando comecei a trabalhar, graças a Antonio Verona, professor de história no Salesiano, e o único com quem eu conversava.

Depois de uma reunião com os pais de alunos, ele me disse que Martim sempre ficava sozinho durante o recreio, e se afastava da turma nos "passeios históricos" ao centro de São Paulo. Quando os valentões da sala chamavam meu filho de "múmia caiçara" e "Martim dos tamancos", ele os enfrentava, apanhava, entrava em casa com a roupa rasgada, queria me cumprimentar com os lábios inchados e cortados, e se chateava quando eu evitava o rosto dele. Não era o sangue... E quando era castigado pelo pai, o riso de escárnio na boca machucada enfurecia ainda mais o homem.

Disse a Verona que estranhava a atitude do Martim, mencionei problemas no meu casamento e a necessidade de trabalhar. Ele sugeriu que eu lecionasse francês, fez contatos com mães de alunos, e quando elas se interessaram pelas aulas particulares, decidi enfrentar a pressão de um homem que me queria engaiolada na servidão do lar. Não queria mais dormir com ele, sentia asco de uma pessoa que me humilhava. "A professorinha da Vila Mariana, do Jabaquara e da Bela Vista", ele dizia quando eu chegava atrasada em casa, depois de perguntar o motivo da demora. Lembro que, a partir de abril de 1964, adquiriu a mania de dizer nas igrejas e padarias do bairro que "a revolução dos militares" ia "libertar o Brasil do comunismo".

Há sempre algo adormecido em algum desvão obscuro da nossa mente. Não reconhecia o homem que se casara comigo, nem o pai dos primeiros anos da infância de Martim. Num feriado de Quinze de Novembro, o último na praia dos Pescadores, ele repetia com uma euforia louca aquela frase. Lembro que me afastei dele e do meu filho e corri para o mar. Não foi um acidente. Não queria mais voltar… Martim percebeu meu desespero, senti a presença dele, antes de ouvir a voz; senti — como tantas mães sentem ou intuem — a angústia do filho, o pavor de perder a mãe. Enquanto me distanciava da margem, ele dava braçadas e mergulhava na minha direção, até me enlaçar e me levar à beira da praia. Vi no rosto de catorze anos os olhos escuros e aflitos. Agora, tanto tempo depois, só posso imaginar aquele rosto e o olhar, que parecem as formas de um segredo.

Quando Rodolfo se ajoelhou na areia e se curvou sobre meu corpo, expeli o resto de água salgada. A inimizade por ele era mais forte que o desamor, e eu já estava novamente apaixonada, dessa vez por Leonardo.

Menos de um mês depois do nosso reencontro na quitinete da São Luís, Leonardo me ligou no meio de uma manhã: ouvi uma confissão de amor, que não foi longa nem derramada; depois perguntou se eu queria viver com ele em Campinas e me pediu que pensasse nisso.

Não teria força moral para suportar uma separação, mas estava enganada quanto a mim mesma. A recusa em rever Leonardo durou alguns dias: o tempo de negar a vida. Pensei no incidente na praia dos Pescadores e decidi viver uma verdadeira história de amor. E não foi a única.

A vida com meu marido era um vazio, mas cheio de humilhações. Ele festejou o nascimento do Martim, e tomou para si uma parte da infância do nosso filho. Nos fins de semana, ele o levava à missa, depois a uma quermesse ou a um parque, e voltavam de noitinha. Com esses gestos de amor paterno, eu podia ouvir música, ir ao cinema, ler. Mas eram de fato gestos amorosos? Quando meu filho me pedia para ir junto, o pai proibia. Martim me dizia que ele só falava de religião e o obrigava a rezar; ele temia que o filho, quando crescesse, fosse como meu irmão. Lembro a pergunta do Martim, com as palavras do pai: "Por que tio Dácio é um homem estragado?".

Foi quando decidi ir com eles às quermesses do bairro; me entediava com os bingos, prendas, com a carolice de mulheres que lembrava a da minha mãe; pedia a Martim que inventasse uma dor de cabeça ou de dente, a gente se livrava daquele homem, sem saber como ele reagiria depois. Era imprevisível: às vezes ficava arredio, carrancudo ou taciturno; quando indagava sobre a dor do filho, eu pegava na bolsa uma cartela de analgésicos, que eu mesma usava. Quando nós três íamos ao centro, Martim parava na Casa Godinho e pedia um mil-folhas; o pai olhava para a criança com água na boca, e então dizia: "É um doce delicioso, mas não para hoje".

Essa avareza me parecia incompreensível, porque ele gostava muito do Martim. Mesmo antes de começar a trabalhar, eu não pedia um tostão a Rodolfo; às vezes Mariano me dava uma mesada magra, mas essa generosidade não ficava barata. Um dia, Ondina disse na minha presença: "O dinheiro dessa mesada sacrifica nossa vida no chalé". Anos depois, Delinha revelou que o verdadeiro sacrifício recaía nela, que recebia com atraso o salário. Ouvi isso da própria Delinha, e transferi minha culpa ao Rodolfo. A avareza dele não o fazia feliz, mas muita gente suporta a infelicidade para tramar um futuro próspero.

A decisão de viver com Leonardo foi quase tão difícil quanto me separar do meu filho. Quando falei disso numa carta, Martim ignorou minhas palavras e meu sentimento; e como não pude acompanhar a passagem dele à vida adulta, atribuí sua hostilidade a Leonardo à imaturidade de um adolescente. Mas a maturidade depende só da idade? A rígida educação moral e religiosa da minha geração era um entrave para o rompimento de um matrimônio. Lia romances com uma excitação fantasiosa, que me distanciava das noites com Rodolfo; vivia com Martim outras fugas imaginárias quando folheávamos o *Guide pratique de Paris*, a cidade que desejávamos visitar sem Rodolfo, dono de outros sonhos.

No primeiro telefonema, Leo me disse que depois da festa dos engenheiros me enviara duas cartas que, sem dúvida, minha mãe havia lido e jogado fora. Pensei, com raiva e temor, que ela seria capaz de cometer atos até mais vis.

No dia da nossa despedida, Martim não quis conversar com Leonardo durante o almoço no Flor de Lotus, e até foi estúpido com ele; depois, a caminho do Paraíso, me chamou de mãe postiça, com coração seco. Eu não sabia de muitas coisas, e Martim, menos ainda. Rodolfo exigiu que o nosso filho fosse morar com ele em Brasília, e, para minha surpresa e decepção, Dácio, de início, concordou. Relutei como pude, me vi sozinha diante da exigência do Rodolfo e do argumento do Dácio: dinheiro. Mas não acreditei totalmente nisso: pensava em coisas absurdas, que me pareciam vagas, confusas, e que só fizeram sentido anos depois...

3.

Dácio usou a Kombi do Leonardo para fazer minha mudança do apartamento da rua Tutoia, no Paraíso. Era minha vida que mudava. Ele levou para o térreo os vasos com hortênsias e lilases; deixei uns livros para o Martim, e quando tudo estava embalado, encontrei no fundo do guarda-roupa o álbum com fotos do meu casamento e uma caixa de papelão com o vestido, o véu e a grinalda; Dácio riu, e disse que ia me esperar lá embaixo. Me lembrei da cara contrariada do meu pai e do que repetira, dia após dia, na minha última semana de solteira: "Você tem certeza? Pensa bem, Lina. Ainda dá tempo".

O tempo foi breve demais para revelar meu próprio engano. Ainda vi nas fotos de casamento meu rosto perplexo, com um sorriso murcho. Deixei o álbum e a caixa no mesmo lugar, e de noitinha liguei para Rodolfo e disse que eu ia viver com outra pessoa. Ficou mudo por uns segundos, e eu, tomada pelo medo. Você não pode viver, muito menos amar uma pessoa, se sentir medo. Era uma das armas daquele homem. Uma frase dele ficou cravada na minha memória: "Nunca mais você vai ver meu filho".

Dissimulei a dor na minha voz, pensando na ameaça de nunca mais rever Martim. Naquela noite, quando Rodolfo foi ao edifício da São Luís, Dácio o proibiu de subir. Na calçada, ele disse ao cunhado que não sabia nada de mim. Não eram, nunca foram amigos. O que um teria pensado do outro? Como se enfrentariam? Depois Dácio me disse: "Ele virou as costas e foi embora com o corpo pesado de tanta covardia". Quando recorreu a Ondina, pensei que ela fosse falar das cartas enviadas por Leonardo, tanto tempo antes. Ela temia o temperamento agressivo do genro, mas, como certas mães que anulam os desejos de uma filha, Ondina tinha certeza de que eu ia renunciar a viver com a pessoa que amava.

Com Dácio ela fracassou. Ainda menina, percebi o chamego da Ondina pelo meu irmão. Seria apenas uma afeição exagerada? Ele tinha consciência de que o amor materno era mal distribuído: ganhava em excesso o que eu recebia em migalhas. Herdou a discrição e a ironia do nosso pai; agia como bem entendesse, e muito do que fazia, provocava e irritava Ondina. Mariano, extrovertido nos bares do porto, era reservado no chalé, onde procurava paz na rede do quintal.

Delinha era outra que tratava meu irmão a pão de ló; os afagos ao filho querido da patroa vinham de longe. Quando ela foi morar nos fundos do quintal, Dácio conversava e brincava com a menina, ferida por uma infância órfã. Anos depois, já estudante da Politécnica e estagiário numa construtora, ele exigiu que Ondina pagasse um salário à empregada. Não foi a única desavença entre mãe e filho. Quando ele descia para Santos, afastava Delinha do forno, dos tachos e do esfregão; iam de bonde a Paquetá, jantavam na praça Mauá e voltavam ao chalé com a alegria de uma aventura realizada. Ondina censurava o filho, sem saber se os passeios com a empregada eram uma prova de altruísmo ou uma intimidade que ameaçava o caloroso amor materno. Às vezes Delinha subia a serra, deixava na quitinete da São Luís um presente da Ondina, e voltava ao chalé sem uma carta, nem mesmo um bilhete, para a mãe, que, no entanto, preparara pastéis de nata e sonhos para o filho.

Mas tudo mudou depois do Natal de 1967: nossa última ceia. Mesa farta, poucas palavras. O assunto da minha separação ficou no ar úmido e abafado, que minha mãe respirava com desalento. Lembro que Dácio lhe deu de presente uma foto de trabalhadoras numa fábrica de tecidos do Brás; ela apenas olhou com apreensão as mulheres pobres tecendo o pano da nossa roupa. Depois da sobremesa, pegou a foto emoldurada e, antes de ir para o quarto, disse que não haveria jantar na passagem de ano, às vezes animado com o canto e os acordes dos violeiros nas canoas do canal, iluminadas por candeeiros. Martim perguntou por que não ia ter festa; ela respondeu, sem peia, em voz alta: "Tua mãe sabe".

Mariano percebeu o ambiente fúnebre e levou o neto para dar uma volta e conversar; ele deve ter falado da angústia do Martim diante da separação dos pais, de rupturas e decepções que a vida nos impõe, de escolhas movidas pelo desejo e pelo amor, e da minha felicidade, que tornara infeliz a mulher dele.

Na sala, eu sussurrava ao Dácio que não queria ficar longe do meu filho, podia contar com a ajuda temporária do meu pai e do Leonardo antes de começar a lecionar francês em Campinas.

"Nosso pai se aposentou há quatro anos e recebe uma pensão de merda. Você quer sacrificar o velho? Meu amigo e cunhado é uma lesma, pensa mais do que pinta, só vende aquarelas de borboletas e passarinhos."

"Leonardo é uma lesma, Dácio? Por acaso você consegue vender tuas fotos?"

O zumbido de uma varejeira me enervava, uma voz perguntou se o nome do meu "amante" era Leonardo. Ondina entrara sorrateiramente na sala e me encarava com olho de ogro. Eu disse que ela nunca saberia nada daquela história. Cruzou os braços num gesto tenso, e o corpo só se abriu para o afeto do filho, o rosto lamentável no peito dele. A tristeza era apenas pela fratura da família?

Dácio foi com ela para o quarto, e só voltou à sala quando Martim e Mariano chegaram; meu pai previa a reação da Ondina, confirmada pelo olhar dos filhos. Meu irmão se despediu da Delinha; eu e Martim passamos nossa última noite juntos no meu quarto do chalé.

Em São Paulo, numa conversa com Dácio e Leonardo, ainda insisti que meu filho devia morar comigo. Eles se olharam de um jeito misterioso, que me excluía. Por fim, Dácio disse: "Mariano pode te ajudar? Se dinheiro não é problema, então liga pro teu ex-marido... O maior problema é ele".

Rodolfo foi irredutível. Ameaçou: "Se você apelar à Justiça, vai perder feio. Não é só adultério. Você é mais baixa que uma puta. Martim só tem o pai".

Meu irmão e Leonardo notaram a lividez do meu rosto; disse a eles, com uma voz sufocada, que seria mais prudente meu filho viver por um tempo longe de mim. Dácio sugeriu que a gente falasse com ele, lá mesmo na quitinete, no último dia do ano.

Martim livrou o pai de uma decisão imposta por ele e pôs toda a culpa em mim. Às vezes um filho, incapaz de compreender, ou mesmo de ouvir um argumento plausível, age com um instinto maléfico, agressivo, e a mãe mal o reconhece. Na nossa despedida na padaria Flor do Paraíso, ele rasgou uma aquarela, presente do Leo; e o que me disse, com voz raivosa e ressentida, me lembrou a estupidez do pai dele quando eu me recusava a acompanhá-lo a missas e quermesses, ou quando caçoava dos urros ensandecidos ao "glorioso governo militar".

4.

Ainda anda por Minas? Por que leva essa vida de cigana?

Meu filho queria respostas para o que estava acontecendo à minha revelia. Em Minas, eu e Leo já passávamos por uma fase conturbada, depois de vivermos uns dois anos em Campinas.

Numa ida a São Paulo, Leonardo soube que minha mãe havia sido internada na Santa Casa de Santos. Eu ia viajar para Goiânia alguns dias depois. Dácio já tinha reservado um quarto no Grande Hotel e comprado a passagem de ônibus; por um zelo excessivo, ele me enviara também um mapa da cidade. Ia passar o fim de semana em Goiânia, e dois ou três dias em Brasília, onde conheceria a escola e os amigos do Martim. No fundo, meu desejo era voltar com ele; daria mais aulas de francês, ele estudaria numa escola pública em Campinas, depois a gente construiria um quarto e um banheiro fora da casa do sítio. Leonardo não se entusiasmou com a ideia: sugeriu que eu falasse com Dácio. Por quê? O que poderia impedir a presença do Martim no sítio?

Minha decisão não dependia de nenhum dos dois, mas depois de visitar Ondina no hospital, tudo se complicou.

Anoitecia quando entrei na Santa Casa de Santos; um médico me acompanhou até o quarto: minha mãe desmaiara no quintal do chalé, sentia dores nas pernas e no peito, mas o coração parecia bom. Podia ser só fadiga, ou um transtorno passageiro; ela repousava e tomava soro. Rosto pálido, corpo mais magro, olhos quase fechados; uma enfermeira penteara o cabelo cinzento. Lembrei que não beijava o rosto da Ondina desde o dia do enterro do meu pai. Senti remorso, molhei com algodão os lábios ressequidos, ela sussurrou: "Dácio me disse... Você vai ver meu neto em Goiânia... Viaja sexta-feira, não é?". Quando eu confirmei, ela repetiu "meu neto", os olhos se abriram e piscaram para o teto branco. Depois começou a falar em voz baixa, alheia à minha presença. Misturava a infância no Minho com a juventude em Santos, o pai pescador com o marido marinheiro. Ouvia os saltos de tempos e lugares, nomes de portos e barcos, em Portugal e no Brasil, e os nomes dos dois homens mortos, cujos retratos estavam presos na correntinha de prata sobre os seios secos. Foi sedada. No meio da manhã, toquei levemente com o indicador o queixo da Ondina, beijei seu rosto, vi meus olhos nos olhos dela, fechados. O que nos distanciara? Quem se afastara primeiro? Quando aquilo tinha começado? No momento em que abriu os olhos, esse encanto acabou. Tomou uma sopa, queria voltar para casa. O médico só deu alta no fim da manhã de sexta-feira.

Delinha nos esperava para almoçar, ela comprara uma estatueta de gesso de Nossa Senhora do Monte Serrat e pedira à santa: livrasse dos pensamentos ruins a cabeça da patroa. Esperei da minha mãe uma reação raivosa, mas ela agradeceu a estatueta e a reza. No fim do almoço, disse: "Não me lembro da queda no quintal, Delinha".

"Não foi uma queda, Ondina. Eu catava folhas secas, você molhava as plantas com uma mangueira e chamava o Dácio de ingrato. Falou que só, até ficar vermelha. Reclamou de um formigamento nas pernas e de dor no peito, ficou tonta e se molhou toda com a mangueira. Aí se encostou no tronco da palmeira e desmaiou."

Delinha pegou um porta-retratos na gaveta da cômoda, deixou-o ao meu lado, e quando ia atender uma ligação, Ondina se levantou e foi falar com o filho. A voz, antes fraca, se avolumou, num tom lamentoso e dócil: "Senti uma tontura e desmaiei. Agora estou melhor". Ouviu Dácio por uns minutos, e no rosto seco surgiu um sorriso de lábios úmidos.

Foi uma cura por telefone. A voz do filho reanimara a mulher, em paz até comigo. Ela se aproximou da mesa e pegou o porta-retratos: Martim, Dácio e Mariano num barquinho, antes de partir para uma pescaria. Observou de muito perto os três pescadores. De quem sentia mais saudade?

Virou o rosto para Delinha: "Esse barco dos irmãos Chalupa é mais velho que os canais de Santos. Eles saíram num dia de sol, o tempo mudou, foi horrível. Não pescaram nada, por pouco não morreram".

"Não tinha chuva nem tempestade", disse Delinha. "Martim pulou no mar e quase se afogou. Dácio e seu Mariano salvaram o menino, Lina. Ninguém quis contar pra você."

"Quando foi isso?"

"No verão."

"Só você se lembra disso, Délia. Pega aquela sacola com os presentes do Martim."

Ondina havia separado para Martim a bússola alemã, fotos, uma caixinha de doces e vinte libras esterlinas.

"Mariano comprou de tripulantes ingleses. Diga que o avô dele mandou esse dinheiro."

"Não é melhor dizer que você mandou? O avô dele morreu, mãe."

"Morreu para você. Meu neto sabe que Mariano está vivo. Pergunta pra Delinha."

"Sabe mesmo, Lina", disse Delinha. "Bota logo esse dinheiro na tua bolsa."

Guardei as vinte libras. A bússola, as fotos e os doces foram esquecidos no chalé. No fim da tarde, ia subir para São Paulo e esperar na rodoviária o ônibus para Goiânia, mas um telefonema antecipou minha saída. Delinha atendeu: "É pra você, Lina".

Escutei barulho de trânsito, e logo uma voz firme: "Dácio vai falar, querida".

Ele me pediu que voltasse para Campinas: viajar para Goiânia seria um grande risco para mim; ele já deixara uma mensagem na recepção do Grande Hotel. "Não diz nada pra Ondina." Depois dessa advertência, desligou, sem esperar minha pergunta: "O que aconteceu?".

Minha mãe fez essa pergunta, e eu errei ao dizer que ia cancelar a viagem e voltar para o sítio. Como contar a ela que seria um "grande risco" ver meu filho em Goiânia? Não sabia o que estava em jogo. A trégua sempre precária com minha mãe foi rompida.

"Você é uma escrava desse teu amante... Ele te proibiu de ver meu neto."

"Foi uma amiga da Lina que ligou."

"Não é amiga, Delinha. Ele manda uma mulher qualquer ligar. Lina não ama Martim, por isso cancelou a viagem. Por que castiga tanto meu neto?"

Fui embora decidida a nunca mais entrar no chalé. Na subida da serra, minha frustração e angústia cresceram. Eu precisava falar com meu irmão, começava a escurecer quando vi, próximo da praça Dom José Gaspar, a luz vermelha de uma viatura policial; a poucos metros da estátua de Gaspar, dois soldados chutavam a cabeça de um menino, encolhido no chão; quando as botas se afastavam do corpo, uma luz baça mostrava o rosto dele, inchado e sôfrego, e os curiosos viam tudo em silêncio. Tinham areia nos olhos ou estavam sedados? Perguntei aos policiais por que chutavam o menino, um deles, o mais baixo, gritou: "Sai pra lá". O corpo golpeado não tremia mais, os gemidos cessaram. Murmúrios e depois protestos deram fim à cegueira e à sedação. A dupla fardada andou na direção da viatura, outras pessoas se aproximaram, uma mulher cobriu o corpo com folhas de jornal, pôs uma vela acesa ao lado da cabeça do menino e se benzeu. Uma ambulância estacionou ali perto, corri até o prédio do Dácio, mas ele não estava na quitinete. A caminho da rodoviária, pensava no menino assassinado na praça: o que parecia distante de mim, ou adormecido na minha consciência, se juntou à lembrança da detenção do Martim em Brasília. A ânsia de ver meu filho atravessava a fronteira da noite, e eu mesma me via desembarcando numa cidade desconhecida.

No ônibus para Goiânia, fiquei encolhida num assento do fundo; vários passageiros eram pobres, talvez migrantes desempregados, que São Paulo mandava de volta ao centro do Brasil. O motorista entrou na cabine, fechei a cortininha e os olhos. Como seria o amanhecer no cerrado? Era a viagem sem movimento: partir, sem sair do lugar. Foi por muito pouco, um quase nada de tempo. Passageiros reclamavam do atraso da partida, e no meio daquele burburinho ouvi meu nome; um homem se aproximou de mim: que eu pegasse minha bagagem e descesse do ônibus. Neguei com a cabeça, numa reação automática. Dácio se agachou, e depois de cochichar no meu ouvido, a esperança de ver meu filho deu um salto para um lado obscuro da vida.

Eu e Dácio andamos em silêncio por uma rua mal iluminada do centro de São Paulo. Estava aborrecido comigo. Parei e pedi uma explicação; apenas me olhou com altivez. Xinguei meu irmão, larguei a sacola e, no calor de uma noite infeliz, dei tapas nos ombros e no peito dele. Não reagiu. Minhas mãos doíam, meu corpo todo... Eu tinha esperado mais de dois anos por aquela viagem.

"Você ia cair numa cilada em Goiânia, Lina. Você e meu sobrinho. Antes de telefonar pra Santos, imaginei coisas absurdas, fiz suposições malucas... A imaginação dá alguma lógica ao absurdo."

Uma mulher alta, de minissaia verde, se aproximou.

"Que lógica, Dácio?", eu disse em voz alta.

"Esse cabeludo tá mexendo com você?", perguntou a mulher.

"Ele é meu irmão."

"Mesmo? Não se parecem nadinha. Cuidado com esse irmão."

Ela tocou a boca com dois dedos, Dácio lhe deu um maço de cigarros e um isqueiro; fumou ao nosso lado, e eu pensava na lógica, no absurdo, nas suposições malucas, nas frases sussurradas no ônibus. Não queria sair dali sem uma explicação. A mulher acendeu o isqueiro, examinou o rosto do Dácio, os lábios vermelhos sorriram: "Você me deu um folheto no largo do Paissandú? Eu saía da igreja... Não li, joguei fora o papel. O bonitão é vendedor?".

Ele disse que vendia fotos, o folheto era propaganda; ela ainda observava o rosto do Dácio.

"Fotos? Propaganda?"

Devolveu o isqueiro e o maço, ficou na calçada. Um farol iluminou a rua, uma picape diminuiu a marcha e, antes que parasse, a mulher olhou para mim e deu adeus.

"Suposições malucas? O que você imaginou?"

O porteiro do prédio dissera a Dácio que eu tinha passado por lá; ele pegou um táxi para a rodoviária e conseguiu chegar a tempo. Na manhã daquela sexta-feira, ligara para o hotel de Goiânia a fim de falar com um hóspede, o recepcionista disse que aquele hóspede só chegaria no dia seguinte: o sábado do meu encontro com Martim. O hóspede era o pai dele. Será que Rodolfo dormiu no Grande Hotel? Ou soube pelo recepcionista que eu não estava lá e desistiu de ir a Goiânia? Essas e outras perguntas ficaram perdidas naquela noite de março.

Rodolfo provavelmente perturbaria o encontro com meu filho, como no sonho que ele me contara numa carta. Martim não soube que o pai poderia estar no hotel, e eu apenas imaginei esse pesadelo. Um fio de realidade unia o sonho à imaginação; a sagacidade do Dácio talvez tenha evitado um ato violento, mas o desejo frustrado não se apaga.

Era tarde para voltar ao sítio; Dácio sugeriu que eu passasse a noite na quitinete, Irma também dormiria lá. Era a amiga que havia ligado para Santos: amiga e cunhada. Eu tinha visto Irma no Circolo Italiano e, anos depois, na quitinete da São Luís. Parecia que éramos amigas desde sempre. Não há pessoas assim?

Na tarde de um sábado, vimos uma exposição no Masp e, na saída, senti enjoo e tontura; entramos no Parque Trianon e nos sentamos num banco sombreado. Irma contou que lecionava língua inglesa num cursinho, mas sempre falava de literatura e indicava aos alunos a leitura de algum romance.

Passei a mão na testa, comprimi as têmporas, disfarcei meu mal-estar.

"Certas personagens fazem parte da nossa memória, nos ajudam a pensar, Lina."

Tinha esquecido a cartela de analgésicos, mas Irma, não. Engoli uma aspirina, repousei a cabeça no colo da minha cunhada e fiquei quieta, à espera das primeiras pontadas. Não conseguia pensar em nenhuma personagem. Qual poderia me ajudar no inferno de uma cefaleia? Aqui fora, na realidade, são as pessoas que agem, pensam e, eventualmente, nos ajudam.

Foi ela, Irma, que me socorreu poucas semanas depois, num momento muito complicado, em que a morte e a culpa estavam implicadas, e só para ela contei uma passagem da minha vida, que talvez revele nestas memórias.

Desde o dia em que Rodolfo me falou da prisão do meu filho, evitei comentar certos assuntos com aquele homem. Uma vez, em São Paulo, enquanto Leo visitava uma galeria de arte, liguei da quitinete do Dácio para Brasília. Era uma manhã quente, uma onda cinzenta e adensada de edifícios avançava no ar sujo e se aproximava da serra da Cantareira. Ouvi do Rodolfo que "Martim e um bando de agitadores" tinham sido detidos e fichados. "Um tal de Nortista é vadio e impertinente", ele disse. "A namorada do Martim escapou. Aquela moça não vale nada. Que tipo de educação você deu pro meu filho?"

Quando fez uma pausa, soltei dois ou três desaforos, e a voz de Brasília sumiu.

A lembrança dessa conversa misturava-se com o assassinato na Dom José Gaspar; Dácio já sabia disso. Irma sabia mais: um menino negro que arrancara o colar de uma mulher na Galeria Metrópole foi agarrado na praça por dois policiais, que o espancaram até a morte.

Irma disse o que eu estava pensando: "Você ficou impressionada com o assassinato desse menino, Lina. Mas isso não é um sinal de que não vai mais ver teu filho. Diz pra ele que você teve que cancelar a viagem".

Dácio achava imprudente: Martim ficaria aborrecido, diria coisas insensatas, e o pai dele escutaria tudo.

"Imprudente?", disse Irma. "Telefona pra Brasília, Lina. Tua mãe não estava internada? Diz isso pro Martim."

Quando a telefonista completou a ligação, Rodolfo, fora de si, falou que Martim trabalhava para um livreiro comunista, e ele não admitia isso. Depois, mais calmo, disse que ia me receber com um buquê de rosas vermelhas em Goiânia. Entendi essa ironia como uma ameaça.

Agora escuto a voz das palavras escritas. A chuva fina é um véu que encobre o casario, as igrejas e prenuncia a noite melancólica. Na serra piscam luzes, tão fracas que parecem estrelas mortiças, em algum momento vão sumir no horizonte frio.

Dácio e Irma dormiram no sofá-cama; os corpos, juntos, em posição invertida: os pés da Irma roçavam a cabeça do meu irmão, o cabelo da minha cunhada tocava o carpete e brilhava à luz do abajur. Deitada numa esteira de palha, pensava no encontro perdido. Qual teria sido a reação do Martim ao ler a mensagem do recepcionista do hotel? Acreditaria nos motivos da minha ausência? Se Ondina contasse a verdade, ele não confiaria mais em mim? O abajur iluminava tenuamente os retratos de imigrantes pendurados nas paredes. Nos rostos envelhecidos de homens e mulheres, o olhar baço e sofrido parecia vir de um tempo distante, talvez o da infância em algum vilarejo pobre da Itália, da Espanha, de Portugal...

Na tarde daquele sábado, meu irmão e Irma foram comigo para Campinas. Leonardo não se surpreendeu: "Aquele cara aprontou, não é? Eu já desconfiava. Você passou a noite sem dormir por causa dele".

"Meu sono foi rasgado, Leo. Pensava no meu filho e via nas paredes rostos enrugados. A saleta daquela quitinete é uma exposição permanente do sofrimento e da velhice. Por que Dácio só fotografa imigrantes?"

"Eles fazem parte da nossa história, Lina. Nossos avós paternos eram espanhóis, desembarcaram em Santos com um menininho. Uma vez, numa pescaria com os irmãos Chalupa, toquei nesse assunto. Mariano disse: 'Minha mãe morreu de tifo. Só me lembro do rosto e das mãos. Meu pai era um homem calado, sem amigos. Cuidava de mim, falava espanhol comigo. A gente morava no quarto de uma hospedaria. Eu ia para a escola, ele trabalhava numa fábrica de tecidos. Uma noite, chegou tarde. Não estava bêbado, mas fez um pouco de barulho e me acordou. Caiu na cama sem tirar a roupa. Me levantei cedinho, a cama do meu pai estava arrumada, como sempre. Deixou as coisas dele, e me deixou órfão'."

O órfão trabalhou quatro anos numa fábrica de botões e pentes, depois se mudou para Paranapiacaba, onde foi padeiro na Vila dos Ingleses. No Alto da Serra, em manhãs ensolaradas e com pouca neblina, avistava as cidades do litoral e se lembrava vagamente do navio com imigrantes europeus, da confusão do desembarque, da longa espera no colo da mãe, da impaciência do pai. Num sábado, desceu a serra para rever o mar, se encantou por Santos, conseguiu um emprego na Padaria Aurora e deixou o passado no planalto.

Mariano dizia a Dácio que Santos era um formigueiro de imigrantes do mundo todo, um porto caiçara e cosmopolita. "A chuva trouxe tua mãe para minha vida... A chuva e o pão."

Os canais da cidade ainda estavam em construção, e quando a chuvarada inundava o areal nos arredores da padaria, Mariano transportava os fregueses numa carroça. Uma tarde, levou Ondina à pensão onde ela morava. Foi um namoro longo; ela não queria se casar com um padeiro, Mariano saiu da Aurora, foi estivador por alguns anos, até ingressar na Marinha Mercante como oficial de quarto. Ondina dizia às amigas do Stella Maris que ia se casar com um "mestre náutico".

Martim ignorava o sobrenome do pai e escrevia o do avô: Rios, sem o acento no "i". Num domingo de junho de 1964, Mariano Ríos foi preso quando bebia e jogava dominó num bar perto do Sindicato dos Operários Portuários, depois foi interrogado no quartel dos fuzileiros navais e, antes de ser conduzido ao porão de um navio, enviou um bilhete a Ondina: ia embarcar para Vitória. Ela não engoliu a mentira.

Lembrei as palavras do Jorge Badrouz no Cemitério da Filosofia: "Mariano e meu irmão navegaram para o inferno sem sair do porto, Lina".

Ondina e os familiares de outros prisioneiros rezavam, acendiam velas no cais, dormiam ao relento, ou nem dormiam, temerosos de que o cárcere flutuante zarpasse durante a noite.

Irma e Leonardo sabiam muito mais da vida do meu pai do que eu. Por que só naquele sábado Dácio me revelou a prisão do Mariano Ríos?

Vejo através do vidro da janela a cruz iluminada da Mercês de Cima; mais longe, o volume dos morros é quase indistinto. A noite parece o espelho da memória, nem sempre é possível lembrar quando se quer lembrar. Não há inocência no passado. A voz do Dácio me levou a um domingo de julho de 1964: era a última semana de férias, entramos no chalé na hora do almoço, Ondina falou de um acidente: Mariano passara dezessete dias no hospital, mal podia andar, só tomava sopa e mingau.

"Por que não me avisou?"

"Pergunta para ele. Está deitado lá fora."

Martim correu até o quintal e estranhou: Mariano permaneceu na rede, o corpo coberto por um lençol. Ele não podia abraçar nem beijar o neto; quando Martim viu a mão esquerda enfaixada, a boca inchada e a cabeça raspada, se agachou e começou a chorar.

Meu pai tocou a cabeça com o indicador da mão direita: "Piolhos, querido. Esses parasitas são terríveis. Sugam nosso sangue, ferem nossa cachola... Piolhos e um tombo, uma queda bruta. Essa viagem foi a mais desastrosa".

Martim beijou a mão esquerda do Mariano e ficou à espera de uma história daquela viagem, a única que ele não podia contar. Durante o almoço, Ondina disse: "Os marinheiros tropeçam nas escadinhas, caem no porão. Teu avô não sabe onde pisa, Martim. Sempre foi meio avoado".

Ele pedira a Ondina, Delinha e Dácio que não contassem nada para mim nem para o meu filho. Parou de navegar, não apenas pelos estragos no corpo. Um vazio de desejos embaçava o olhar do Mariano Ríos, como se outra vida começasse, e no fundo dessa nova existência sem substância, alguma coisa se apagava, lentamente. Essa mudança o lançara na fronteira de uma zona sem escape; ainda viveu uns poucos anos, abatido, com dificuldade de andar, a mão esquerda quase paralisada. Quando conversava com Martim e com os amigos marinheiros, tentava se livrar do desconsolo e recuperava, com um pouco de ânimo, o que havia de mais humano nele. Mas já não era o mesmo. Na minha presença, ele saía do torpor de aposentado por invalidez e dizia para Ondina: "Aquele teu genro é um piolho, a desgraça da nossa filha". Depois, no quintal, dividia a atenção entre os pássaros engaiolados e os outros, que pousavam na folhagem da aroeira ou voavam ao redor das flores brancas e arroxeadas da quaresmeira. Uma brisa morna e salgada lançava Mariano Ríos num sono profundo; assim, aos poucos, morria meu pai.

Nunca é tarde para ver um pouco de luz na sombra de palavras esquecidas. Uma parte da vida do Mariano permanecia oculta, e o que aconteceu de essencial no meu próprio passado — a impressão forte e duradoura de ter gozado um pedaço da minha juventude — ficou trancado no interior de uma concha. Muita coisa é um mistério para o meu filho, que tanto indagava sobre minha vida. E nem que seja só para mim, é preciso revelar cruamente o que essa concha esconde.

5.

Martim devia ter oito ou nove anos. Mariano chegara do Bar do Estuário com os irmãos Chalupa, dois caiçaras de São Vicente; eram gêmeos, mas tão diferentes na aparência que nem pareciam filhos dos mesmos pais; eles se assemelhavam na ousadia e no destemor: pescavam num barquinho velho, frágil demais para enfrentar tempestades; no casco da proa, pinturas de conchas, caracóis, de algas coloridas que pareciam serpentinas; tinham fama de grandes tarrafeiros, vendiam peixes e frutos do mar no Gonzaga e em José Menino, e ofereciam a sobra aos amigos.

Naquela madrugada, quando os três continuaram a beber no quintal, Ondina saiu da cama e foi até lá.

"Emporcalharam tudo e acordaram a pobre da Delinha. Essa fumaceira do fogareiro me dá enjoo. Isso é hora de assar camarões e dar gargalhadas?"

Ela esquecia a fumaceira e as gargalhadas quando recebia peixes e camarões dos irmãos pescadores; mas proibia certos amigos do Mariano de frequentar o quintal da casa, dizia que os nordestinos e pretos do Bar do Estuário cheiravam a café, cachaça, graxa, saco de juta. Ela os julgava pelo cheiro, o mesmo do meu pai quando voltava de um forró num bairro operário tão humilde quanto o Macuco dos carpinteiros, funcionários das docas, comerciários e costureiras.

Martim ouvia do seu avô histórias sobre a queima de milhares de sacas de café; falava-se disso na minha infância, eu imaginava colonos fugindo de cafezais em chamas, casas de fazenda incendiadas, até meu pai explicar que os fazendeiros paulistas queimavam toneladas de grãos para aumentar o preço do café. O motivo da minha aflição com incêndios devastadores não passava de um mecanismo econômico.

Ondina tolerava a outra turma do Mariano: "os amigos da bússola". No quintal assavam sardinhas no fogareiro, bebiam cerveja, jogavam dominó e xadrez; às vezes um dos Chalupa tocava violão, o outro cantava; falavam de política e futebol, as grandes desavenças, mas a conversa sempre voltava às viagens marítimas. O mais simpático era o mestre de cabotagem Jorge Badrouz: o rosto alargado de onça, a cicatriz em cruz no queixo proeminente e as sobrancelhas que pareciam taturanas contrastavam com o jeito bonachão. O cabelo era um emaranhado de ondas cinzentas, os olhos azulados faiscavam quando contava relatos tenebrosos em alto-mar, que fascinavam Delinha e apavoravam Ondina. Outro amigo era o contramestre Acir Peritinho, franzino e tagarela, o rosto chupado dividido pelos óculos de lentes grossas e armação prateada. Delinha fazia pouco dele: "Tem focinho de gambá, só falta ser fedorento". Mariano dizia que Acir navegava num mar de ressentimentos, sofria com a pretensão de ser comandante, fazia mexericos com tripulantes mais qualificados, culpava-os pelo próprio fracasso, e ainda palpitava sobre assuntos que desconhecia. "Acir é um marinheiro inacessível à modéstia", ironizava Mariano. "Não se contenta em dar ordens no convés, e já é velho demais para a glória das grandes travessias."

O eterno contramestre Acir era o avesso do viúvo Oscar Doherty, um capitão de longo curso, e dos mais respeitados. Eu viajava com a voz do Doherty quando ele falava de Dacar, Gênova, Hamburgo, Barcelona e Marselha. Foi ele, Oscar, que deu ao meu pai uma bússola alemã, que Martim, ainda pequeno, admirava na concha das mãos e observava a agulha procurar o Norte. Essa bússola fez parte da minha vida.

Cerca de três anos e meio após o fim da Segunda Guerra, Delinha entrou no meu quarto: "O comandante e o filho dele estão na sala. Jonas é um filhão. Vai lá ver as visitas, menina, tua mãe tá pedindo".

O olhar da Ondina e a pressão dos dentes no lábio inferior recriminavam minha roupa caseira e o cabelo despenteado. Doherty usava uniforme branco, com divisas pretas e uma estrela dourada na ombreira. Ao lado da porta, vi um guarda-chuva com cabo de madrepérola: a tarde nublada daquele sábado prometia chuva no friozinho de julho. Oscar me apresentou a Jonas: não era tão alto nem garboso quanto o pai, mas o timbre da voz era o mesmo. Herdara da finada mãe a pele muito amorenada, o cabelo e os olhos pretos, o rosto arredondado.

Ele acompanhara Doherty numa viagem a Curaçao e Rotterdam, onde adquiriram num antiquário a bússola alemã. Com delicadeza, Jonas entregou o estojo de couro preto a Mariano, que se emocionou quando viu a bússola prateada; reparei na alegria desconcertante de um homem que recebe um presente precioso e só tem a voz e um abraço para agradecer. O orgulho da Ondina não cedeu às palavras nem ao gesto do marido; pediu a Delinha que servisse café e pastéis de nata, e enquanto o comandante contava a recente viagem, Jonas me ofereceu uma caixinha de chocolate e falou da sua paixão pela pilotagem marítima, uma arte que estudara no Rio e praticava com o pai. Ondina dividia a audição entre as duas conversas; Jonas falava baixo, o rosto a dois palmos do meu. O olho direito dele, meio vesgo, me desnorteava um pouco, mas logo me acostumei com esse desvio. Dos nossos olhares e vozes surgiram depois um bilhete e um telefonema, que resultaram no primeiro beijo de um namoro que eu não queria clandestino.

Quando Doherty estava no mar, eu me encontrava com Jonas na casa dele, sempre aos sábados e domingos. Não eram escapadas. Ia completar dezessete anos, vivia acossada pela vigilância severa da Ondina, pela disciplina rígida do Stella Maris, pela pressão de ser a melhor aluna, e pela angústia de não ter amigos. O amor me livrou de muitas amarras, reavivou minha primeira juventude, que agonizava entre o chalé e a escola. Sonhava em viver com Jonas longe de Santos, talvez em Natal, Aracaju ou Maceió, cidades que ele conhecera ainda jovem, em viagens com os pais.

Num domingo, quando "os amigos da bússola" saíram do chalé, Ondina e Doherty ficaram conversando na ponte do canal até o anoitecer. Durante o jantar, ela mencionou o cavalheirismo do comandante e o futuro do filho na Marinha Mercante. Ela teria maquinado alguma coisa? Pensava nisso no meu quarto calorento e úmido, o som das cigarras não chamava chuva, não era o tempo que mudava, mas sim meu corpo de asas crescidas, prontas para o primeiro voo. Ondina não decepou essas asas. Quando convidou Jonas para almoçar no chalé, meu pai viu nas iguarias um gesto de bajulação da mulher, que se derreteu para o convidado. Quando Jonas foi embora, ela elogiou o bangalô ajardinado do viúvo Doherty, perto da praia do Gonzaga; exagerou a beleza e o tamanho da casa, só para inocular culpa no marido.

"Por que você não fez o curso da Marinha Mercante no Rio? Não digo para comandante, mas contramestre ou piloto de rebocador já seria bem melhor... Compara teu salário com o dos teus amigos. Você quis ser faxineiro de navio e ficou encalhado. Esse chalé só não é mais apertado que os barracos lá dos morros. A única graça dessa casa é a palmeira-imperial no quintalzinho."

Ela queria morar no Gonzaga, Boqueirão ou em José Menino, numa casa grande com um jardim cheio de flamingos e garças, e uma varanda para o mar. Quando eu dizia a Ondina que Jonas me convidara para almoçar, ela exigia que Delinha me acompanhasse e que a gente voltasse antes das seis, talvez atribuindo à noite o perigo da devassidão. Eu entrava na casa do Gonzaga e Delinha ia passear. Durante nosso namoro, Jonas fez apenas uma viagem com Doherty, me enviou postais de Gênova e Marselha, e uma carta de Hamburgo. Lembro que entrou no chalé com uma sacola de presentes: blusas de seda italiana, chocolate francês, e um anel de prata com uma pedrinha de ônix, cobiçado pelo olhar da Ondina.

Nos sábados de sol, a gente navegava num pequeno bote pelos canais dos mangues, eu desconhecia os meandros sinuosos de água salobra ou salgada, de cujo fundo lodoso

Jonas fisgava pequenos blocos de conchas, e cacos de urnas funerárias indígenas, enterradas havia séculos. A gente colhia flores grandes e amarelas de guanxumas, que Delinha usava para fazer chá. Antes de anoitecer, ela nos esperava no porto do estuário e, com um sorriso maledicente, perguntava: "Tinha muito mosquito nos mangues? Vocês foram picados? Cadê as flores pra curar minhas dores?".

Uma tarde, vi no quarto do Jonas o retrato de uma morena, o olhar amoroso para a lente da câmera. O ciúme que senti... Era a mãe dele, caiçara de Peruíbe. Foi sua última foto, numa ilha não muito distante do litoral. Jonas já morava em São Paulo, onde estudava direito; gostava da capital, mas descia a serra todo fim de semana para ficar perto do mar e da mãe. Quando ela morreu, sentiu que aquele mundo não era mais dele, abandonou os estudos e quis viver a maior parte do tempo no mar.

Ele viajara com os pais pelo litoral do Brasil, e antes de ingressar na faculdade, visitou Belém, onde Doherty cursara a Escola de Marinha Mercante do Pará. Depois da morte da mãe, não saiu de casa por um tempo, até decidir fazer o curso de náutica do Loide Brasileiro. "Eu estava em São Paulo quando aconteceu. Meu pai comandava um cargueiro que se aproximava do porto. O piloto do rebocador avisou que minha mãe estava no hospital. Aneurisma. Não deu tempo para o último olhar, e o que meu pai disse, minha mãe não pôde ouvir."

Nas viagens com Doherty, Jonas levava aquela foto da mãe, escrevia poemas para ela, alguns em inglês, uma das línguas paternas; os que eu li, mencionavam três palavras: "mar", "memória", "ilha". Jonas me ensinou inglês na casa do Gonzaga, onde conheci o amor na sala avarandada e no jardim sonhados por Ondina. Quase não senti passar esse tempo, tão veloz quanto efêmero para uma paixão da juventude, quando não sentimos nada além do desejo. Vida sem memória e sem futuro, apenas a ardência de cada momento.

Se meu filho estivesse diante de mim, será que eu contaria que a mocinha virgem mergulhou com medo mas sem culpa no corpo do amado? Um corpo que só foi encontrado, numa manhã de maio, seis dias depois de um misterioso acidente. O mar o traiu e o levou à morte? O mar, ou o vago e confuso absurdo que o abismo atrai? Às vezes uma ave de mau agouro atravessa o tempo da alma. Naquele tempo de felicidade, cravado no coração da minha juventude, não pensava na morte. E só depois da tragédia disse a mim mesma que apenas a morte podia destruir o amor.

"Os amigos da bússola" navegaram pela baía de Santos e por um longo trecho do litoral; na manhã do sexto dia de busca, quando o *Loide Argentina* entrava na barra, o comandante Doherty estranhou o movimento de barcos pesqueiros e de uma lancha da Marinha; pouco depois, recebeu a notícia do sumiço do filho e zarpou sozinho no barco pesqueiro dos Chalupa; lembro que meu pai e outros marinheiros o esperaram na praia do Gonzaga; eu, Ondina e Delinha ficamos afastadas do grupo, e só no fim da tarde o barco colorido se aproximou lentamente da praia. Quando atracou, vimos na proa o corpo do Jonas nos braços do Doherty. Os marinheiros foram até lá, ajudaram Doherty a descer com o filho e seguiram em fila até a areia, como um cortejo que emergia do mar. Depois não vi mais nada, meus olhos foram vendados pelas lágrimas, meu corpo caiu na areia ainda morna, de vez em quando ouvia os soluços da Delinha e da Ondina, sentadas ao meu lado.

Ninguém soube quando Jonas desapareceu; a gente ia se ver na manhã do sábado, mas o bangalô no Gonzaga estava fechado. De tarde, voltei lá com Delinha, e esperamos em vão até o anoitecer. Mariano e os amigos preveniram a Marinha, e na manhã do domingo a busca começou. Só Doherty conhecia o destino... Ele encontrou o corpo do filho numa ilhota, a poucas milhas náuticas de Santos; o bote com um pequeno motor havia sumido.

Depois da morte da mãe do Jonas, Doherty levou o filho para conhecer aquela ilha pequena, onde os pais, antes de ele nascer, passavam o dia e às vezes a noite no meio do mar.

As reuniões no quintal com "os amigos da bússola" rarearam. Num domingo — poucas semanas depois da missa de sétimo dia do Jonas —, Jorge Badrouz e Acir Peritinho foram jogar xadrez com Mariano; sortearam o par de adversários, arrumaram as peças no tabuleiro, mas as mãos dos jogadores não se moveram. Ficaram em silêncio, até Acir insinuar que a pequena embarcação do Jonas naufragara. Badrouz disse: "Impossível. Eram dias de sol, com vento mansinho até para pequenos veleiros". Conversaram um pouco sobre os mistérios do incidente e foram visitar Doherty. "Os amigos da bússola" batiam boca, invejavam uns aos outros, contavam vantagens, fantasiavam façanhas marítimas, mas quando um deles sofria um grave dano, moral ou material, os outros o ajudavam.

O afeto materno durou apenas o tempo do namoro e duas semanas de luto; Ondina voltou a ser a mãe tempestuosa, sempre pronta para proibir, desconfiar, acusar; ela via no meu namoro com Jonas a iminência de um casamento, desfeito pela fatalidade. Foi um luto longo; a saudade ficava mais forte nos fins de semana, quando eu me lembrava dos corpos acalorados no bote ancorado na praia deserta de um rio ou num areal perto do mar. As perguntas da Ondina rasgavam minhas lembranças: "Jonas mexeu no teu corpo? Vocês se deitaram...? Como foi esse namoro?".

Quando ele estava vivo, ela comentava: "Que rapaz delicado e atencioso... E olha que a mãe era caiçara! Mas acho que a educação dele veio do comandante Oscar".

Minha mãe sabia que algo acontecera com meu corpo, e se envergonhava disso; mas a felicidade do amor, guardada na minha memória, era uma posse preciosa. Quando engravidei, ela perguntava: "Teu marido não desconfia? Não pergunta nada?".

Lembro que contei para Martim um sonho: nós dois navegávamos num lago sem margens, talvez fosse o mar do meu passado amoroso. Numa carta ele me disse que cochilou quando remava no lago de Brasília, e acordou com duas baionetas apontadas para o seu peito. Será que o cochilo do remador tinha alguma relação com a desgraça do Jonas?

Não fui ao velório nem ao enterro. Durante alguns anos, o comandante Doherty ainda atravessou oceanos; quando parou de navegar, saía do bangalô do Gonzaga para deixar flores sobre os túmulos da mulher e do filho. Certa vez, Mariano ouviu do amigo: "Só o amor pela tua filha fez Jonas renunciar ao mar".

Quando cheguei atrasada para o enterro do meu pai, Doherty esperou Jorge Badrouz sair do Cemitério da Filosofia e disse que Mariano lhe mostrara fotos do Martim e falara da minha separação. Doherty sabia a quem se destinava a rosa vermelha, que eu segurava pelo talo.

Diante do jazigo da família dele, deixou as palmas-de--santa-rita sobre a lápide do filho e disse: "Em alto-mar tudo é imprevisível, Lina, mas a gente aprende a enfrentar o mau humor do tempo. Só o destino é irreversível".

Enfiei o talo da rosa numa fenda da moldura do retrato do Jonas, me sentei na lápide, e enquanto olhava o rosto do náufrago, relembrei a primeira tarde de amor na casa do Gonzaga, o pudor e o medo vencidos pelo desejo. Pensava naquela tarde, e em outras, calorentas, frias, chuvosas e úmidas, tão impossíveis de serem revividas quanto esquecidas. Senti um leve toque nos meus ombros nus e me levantei, arrepiada e trêmula.

Eram as mãos do Doherty, num gesto de consolo. Olhou para longe, além do Cemitério da Filosofia, botou o quepe sobre a lápide, a âncora da aba na direção do mar: "Que belo piloto de longo curso meu filho seria...".

Inútil dizer qualquer palavra, como se a vida do Doherty fosse um eterno presente, assombrado pela memória do filho.

6.

Irma não dissimulou o sorriso quando revelei que o nome do meu filho guardava a lembrança do Jonas Martim Doherty. Dácio, surpreso, perguntou: "Meu sobrinho sabe disso?". Leonardo se levantou bruscamente, pegou o copo com caipirinha, mas não bebeu: apenas me olhou, com ciúme do marinheiro afogado. Dácio conhecia os Doherty, mas não minha história com Jonas. Ondina jamais diria ao filho que eu tinha saído da estufa como uma flor malquista e despetalada. Ficou pensativo, até olhar para Irma e dizer algo que me entristeceu e inquietou Leo: "A gente também vai viajar, mas não para uma ilha, muito menos para a morte".

Eles pretendiam se mudar para Boston, onde morava um amigo do Dácio.

"Mais um engenheiro fotógrafo, Lina. É quase um irmão na outra América. A gente vai passar um tempo na casa dele."

Leonardo perguntou se estavam preparados para aquela viagem. Dácio respondeu com um olhar demorado, como se na amizade entre eles o afeto e a lealdade fossem mais fortes que numa relação entre parentes próximos.

Senti uma saudade temporã dos futuros viajantes, mas fiquei menos abatida que Leonardo. De noitinha, lanchamos na varanda, depois Dácio e Leo foram conversar perto da cerca de madeira. Às vezes Leo falava um pouco mais alto, mesmo assim eu não entendia.

"Por que tanta confidência entre os dois, Irma?"

"Acho que Leonardo sente ciúme, Lina."

"De quem?"

"Desse quase irmão do Dácio. Ele é uns dois anos mais velho. Quando se formou na Poli, foi morar nos Estados Unidos. Telefona pra falar de galerias de arte de Boston e Providence. Dácio vai levar todos os negativos, ele quer fazer uma exposição, vender fotos... Vou tentar lecionar inglês para imigrantes. Se tudo der certo, a gente vai conhecer New Orleans."

A ânsia de deixar nosso país nos faz estrangeiros antes da viagem. Será que eu ia perder uma amiga? Irma negou com a cabeça; o olhar dela, fiel e sereno, parecia naïf, como se fossem olhos em outro rosto. Ela andou na direção da cerca, parou na escuridão e disse que queria voltar para São Paulo. O corpo vestido de branco ressurgiu na claridade da varanda, e pouco depois os dois amigos deixaram na noite os segredos sussurrados. Quando Dácio entrou no carro da Irma, perguntei a Leonardo o que ele e meu irmão tinham conversado.

"Tenho poucos amigos, Lina. Dácio e Irma são os mais próximos. Tentei convencer teu irmão a ficar no Brasil, mas não teve jeito. Você sabe como ele é teimoso, só vê o que quer ver, e tapa os ouvidos pra todo mundo, menos pra Irma."

* * *

Preparei as aulas da semana, folheei um livro de caligrafia do Leonardo, arrumei na estante os livros de arte, e já passava da meia-noite quando comecei a escrever uma carta para o Martim: *Ondina estava internada na Santa Casa...* Parei para pensar se não seria melhor contar o que de fato acontecera. Qual seria o risco de dizer a verdade? Martim e o pai brigariam? Aquele homem, mais forte, machucaria meu filho? Larguei a caneta, num rompante rasguei a folha. Vi no cavalete uma tela com pinceladas vermelhas e cinzentas; na banqueta, um estudo a lápis de um rosto. Apaguei a luz da sala. Dácio e Irma vão morar longe. Um tal irmão na outra América. Dácio diz que as figuras pintadas por Leonardo, quase sempre escuras e sem nitidez, se aproximam da arte abstrata. Pinturas opacas, e os versos caligrafados são ilegíveis. Leo concorda, mas não muda o estilo. Diz que a opacidade tem um valor estético que Dácio não sabe ver. Escutei ruídos, talvez um ouriço-cacheiro, um lobo-guará ou um cachorro-do-mato. Não havia casos de assalto na estrada do Pardal; Leonardo dormia, o breu cobria o verde da mata, os ruídos lá fora cessaram; deixei no chão os pedaços da folha, me deitei pensando na carta que não escrevi. De manhãzinha, Leo me despertou com uma voz calma, mas sem disfarçar o assombro no rosto. Três cabeças de animais estavam cravadas nos mourões da cerca; os olhos abertos, baços e tristes, miravam as janelas da casa, como esculturas vivas, sinistras.

"Acho que aqueles dois caçadores fizeram essa barbaridade."

"Mas por que fizeram isso na cerca do sítio?"

Enquanto a gente enterrava as cabeças, fiz analogias absurdas, visões horríveis não saíam da minha mente.

Leonardo não se alarmou: tinha certeza de que os vândalos não tornariam a agir, mas eu temia outro ato bárbaro e sugeri que a gente saísse do sítio.

Será que mais longe de Santos eu sentiria tanta mágoa da Ondina? Mágoa e raiva. Há coisa pior do que ouvir da própria mãe que a filha "rameira" não ama seu filho?

Leonardo sabia escutar, e nada decidia sozinho. Sugeriu vender o sítio e comprar uma chácara na serra do Japi, pertinho de Jundiaí, ou em outro lugar na região de Campinas. Mas o que aconteceu naquela semana mudou nossa vida.

Na manhã da quarta-feira, a gente foi de Kombi a São Paulo. Leo ia à galeria de arte e depois almoçaria com Dácio. Fui direto para a quitinete da São Luís, voltaria a Campinas ao meio-dia e daria aulas durante a tarde.

Vi numa parede da saleta uma fotografia grande em preto e branco de um navio velho. Perguntei pelas fotos com rostos de imigrantes.

"Dei para a família deles, Lina. Vou sair dessa quitinete e morar com Irma numa pensão. É mais barato, a gente tá juntando grana para a viagem, ninguém sabe o que vai acontecer por lá."

Quando contei o ato bárbaro na madrugada de domingo, meu irmão perguntou: "Cabeças cravadas na cerca? Quantas?".

"Três", eu disse. "Dois lobos-guará e um cachorrinho-do-mato. A gente não encontrou os corpos. As patas decepadas foram jogadas no gramado. Fiquei apavorada, Leo não quis avisar a polícia."

"Fez bem, seria perda de tempo. Isso pode ser um recado. As imobiliárias e empreiteiras estão comprando sítios e chácaras ao redor de Campinas. Vão construir condomínios. Leonardo nunca quis vender o sítio, mas agora é mais prudente pular a cerca e passar um tempo longe. Minas... Leonardo gosta muito de Ouro Preto. Ele não te falou das nossas viagens pra lá?"

"Falou um pouco do Carnaval e do Guignard. Leo adorava esse pintor."

"Ele aprendeu tudo de desenho e pintura com Guignard. Aprendeu também a amar as crianças. Você sabe, Leonardo é agitado por dentro, e um pouco engessado por fora. Mas o gesso se esfarelava no Carnaval de Ouro Preto. Vou te mostrar umas fotos."

Pegou duas pastas na "caverna de revelações", como chamava o laboratório; abriu a primeira, com fotos de Ouro Preto. Desde o tempo da Politécnica, ele e Leonardo costumavam passar as férias de julho e o Carnaval na cidade mineira. Alguém havia tirado uma fotografia dos dois com Irma, tão juntos que pareciam um corpo com três cabeças. Vi uma foto do Guignard rodeado de crianças, e retratos de uma mulher e de uma menina.

"Lisandra e a irmãzinha dela, a Aurora", disse Dácio. "Nossas amigas mineiras."

"Essa irmãzinha é filha temporã de outra mãe? Ou outro pai?"

"Não. Aurora é filha de uma outra história. Não vem ao caso. Olha essa foto. Sabe quem é?"

"Esse camaleão mascarado?"

"As escamas são lantejoulas verdes, vermelhas e azuis. Foi uma das minhas primeiras fotos coloridas... O camaleão dizia que a vida dele ia mudar. Leonardo mudou mesmo, não é?"

Dácio pegou da outra pasta retratos que fez do Martim, aos seis e oito anos, quando as feições dele já tinham se livrado de qualquer traço paterno. Guardou as pastas na "caverna" e me viu diante da imagem granulada do navio: o monstro de aço parecia rasgar a parede e irromper na sala; na parte inferior do casco, vi um retrato do tamanho de um selo: era o rosto moreno e magro do nosso pai, ainda jovem.

"Você estava em Santos quando Mariano foi preso? Por que colou o rosto dele nesse navio medonho?"

"Não, eu estava em Minas. Nossa mãe só me avisou quando ele foi solto. Encontrei a foto desse navio nos arquivos de um jornal. O retratinho do nosso pai é do ano em que ele participou de uma greve depois da Guerra Civil Espanhola. Os portuários de Santos se recusavam a descarregar os navios que vinham da Espanha franquista. Foi a primeira detenção do Mariano... Esse navio medonho é antigo, navega há muito tempo no litoral brasileiro."

Dei duas aulas em Jundiaí, e a última, às cinco da tarde, em Campinas; Leonardo, sempre pontual quando me apanhava no Cambuí, não apareceu. Um táxi me deixou no sítio. Não vi a Kombi; destranquei a porta, a lâmpada da sala havia queimado. Senti um cheiro ácido; a porta do quarto estava entreaberta, e a luz, acesa. Vi uma mancha escura na soleira, recuei até a varanda, olhei ao redor, andei devagar pela faixa de terra batida, depois corri até a estrada do Pardal. O que poderia ter acontecido? Animais abatidos, sangrando no quarto...? Leo chegou mais cedo de São Paulo, os assaltantes o mataram ou sequestraram e fugiram com a Kombi? Se alguém estivesse de tocaia na casa, teria escutado o ruído da chave e meus passos na sala? Na escuridão da estrada, imaginava cenas sinistras. Num ímpeto, decidi voltar para o sítio e entrar na casa. Acendi uma lamparina e a lanterna. A mancha escura na soleira do quarto era tinta preta; lá dentro, o cheiro ácido ficou mais forte, meus olhos ainda ardiam quando vi manchas vermelhas e pretas na cama, nos tacos do piso, nas paredes. No guarda-roupa, duas palavras com letras enormes: PUTA e DEVASSA. Só porque eu tomava banho no chuveiro perto da horta e andava nua pelo pomar?

Os livros e o cavalete estavam amontoados num canto da sala; as aquarelas em papel cuchê, rasgadas; a tela com a pintura inacabada, cortada em xis, cheirava a urina. Juntei os desenhos rasgados e os livros, limpei a tela esfaqueada, passei um pano no chão. Ouvi a buzina da Kombi e fui à varanda. Leonardo começou a falar de um acidente e do congestionamento na Anhanguera: não tinha como me avisar.

Cobri o rosto com o pano de chão, meu corpo tremia. Leo correu para me abraçar.

"Invadiram a casa. Não arrombaram portas nem janelas."

"Machucaram você?", perguntou, com voz nervosa.

"Vim de táxi, os vândalos já tinham ido embora."

Trocamos a fechadura das portas, lixamos o guarda-roupa e o piso, pintamos as paredes, mas não colocamos grade nas janelas: a gente ia viver num sítio ou numa cela?

Leo sabia da voracidade de imobiliárias e construtoras, mas preferia vender a propriedade a um conhecido. Me lembrei da Santina, a única aluna que comprara pinturas do Leo. Numa tarde em que ele foi me buscar no Cambuí, Santina me acompanhou até a calçada. Quando Leo estacionou a Kombi, sugeri que ele conversasse com Santina sobre a venda do sítio: o irmão dela, Honório, talvez se interessasse pela propriedade. Leo concordou e se apresentou à minha aluna.

"Vocês vão gostar do Honório", disse Santina. "Ele é muito correto, cuida dos nossos imóveis e da fábrica. Nossa família é uma das mais antigas e tradicionais dessa região. Não querem conhecer a casa?"

Na sala onde entrei pela primeira vez, Santina falou de um antepassado paterno, Eugenio Aranha, dono de engenhos de açúcar e de fazendas cafeeiras.

"A história do meu tataravô é incrível. Ele foi pioneiro no comércio do café nessa região."

Vimos pinturas da propriedade Mato Dentro, de fazendas no Vale do Paraíba, de bustos dos avós e bisavós paternos; depois Santina pegou na estante um livro de capa dura. Era uma edição recente da história familiar, ilustrada com fotografias em preto e branco e coloridas. Ela mostrou imagens dos bisavôs: "aristocratas da época do Império"; dos avôs no início da República, e do filho de um deles, de mãos dadas com a esposa, ambos ao lado de Getúlio Vargas no Palácio do Catete; nas últimas páginas, vimos fotos coloridas da Santina e do Honório — netos dos avós republicanos — e dos dois bisnetos, sobrinhos da minha aluna, todos reunidos na sede de uma fazenda ao norte de Campinas.

Perguntei pela esposa do Honório, ausente naquelas fotos.

Fechou o livro da família e me encarou: "Essa doida fugiu com um amante e largou os filhos com meu irmão. Tem mulher assim...".

Leo fez menção de ir embora, mas ela quis mostrar os quartos, a área de serviço e a cozinha. Na copa, Santina perguntou se Leonardo lecionava pintura.

"Só para crianças e jovens", Leo respondeu.

"Que pena", ela lamentou diante das telas do Leo, penduradas numa parede revestida de azulejos verdes. "Não tinha lugar nas paredes da sala. Mas todo dia no café da manhã dou uma olhada nessas pinturas."

Foi uma visita rápida: o tempo de uma antipatia. Na Kombi, Leo desabafou: "A gente vai vender o sítio pro irmão dessa tua aluna? Você viu onde ela pendurou minhas telas?".

Quando Santina e Honório visitaram o sítio, não mencionamos os atos de vandalismo; Honório andou pelo pomar e disse que tinha gostado da propriedade: era ideal para passar o fim de semana com os dois filhos pequenos, mas a casinha não valia nada, ia derrubá-la e construir outra, moderna e bem maior. Olhou para Leonardo: "E o preço?".

Leo ficou embaraçado; eu disse que ele ainda ia consultar um avaliador. Então, para nossa surpresa, Honório nos convidou para jantar na casa dele, no Taquaral. Vi no rosto do Leo uma recusa; Santina insistiu: a gente ia conhecer uns amigos do irmão, brasileiros e estrangeiros; moravam na capital, e um deles colecionava obras de arte.

No sábado do jantar, Leo se fechou num silêncio tenso; de noitinha, me pediu que fosse sozinha: ele me deixaria na casa do Honório e me pegaria mais tarde.

Leonardo temia que durante o jantar nossa casa fosse invadida, eu mesma quase desisti, mas não queria ficar refém do medo. Demorei para convencer Leo a ir comigo, acendemos todas as lâmpadas da casa, chegamos atrasados no Taquaral. Casa térrea, não longe da lagoa. Honório nos apresentou a Silvina, mulher dele, e aos cinco convidados. Ainda riam de alguma piada, e me cumprimentaram com o resto desse riso. Gravei o nome de quatro homens: Nadir,

Denning, Peri e Adolfo; o quinto, sem ser médico, era o "doutor" Tião ou Gastão. Silvina, alta e pouco maquiada, me beijou com um riso exagerado. O cabelo alisado e tingido combinava com os brincos, que também cintilavam. Poucos móveis na sala: uma mesa comprida, oito cadeiras, dois consoles, um sofá e quatro poltronas forradas de veludo cinza. Disfarcei meu susto quando vi cabeças de animais, enormes, penduradas em duas paredes. Silvina indicou meu lugar na mesa, entre ela e minha aluna. Depois serviu a comida; Leo, entre Denning e o "doutor", não participava da conversa dos homens. De vez em quando, ele olhava as cabeças empalhadas; acima de cada cabeça, uma arma; uma tachinha branca, cravada num pequeno mapa da África, indicava o lugar da caça. Os chifres altos e ramificados quase tocavam o teto, e os olhos vítreos, dirigidos à mesa, emitiam uma frieza inquietante. O "doutor" falava de juros e financiamento bancários, os outros ouviam com atenção e mastigavam. Denning disse alguma coisa sobre gás e lucro; não me lembro quem mencionou uma licitação para construir um viaduto e estradas; Adolfo e Peri, os mais ansiosos, falaram de transporte público e placas de vidro; todos olhavam com admiração o "doutor". Leo parecia surdo: tomava vinho e mirava com asco as fatias de carne sangrenta e as batatas. Denning lhe fez uma pergunta, ouvi apenas as palavras "arte" e "mercado"; eu ia seguir a conversa, mas Silvina tocou meu braço: "Quero aprender francês, Lina, mas cadê tempo pra isso? Trabalho numa empresa do Honório e ajudo a cuidar dos meus enteados. Olha como são educados!".

Dois meninos de pijama azul-celeste saíram de um corredor escuro: o mais alto, com uma expressão de regozijo; o menor, meio gorducho, tinha raiva no olhar. E como não se pareciam com o pai, vi nas feições deles o rosto da mãe: "a doida que fugiu com o amante".

Atrás das crianças, uma mulher aloirada de uniforme branco disse com voz mansa: "Querem dar boa-noite, seu Honório".

Os convidados deram boa-noite, e quando o pai se levantou para beijar os filhos, o mais alto deu uma pisada no pé do irmão, que soltou um berro e revidou com tapas; a babá tentava apartá-los, Silvina foi ajudá-la, mas o enteado mais alto a empurrou, e ela voltou à mesa. O pai gritou: "Chega! Já pra cama". Os meninos e a babá sumiram no corredor. Silvina sussurrou: "Eles brigam muito, Lina, mas são bonzinhos". Denning deu uma risada estranha, Honório disse que o filho mais velho gostava de se exibir. Leo cobriu a boca com o guardanapo e ficou olhando o prato, talvez envergonhado por só ter comido batatas. Uma mulher negra, também de uniforme branco, retirou travessas, pratos e talheres, e voltou trazendo uma torta de maçã e um pote com sorvete. Leo olhou para Silvina e, de um modo atrapalhado, talvez rude, abriu as duas mãos diante do pote de porcelana, cuja alça era uma cabeça de cisne dourada. Depois Silvina disse: "Não sabia que teu marido era vegetariano... Ele é diabético? Se for, exagerou no vinho".

Silvina insinuava que Leonardo podia estar um pouco alto; mas ele não caía, nem mesmo tropeçava com poucas taças de tinto. Preparava caipirinha com limões do pomar, tomava boas doses, se alegrava, e os nossos corpos suados se afogavam entre as árvores. Depois ele sussurrava no meu ouvido estes versos: *Beleza é verdade, e verdade, beleza. Isso é tudo que a gente sabe na Terra, e tudo que a gente precisa saber.*

Agora, em contraste com as lembranças daquelas tardes de amor no pomar, recordo o olhar suplicante do Leo no Taquaral, como se dissesse: vamos sair logo desse horror. Quando a empregada levou as xícaras de café e o bule, Denning puxou Leo pelo braço e o conduziu à varanda. Aquele homem grande e bochechudo, bonachão de olhos sinistros, gargalhava sem menos nem mais. Santina sussurrou: "Esse Denning adora arte. É um colecionador de mão aberta...". Um risinho soprado trovejou no meu ouvido.

Não demoraram na varanda; o rosto sanguíneo e risonho olhava o rosto constrangido do Leo. Fomos os primeiros a ir embora. Lá fora, Silvina se desculpou: no jantar seguinte ela ia servir um prato vegetariano. Leonardo, sem entender, agradeceu. Na estradinha que dava no sítio, Leo desligou os faróis e desacelerou; ele pressentia que algo acontecera. As lâmpadas da varanda estavam acesas, a porta da entrada e as janelas, fechadas. Sons de insetos e sapos. Eu pensava nas cabeças de animais cravadas nos mourões da cerca, e nas cabeças da África, penduradas numa parede da sala de jantar. Um cachorro-do-mato atravessou o gramado e sumiu. Leo respirava com medo, não queria sair da Kombi. "É um absurdo a gente passar a noite aqui." Fui até a varanda e destranquei a porta: ninguém invadira a casa. Leo pegou a lanterna e andou na direção da cerca. Escutei um ruído grave e prolongado; a lanterna, largada no gramado, iluminava a base da cerca. Leo, agachado, pressionava as têmporas com as mãos e vomitava.

Ele se ergueu devagar, os dedos frios tocaram meu rosto.

"Não foi o vinho nem as batatas, Lina."

Peguei a lanterna, foquei os mourões da cerca e a mata.

"Então o que foi?"

"Dácio já falou das nossas viagens pra Minas. Tenho amigos, conheço artistas em Ouro Preto. Gosto muito de lá, mas não quero vender a única herança do meu pai pro Honório. Só em último caso."

Verifiquei o valor do alqueire naquela área, calculei o preço, anunciei a venda num jornal. Um comerciante e dois donos de construtoras de Campinas ofereceram menos da metade do valor que eu calculara. Leo quis aceitar essa pechincha. Um ingênuo. Foi incapaz de perceber que Honório não se encantara com as árvores e os pássaros do pomar, nem com o laguinho ali perto; a construção de uma casa de campo para ele e os filhos era apenas um pretexto para fazer um investimento lucrativo. Leo ainda relutou, mas qualquer ruído noturno nos impedia de dormir. Então, numa terça-feira, fui ao escritório do Honório, agradeci o jantar, disse que várias construtoras estavam interessadas pela propriedade, mas a gente preferia vendê-la a um conhecido. Acertamos um valor razoável, e uma semana depois, quando a gente saiu do cartório, Leo ligou para Dácio, deu a notícia da venda do sítio, encomendou tubos de tinta, pincéis, papel cuchê e telas, e disse que no domingo a gente ia de Kombi para Minas. Até que ponto Dácio influenciava Leo? Na decisão de morar em Ouro Preto pesara a palavra do meu irmão?

Na última sexta-feira no sítio, Leo foi se despedir das crianças e dos jovens da escola de arte, e eu, das alunas de francês. Santina perguntou onde a gente ia morar. Respondi: "Talvez em Minas". Pediu que eu escrevesse, e disse que Denning simpatizara com Leonardo e se interessara pela obra dele.

"Quem é esse homem? Como ele conhece as pinturas do Leo?"

"Meu irmão vive dizendo que ele é o rei do gás. Passou aqui em casa só para ver as pinturas do teu marido. Adorou as telas, disse que lembrava o estilo de um pintor famoso. Falou um nome francês, eu entendi Guinhol e perguntei quem era esse artista. Denning deu uma risada daquelas. Você conhece algum Guinhol?"

Na tarde do sábado, Dácio e minha cunhada nos visitaram. A viagem a Boston fora adiada, Irma tinha de resolver um problema familiar. Meu irmão pediu a Leo que entregasse a Aurora e Lisandra uma foto das duas amigas de Ouro Preto. A gente arrumou na Kombi os poucos objetos da mudança; depois, no pomar, Irma perguntou se eu lamentava deixar o sítio. Imaginei a casinha demolida; nossa horta, destruída; mansões feias no lugar do pomar; os animais, as borboletas e os passarinhos, em fuga; um muro de pedras ou concreto substituiria os mourões da cerca, e mais de dois anos da nossa vida ficariam para trás, com suas duas noites de vandalismo e a ilusão de que eu e Leo viveríamos um idílio por muito tempo.

Visitamos Belo Horizonte e outras cidades mineiras, até chegarmos a Ouro Preto, meu outro porto, sem cais e maresia. Me lembrei dos versos que Martim citou no fim de uma carta: *O perigo e o abismo não pertencem apenas ao mar.*

7.

Lisandra, mais que Aurora — e bem mais do que eu previa —, festejou a presença do Leo na cidade; trocaram beijos atrevidos, abraçaram-se com uma saudade insuspeita, ronronaram como felinos alegres. O ronronar cessou quando ela soube que Dácio e Irma iam se mudar para Boston.

"Que maluquice é essa, Leonardo? Dácio pensa que vai ser um grande fotógrafo em Boston? Quis comprar fotos dele, mas não aceita caridade. É mais orgulhoso que você, que sempre aceita."

"Ele e Irma querem viver longe daqui, Lisandra", disse Leo. "Você não morou em Londres? Era outro tempo, mesmo assim..."

Ela evitou falar de Londres, talvez por eu estar presente; havia algo misterioso na amizade dos três, ou dos quatro, se Irma fosse realmente amiga da Lisandra; Aurora, "a irmãzinha", serviu café, broinhas de fubá, doce de laranja e queijadinhas.

"Por que não se hospedaram aqui? Você nunca fez cerimônia, Leonardo."

"Ainda estamos em lua de mel", ele riu.

"Naquele pardieiro em Padre Faria?"

Lisandra nos ajudou a encontrar esta casa, que Leo, contra minha vontade, registrou no meu nome. Nossa primeira desavença na cidade foi no cartório do Pilar, diante de um velho tabelião e Marcia, a proprietária da casa: uma carioca que passava temporadas em Ouro Preto e estava de mudança para Roma. O tabelião via minha recusa com indiferença; Marcia, impaciente, disse: "Vão brigar por isso?". Olhou para mim e acrescentou: "Vocês não se amam? Não vão viver juntos? Matrimônio nem sempre é patrimônio. A casa no teu nome ou no nome dele não muda nada. Vou deixar a mobília e um oratório do século XVIII. Aceite logo, antes que eu desista de vender essa joia".

Por algum tempo, fiquei com a impressão de que essa dádiva do Leo tinha alguma relação com a morte.

A casa, construída no fim do fausto do ouro, fica perto da igreja do Carmo, da praça Tiradentes e do Museu da Inconfidência. O porão, ateliê do Leo, dá para um pequeno jardim com uma roseira e uma bananeira; num retângulo do gramado, plantamos couve, manjericão, salsinha, alface. Uma buganvília com flores vermelhas alcança a janela da sala. Lembro que, no primeiro dia na casa do Carmo, Leo se aproximou dessa janela e disse, talvez relembrando suas visitas à cidade: "Parece que em Ouro Preto o tempo luta com o tempo".

Hoje, não sei se a luta era do tempo ou de coisas confusas na mente do Leo.

Na fachada azul-cobalto, pendurei uma placa de cedro com uma frase desenhada por Leonardo: *Ensina-se francês*. Lisandra viu a placa e reuniu no solar cinco filhas de amigas dela. Pediram para estudar em grupo, na casa da Serafina, a mais velha. Quando foram embora, Lisandra me levou para um passeio pela cidade, cercada por morros com antigas bocas de minas. O avô, herdeiro de propriedades em Ouro Preto e Mariana, negociava pedras semipreciosas, mas décadas de gastança quase arruinaram a família.

"Meus pais foram irresponsáveis... Uns parasitas, Lina. Dilapidaram a riqueza acumulada pelos mais velhos... Séculos de trabalho, e tudo veio da terra. Sobrou alguma coisa... Uma pousada que dá um bom lucro, uma chácara aqui pertinho, o solar e o sobrenome. Salvei também as pinturas. São muito valiosas. Ainda bem que não tive irmãos. Meus parentes se dispersaram pelo Brasil, mas eu fiquei dentro da concha. Ouro Preto é uma concha com uma grande pedra barroca. Não consigo viver longe desse passado, sabe?"

Na juventude ela conhecera, no Carnaval do Rio, um magnata inglês; casaram-se, viveram menos de um ano em Londres, e quando se separaram, ela regressou à concha com sua grande pedra barroca.

"Sou uma folgadona, não quis saber de filhos. Quando voltei de Londres, senti falta de uma companhia. Queria uma menina pra morar comigo. Tive sorte, encontrei Aurora numa carta e ganhei a irmãzinha."

"Numa carta?"

Lisandra contou que a chuvarada de um verão arrastou casinhas dos morros, e os desabrigados foram dormir em cortiços na área mais pobre da cidade. O chefe do distrito escrevia cartas assinadas pelos flagelados e as enviava a comerciantes e donos de pousadas. Lisandra molhou o rosto num chafariz antigo e tirou da bolsa uma folha de papel.

"Fui tratada com muito respeito nessa cartinha. Sempre dou uma cópia para minhas amigas. Lê isso e fica com o papel."

Vossa excelência é uma boa brasileira, fiel ao amor que alimenta a heroica e velha Ouro Preto. Rogo aos santos da nossa religiosa terra que atenda a meu pedido e dê a uma criança o amparo valioso de um teto.

A mãe que assinara a carta oferecia uma das filhas a Lisandra. A família da Aurora morava na ladeira de Santa Efigênia; o pai era operário na fábrica de alumínio, mas quando queimou os olhos num acidente de trabalho, a mãe não pôde cuidar sozinha da filharada: cinco crianças no quarto de um cortiço. Depois Lisandra descobriu que Aurora era filha de outra mulher: a mãe verdadeira perdera a casa durante a chuvarada no morro, deixara a menina com o pai, sumira daquela serra, e a madrasta não quis ficar com a criança.

"O pai não queria se separar da Aurora, mas a mulher dele se lixou pro marido cego. Aurora terminou o ginasial e quis trabalhar aqui. Não é boba. Ia morar naquela ladeira cheia de cafuinhas? Ela me ajuda no solar e na pousada, faz tudo mais ou menos certinho, mas sempre foi atrevida. Deu muito trabalho... Não é isso criar um filho?"

Parou diante da capelinha dos Passos de Cristo: "Dácio me disse que teu filho mora em Brasília...".

No fim da nossa caminhada, falei um pouco do Martim; Lisandra sugeriu que eu subisse o morro de São João e entrasse na capela mais antiga da cidade. "Lá no alto você reza pelo teu filho, faz promessas e ainda contempla esse labirinto lindo que é Ouro Preto. É a visão do esplendor."

Aqui embaixo Lisandra também exagerava, e com mais emoção: "Com o tempo, você vai perceber que o toque dos sinos revela segredos da nossa vida".

Há anos ouço esses sons; nenhum segredo foi revelado.

Por algum tempo, eu e Aurora parecíamos bichos que se estranham. A gente se olhava e falava pouco. No fundo, nós duas nos enganamos; ela, por desconfiar das amigas da Lisandra, me evitava; e eu, por confundir essa desconfiança com altivez, pensava que Aurora se esquivava de mim.

A "irmãzinha atrevida" trabalhava de manhã e de noite no solar; com frequência ia de tarde à pousada para ajudar a preparar o lanche e o jantar dos hóspedes. Numa tarde, Aurora se abriu para mim: era desprezada pelas amigas da Lisandra que frequentavam o solar e se hospedavam na pousada.

Ela levava o pai à missa na Santa Efigênia dos Pretos; depois, no Chafariz do Alto da Cruz, sentavam-se no banco de pedra, o pai acariciava as mãos e o rosto da filha e conversava com ela.

"Papai sentia vergonha de não poder trabalhar, dizia que minha mãe verdadeira era boa mas não conseguia criar uma filha. Ela cozinhava num casarão no Rosário, aí roubou pulseiras e anéis de ouro. Tanto ouro, tanta desgraça... Ficou quatro meses na cadeia, e eu fui morar com meu pai. Quando soltaram ela, a chuva inundou tudo, e mamãe foi embora. Lá no Alto da Cruz, ele disse que sonhava com a voz da mãe contando uma história horrível. O avô do meu pai trabalhava no fundo da terra, e um dia passou a faca no capataz de uma mina. Parece que todo mundo soube, as cidades todas... Rasgou o bucho do capataz, arrancou os olhos dele e fugiu. A polícia encontrou meu bisavô na cova de uma mina no morro da Queimada... Ele abriu as mãos e mostrou os olhos secos do capataz. Meu pai me contou isso. Eu não disse que a mulher dele me maltratava. Ainda viveu mais três anos no cortiço com aquela cobra. Acho que viveu pra ouvir minha voz, pegar nas minhas mãos, conversar comigo. Desde que ele morreu, vivo com a voz dele. Uma vez me pediu pra ver a congada do Muzanga, a mulher dele proibiu, disse que era festa de preto. E ela era o quê? Lisandra foi comigo até a ladeira e falou pra minha madrasta que ela ia com a gente na congada em Santa Efigênia. Depois da cantoria na igreja, meu pai me contou a história de um rei negro escravizado no Congo pelos portugueses. Foi vendido pro dono de uma mina em Ouro Preto e conseguiu comprar a alforria dele e de muita gente. Era rei na África, e foi rei aqui."

"É uma lenda?"

Os olhos um pouco rasgados cresceram no rosto da Aurora: "Mas não tem verdade nas lendas?".

8.

De manhã cedo, Leo ia à oficina do Macena, depois almoçava em casa e ficava no subsolo pintando rostos informes. Essas telas, Martim não viu nenhuma; mas viu os desenhos dos nossos rostos, separados, que enviei para ele, em Brasília. Com poucos traços, Leonardo expressou o rosto tenso e amargurado no restaurante Flor de Lotus, na tarde do adeus. Martim viu nesse desenho o rosto de outra pessoa, sem dizer quem era; cortou os dois desenhos — como fizeram os invasores do sítio — e nem se envergonhou de contar essa infâmia numa carta para mim, em que Leo e a arte dele foram rebaixados.

Ele não lê nossa correspondência, prefere ficar fora do jogo emotivo entre mãe e filho. Essa discrição talvez seja uma forma de dignidade.

Na sexta-feira, já passava do meio-dia quando Dácio e Irma chegaram de surpresa: vieram se despedir da gente e de Minas; sábado de noite viajariam para Diamantina, onde iam passar uns dias, antes de voltar para São Paulo. Trouxeram caixas de livros e se hospedaram numa pousada simples em Santa Efigênia. No almoço de sexta, preparamos um cozido, Leo fez caipirinha, brindamos à nossa amizade e fraternidade; nessa alegria, exagerada pela cachaça, havia também um travo de tristeza.

Perguntei quanto tempo eles planejavam morar nos Estados Unidos.

"Expatriados nem sempre voltam, Lina."

"É mesmo, Dácio? Eu vou voltar, e você também. Quem sabe a gente não vem morar aqui? Você e Leonardo adoram Ouro Preto, podem montar um ateliê de pintura e fotografia. Lina e eu vamos abrir uma escola de línguas estrangeiras. Não é uma boa?"

Dácio riu sem jeito: "É uma ótima ideia, Irma. Acho que a Lina já topou. Mas por que viver de suposições? Meu amigo de Boston e milhares de expatriados vão morrer em terra estrangeira. Muitos morrem na mais absoluta solidão. No Brasil os filhos ainda cuidam dos pais velhos e senis. Se bem que nossa mãe… Você vai cuidar da madame Ondina, Lina? Você, Delinha ou teu ex-marido?".

Irma piscou para mim: "Dácio curtiu a caipirinha do Leonardo. Muita cachaça e uma boa dose de saudade dão nisso".

Dácio não estava bêbado; passou a vida esquivando-se da mãe, agora a viagem o perturbava. Ele me deu o álbum com os retratos do meu filho, e um envelope grande, enviado por Martim à quitinete da São Luís. Mais tarde Dácio ia pegar na pousada mais um "presentinho" para mim.

Ele e Leonardo iam visitar um amigo na república Saturno, depois jantariam com Lisandra e Aurora. Ouro Preto se recolhia no frio do fim da tarde clara, Irma notou minha ânsia para ler a carta de Martim, desabotoou o sutiã e se esparramou na poltrona da sala: ia tirar um cochilo, depois queria conhecer a casa.

Quanto tempo fazia que Martim não escrevia para mim? Apenas mandava fotos da Dinah e dos amigos, com o nome deles no verso. Tirei do envelope uma carta e os exemplares da revista *Tribo*. Li na carta o relato de um sonho: o protesto de mães de alunos contra o fechamento do Centro de Ensino Médio, o cerco à escola, a repressão da polícia, o sumiço das mães e da Dinah... Num texto da *Tribo* ("O banquete de abutres"), um general de paraquedas fala sozinho no ar, até ser bicado por urubus; ao lado dele um jovem, também de paraquedas, ri do militar nu: um defunto sem olhos, com medalhas e estrelas cravadas na pelanca do peito.

O que fiz ou pensei depois? Lembro que Irma ainda dormia na poltrona, as pernas nuas sobre uma banqueta; anoitecia, e o cheiro das flores entrava na sala. Leio no meu caderno: *Junho, sexta-feira, dez e vinte da noite. Lá fora, explosões: uma chuva de estrelas vermelhas, amarelas e azuis ilumina a torre de uma igreja*. Nem tudo o que venho escrevendo foi anotado, as folhas cinzentas do caderno estão à espera das incertezas da memória. Talvez tenha lido em voz alta a tradução de "Os desertos do amor".

Irma, sentada na poltrona, abotoava o sutiã.

"Noite surda, fuga da felicidade...? Era tua voz ou um sonho? O que você estava lendo?"

"Um poema que Martim traduziu. Ele mandou essas revistas."

Irma leu os textos que indiquei e deu a entender que podiam ter sido escritos por jovens drogados.

Refletiu um pouco, de olho no oratório no canto da sala: "Mas a gente não sabe, Lina".

"Se estavam drogados?"

"Não. Ninguém sabe como uma ficção ou um poema são escritos. A gente deve ler sem pensar nisso."

Palavras para me acalmar, mas naquele momento não fizeram efeito. Disse a Irma que outra coisa me inquietava.

"O quê?"

"É o que tento descobrir, Irma. Às vezes penso que vou perder meu filho."

"Uns meses depois do cancelamento da viagem pra Goiânia, você me disse que estava angustiada em Campinas e ia ver o Martim em Brasília. Mas você não foi... nem quis falar muito sobre esse assunto. Por quê?"

"Sinto raiva de não ter ido, Irma. Raiva de mim mesma. Lembro que Leo estava dando aula na escola de arte. Arrumei minhas coisas na sacola e deixei um bilhete para ele. Disse que ia ficar uma semana com o Martim. Leo nunca quis que eu viajasse pra Brasília. Acho que ele sentia... sente mais medo que ciúme do meu ex-marido. Saí a pé do sítio e parei no fim da estrada do Pardal... Tive um acesso de choro e fiquei paralisada, sufocada no sol quente. Por que desisti de ver meu filho? Não é fraqueza... Não sei que diabo me impediu de viajar. Não tenho essa clareza, Irma. Não sei se o Martim... Um filho, você sabe..."

"Como eu posso saber, Lina, se nem você sabe? Às vezes a gente não consegue decidir, e nem precisa ser uma coisa tão importante. Foi difícil decidir essa nossa mudança pra Boston..."

Ela olhou para mim com ar de dúvida, mas essa percepção — como tantas outras — era equivocada. Irma disse que já se desligara do cursinho, vendera o carro, despedira-se dos amigos e de um primo, mas não queria viajar sem me ver.

Ficou de pé e me abraçou, beijou meu rosto, sussurrou: "Martim deve estar louco pra se encontrar com você".

Na minha mente confusa, a inconsciência de alguma coisa profunda me fazia sofrer. Tentei disfarçar com uma pergunta: "Por que você não foi jantar na casa da Lisandra?".

Irma reprovou meu disfarce com um olhar, que se prolongou enquanto fazia um coque. Então disse: "Lisandra convidou a gente pra tomar um café amanhã no meio da tarde. O jantar de hoje é só para os três".

"Para os quatro. Você se esqueceu da Aurora?"

"Ela preparou a comida, mas não vai jantar com a patroa e os dois amigos. Não tem lugar para a irmãzinha na mesa da sala."

"Nem para você?"

"Tentei me aproximar da Lisandra, até me esforcei um pouco, Lina. Mas uma amizade não surge assim. Ela é amiga do Leonardo, se apaixonou por Dácio, mas essa relação saiu dos trilhos. Aliás, nunca entrou nos trilhos. Lisandra se casou com um inglês. Londres foi uma fuga. Dácio me disse que ela mandava livros de fotografia e enviava postais de Lisboa, Paris, Roma, Madri… Parece que morava numa casa em Mayfair, tinha empregadas paquistanesas e um mordomo polonês. Lisandra era meio hippie… uma hippie chique, mas não suportou a vida de grande dama. Deixou Mayfair e o inglês, e voltou pra Ouro Preto. Ela acreditava que o sentimento do Dácio podia mudar da amizade para a paixão. Até hoje não admite que é uma ilusão. Deu pra ele um anel de platina. Numa das viagens pra cá ele devolveu a joia."

"Por isso ela não se aproximou de você?"

"Vamos comer a sobra do almoço?"

Mas Irma quase não tocou no cozido. Quis ver a mobília da sala, se encantou com o oratório e com os colares indígenas nas mãos da estatueta de são Benedito. Dei para Irma um daqueles colares de sementes e disse que meu pai os comprara para Martim. Ela o colocou em volta do pescoço: "Vai dar sorte na minha viagem".

No subsolo viu pinturas recentes do Leonardo, e notou mudanças na forma, no estilo. Os rostos tinham mais volume, eram menos distorcidos, e a caligrafia dos versos parecia um feixe de lâminas claras no fundo escuro.

"Nem assim ele consegue vender essas telas, Irma. De vez em quando, o galerista vende uma ou duas, e olhe lá. Ele devia procurar outra galeria, mas se conforma com o fracasso. Acho que se alimenta disso."

"Um dia você vai descobrir que Leonardo não é um fracassado. Tem outras coisas que influem na atividade de um artista. Às vezes essas coisas vêm de fora, e são decisivas."

Fiquei curiosa e perguntei sobre as influências que vinham de fora, mas Dácio e Leo já desciam ao subsolo. Meu irmão observou as telas, concordou com Irma e se dirigiu ao cunhado: "Agora não preciso usar uma lupa para ler os versos".

Pôs as mãos nos ombros do Leo e acrescentou, com uma risada rude: "Por que você não arranca de vez a máscara desses rostos?".

O riso do Dácio foi o último da noite.

Quando a gente subiu, meu irmão me entregou um tubo enorme, parecia uma bazuca. Era o meu "presentinho": a foto do navio medonho. Não quis rever a imagem do cárcere flutuante, onde meu pai e outros trabalhadores tinham sido torturados. Essa foto ficou dentro do tubo, como um pesadelo aprisionado. Quando Dácio me entregou uma pasta de plástico, não desconfiava que outro pesadelo me aguardava naquela noite. Leonardo acendeu um cigarro e foi até a janela; Irma, ao meu lado, apalpava as sementes do colar. Meu irmão lembrou a manhã em que me ajudou na mudança do apartamento da rua Tutoia. Naquele dia, vasculhou as gavetas da escrivaninha do Rodolfo e pegou fotocópias de cartões de visita, convites e folhas datilografadas.

"Você roubou esses papéis?"

"Roubei nada, Lina. Quem pega um documento para salvar pessoas, ou um alimento pra matar a fome, não é ladrão."

Uma das folhas era uma carta de apresentação a um coronel do Exército em Brasília, assinada por um delegado do DOI-Codi. Dizia que Rodolfo ia trabalhar na capital e era "um dos nossos colaboradores mais experientes, inteligentes e discretos". As outras folhas eram cópias de convites para reuniões na sede do Comando do II Exército, perto do apartamento no Paraíso. Ele tinha mania de tirar várias cópias de qualquer coisa: recibo de compras, esboços de cálculos de estrutura, boletins escolares...

Vi o rosto grave do Leonardo e me lembrei da degola dos animais e da invasão da casa do sítio.

"Com que merda de homem eu me casei?"

Leo fechou a janela e pediu que eu não gritasse.

"Ele não pode saber onde vocês moram, Lina."

"E o que vou dizer para o meu filho, Dácio? Que ainda estou viajando por Minas? Fiquei de enviar o endereço de uma aluna em Campinas ou Jundiaí. Quanto tempo vou viver escondida e mentir?"

"Por enquanto Martim pode mandar a correspondência para a quitinete da São Luís", disse Dácio. "E Ondina...

Se ela souber que vocês estão aqui, vai contar para aquele sujeito."

Minha mãe era fiel e servil ao homem que ainda considerava genro. Martim participava do grupo de teatro do Damiano Acante, mas dizia que nunca seria ator: decorava o texto nos ensaios, mas na estreia da peça esquecia muita coisa. É preciso ter uma memória infalível para encenar? O teatro da Ondina... Quando minha mãe era ela mesma? Quando era personagem? A avó dócil, a avó-mãe, a esposa mandona, a idólatra do genro, a mãe decidida a encontrar a filha para torná-la escrava do marido. Quem ia ser destruído na trama daquela peça? Minha única certeza: Ondina sentia saudade do filho e do neto. O amor por eles nunca foi encenado nem fingido. Mas será que ela percebia como Dácio era sagaz? Ele, cheio de segredos, se empenhava em desvendar segredos. Desde que encontrou as cópias daqueles documentos, passou a agir em surdina.

"O zelador do edifício da São Luís vai guardar as cartas do Martim. Quando Leonardo for a São Paulo, ele traz a correspondência. Irma quer conhecer Diamantina. A gente vai passar uns três dias lá. Você falou pro Martim que está morando aqui?"

"Disse que não sabia quanto tempo a gente ia ficar em Ouro Preto."

"Então escreva para ele e diga que ainda está em Minas. Vou postar tua carta em Diamantina."

"Você sabe como enganar meu filho, Dácio."

"Sei como proteger minha irmã e meu sobrinho."

Na tarde daquele sábado, não fui ao solar da Lisandra. Escrevi duas cartas: na primeira, para o meu filho, disse que estava angustiada com os artigos da *Tribo*, e perguntei se ele e os amigos usavam drogas. Leio no caderno as anotações naquela noite: *No poema que Martim traduziu, tem alguma mensagem para mim? Um recado oculto? Menti ao dizer que voltaria para o sítio e enviaria o endereço de uma aluna de Campinas ou Jundiaí.*

Mas não menti na carta ao Rodolfo. Mencionei que ele usava Martim para me ferir, e que o fanatismo religioso dele era uma casca que escondia toda a podridão de um homem violento e arrivista. Pedi que tentasse entender por que Martim, quando estava no apartamento, se fechava no quarto e se recusava a falar com ele. Enfiei as duas cartas num envelope grande, em nenhuma havia culpa nem remissão.

Irma e Dácio pegaram a bagagem na pousada e passaram por aqui pela última vez. Às seis da tarde, o motorista da Lisandra os deixaria na rodoviária de Belo Horizonte. Irma me levou para o canto do oratório: "Foi um café com bolo de milho, choro e muito bafafá. Lisandra e Dácio foram conversar no jardim... Ela voltou com o rosto inchado, de tanto chorar. Aurora disse que a despedida do Dácio parecia velório sem defunto. Dei uma risada. Pra quê? Lisandra me chamou de debochada e leviana. Fui esperar Leonardo e Dácio lá fora, me lembrei das crônicas da *Tribo* e me senti culpada por ter falado de jovens drogados".

Sugeriu que eu marcasse um encontro com Martim em Brasília ou em São Paulo. Quando eu concordei, Dácio se intrometeu, exaltado: "Teu ex-marido foi a Goiânia e vai a qualquer lugar para evitar um encontro com Martim. Aquele verme vai vigiar vocês até a morte...".

Irma virou o rosto para meu irmão. Ondina nunca teve esse poder, que Irma exercia com a magia de um olhar. Dei o envelope a Dácio, pedi que não esquecesse de postá-lo em Diamantina e perguntei: "Você já se despediu da mamãe?".

"Almocei com ela e Delinha em Santos. Soube que Martim e o pai dele almoçaram no Iate Clube de Brasília. Desconfiei dessa reaproximação, mas preferi não comentar. Depois disse que ia morar nos Estados Unidos. Ondina não deu uma palavra. Foi pior. Botou os olhos pra cima de mim. Ela fazia isso quando eu era jovem. Era uma mania dela, lembra? Não quis me dar um abraço. Fechou o corpo, não os olhos. Parece que ainda está olhando pra mim."

Não era mania de mãe. Ele fugia daquele olhar, com temor ao sentimento... Não se escolhe a herança moral dos pais. Meu irmão herdara da Ondina uma intransigência cega, teimosa. Reagiam de modo diferente ao medo que sentiam do meu ex-marido, mas mantinham entranhada a mesma raiz ríspida e mandona. A rigidez do Dácio se dissolveu no longo abraço com Leonardo, os olhos dos amigos não puderam conter a emoção. Irma insistiu: "Você deve ir a Brasília, essa decisão só depende de você".

Entraram no táxi, Irma deu adeus antes de desaparecer na descida da rua Direita, que escurecia. A serra e a cidade também escureciam, e os dois partiram para Diamantina, antes da grande viagem.

9.

Em julho, no Festival de Inverno, a cidade sai da sombra e da névoa. Lisandra me falara da sua amiga Karin Friede, uma pianista alemã que morava em São Paulo. Conheci Karin quando ela se hospedou no solar. Rosto sóbrio, poucas rugas, cabelo castanho e curto; o olhar não apaga um quê de melancolia, ausente na voz. A idade dela ainda desconheço. Era o nosso segundo encontro; no primeiro, dois dias antes, Karin estava curiosa para saber mais da minha vida. Percebi que Lisandra já falara do Martim, do Leonardo, Dácio e do meu ex-marido. Ela convidara três amigas de Belo Horizonte para ouvir no solar um breve recital da Karin, que ia dar um concerto na Casa da Ópera. A pianista, sentada diante do teclado, parecia preocupada. De repente ela se virou para Lisandra: "Por que prenderam os dois diretores do Living Theatre?".

"Maconha, Karin. É o que dizem..."

"Você acredita nisso? A gente sente cheiro de maconha até nas igrejas."

"Parece que vão ser soltos hoje. *O legado de Caim* vai ser encenado no Festival."

Eu estava no outro lado da sala, perto do jardim de inverno. A pianista tocou apenas um chorinho, agradeceu os aplausos, pegou a banqueta e sentou-se ao meu lado.

"Fiquei nesse chorinho, Lina. Não tenho vontade de tocar outra música. Querem intimidar o grupo de teatro e censurar a peça. Acho que Lisandra não entendeu isso."

"Mas os diretores não vão ser soltos?"

"Eles soltam hoje... amanhã prendem de novo. Sempre fazem assim. Teu filho... Você me disse que ele mora em Brasília com o pai. Fiquei curiosa. Por que não mora com você?"

Não pude explicar o que ainda parecia obscuro para mim mesma. Diante do meu embaraço, Karin falou que sua família era de Colônia: ela e o irmão haviam migrado para o Brasil alguns anos depois de terem perdido os pais durante a Segunda Guerra; moraram poucos meses no interior de São Paulo, ela se mudou para a capital e o irmão voltou para Colônia. Ele a visitou só uma vez, e três anos depois morreu num acidente.

"Você não quis voltar para Colônia?"

Percebi no silêncio da pianista o mesmo embaraço que tomara conta de mim; mas não era isso: o silêncio era o tempo para pensar.

"Não me dou com meus parentes, mas posso visitar minha cidade e rever amigos. Lisandra me disse que você não pode ver seu filho. É verdade?"

Não anotei a resposta no meu caderno; talvez tenha concordado e ficado chateada. Senti por Karin a mesma afinidade que sentira por Irma; queria prolongar nossa conversa, mas Gracinha, a amiga mais íntima da Lisandra, perguntou a Karin se na Casa da Ópera ela ia tocar "Sonho de amor", o "Prelúdio" às *Bachianas Brasileiras*, a *Sonata n. 4* de Mozart... Eram tantas perguntas, que me despedi da pianista: ligaria antes da noite do recital.

Na terça-feira 6 de julho, lia um dos livros que ganhara da Irma, estava meio perdida no labirinto de tempos e vozes do romance quando atendi o telefonema da Lisandra: "Karin cancelou o recital e voltou pra São Paulo, Lina. Deixou um abraço pra você. Não, não adoeceu. Ela é toda complicada com o passado da família dela. Disse que sentiu um mal-estar na alma, não ia conseguir se concentrar. A polícia prendeu de novo o pessoal do Living Theatre. Dessa vez foram acusados de subversão, e a peça foi proibida. Parece que a praça Tiradentes foi ocupada pela polícia. Daqui a pouco vou passar aí com um amigo. Acho que vocês não conhecem o Macena".

Li mais algumas páginas do livro; as personagens ainda são crianças, falam e pensam com uma liberdade que os adultos perderam. Leonardo devia ler esse romance. Ele pintava uma aquarela no jardim, ia vender desenhos e pinturas aos turistas. Falei da prisão e da presença policial na praça. Leo observou o beija-flor no papel, pôs o pincel na paleta, levou tudo para o porão, e lá de dentro resmungou que os milicos censuravam, agrediam e prendiam artistas.

"Acho que Dácio e Irma também pensaram nisso, Leo."

"Também acho, mas é uma aventura arriscada, Lina."

"Qual é o risco de tentar uma vida melhor em Boston?"

"Nenhum", ele disse, como se respondesse outra pergunta.

Pegou dois bichos esculpidos em pedra-sabão e deixou-os no meio das hortaliças.

"Por que um escorpião e uma serpente na nossa horta?"

Leo pensava na resposta quando a campainha tocou. Era Lisandra com o amigo dela. O rosto do Macena era de adolescente, mas ele devia ter minha idade; o cabelo liso e grisalho cobria os ombros estreitos; o modo de olhar, meio assustado, adquiria um aspecto quase cômico. Macena tinha visto telas do Leo, queria conhecer o artista que caligrafava versos em algumas pinturas.

"Meu amigo é poeta, tipógrafo e músico, mas ele diz que é apenas um artesão trovador."

"E não basta?", disse Macena, com ar de falsa humildade.

Tirou de uma pasta de cartolina folhas de papel de seda com poemas de dez ou quinze palavras, e deu uma ideia para protestar contra a prisão dos diretores do Living Theatre: espalhar por Ouro Preto poemas impressos na Garamond, a oficina tipográfica dele. "Poemas voadores", acrescentou.

Leo se interessou pela ideia e ajudou Macena a imprimir os poemas. No fim do Festival, os diretores e atores estrangeiros foram banidos do Brasil, mas enquanto estavam presos em Belo Horizonte, veteranos das Escolas de Minas, Farmácia e Belas-Artes subiam à torre das igrejas e lançavam folhas nas praças e ruas de Ouro Preto; os poemas eram lidos em voz alta por estudantes, que depois se refugiavam nos porões de repúblicas. O toque prolongado de sinos era a senha do lançamento e, com tantas igrejas na cidade, a polícia não conseguia evitar a chuva de poemas.

Leonardo também se entusiasmou com os alunos de música da Garamond: dez adolescentes e duas crianças que moravam em bairros afastados do centro; de vez em quando, sob a regência do Macena, tocavam e cantavam no átrio de uma igreja ou no largo entre a Ponte dos Suspiros e a Casa de Marília.

Depois do Festival, quando Leo começou a lecionar na Garamond, eu disse que a escola era a outra vocação dele.

"Minha atividade na oficina é diferente, Lina. A garotada estuda numa escola pública."

"Mas você não dá aulas de desenho? Macena não ensina música?"

"As crianças e os jovens da oficina vão descobrir a liberdade, de uma vez e para sempre, nas artes."

Mas ele penava para viver da sua própria arte. Às vezes, o filho de uma família ilustre de Ouro Preto encomendava a Leo uma pintura a óleo do patriarca ou da matriarca; ou um comerciante pedia que ele pintasse um retrato da esposa ao lado de um vaso com flores; Leo não recusava essas encomendas, que ele vendia por um preço baixo, ou trocava por mercadorias. Sugeri que tentasse vender as pinturas em Belo Horizonte, mas ele cismou de viajar para São Paulo: ia levar telas à galeria e passaria no edifício da São Luís para pegar a correspondência do Martim.

Menos de uma semana depois, voltou de mau humor, sem dinheiro e sem carta alguma.

Dácio e Irma tinham enviado apenas um telegrama de Boston: *Chegamos bem. Cidade linda. Beijos saudosos*. Em outubro, quando eles ligaram, eu lecionava francês na casa da Serafina, e só no mês seguinte, véspera da Proclamação, consegui falar com Dácio. A voz do irmão distante alternava respostas breves com o silêncio. Quando perguntou por Leo, disse que ele estava dando aula de desenho.

"É, parece que ele está animado com a meninada."

Concordei, sem entender o motivo do riso.

Depois falei com Irma, que elogiou Boston: "Uma cidade rica, com edifícios antigos, inspirados na arquitetura vitoriana de Londres. Tem imigrantes do mundo todo". Ela e Dácio tentavam se adaptar à vida da Nova Inglaterra; depois me falaria do trabalho. No fim, disse: "Não tenha medo daquele cara. Vá logo pra Brasília e volte com Martim, Lina. A gente perde o que adia".

Minha hesitação em viajar para a capital era um pretexto para adiar de novo uma decisão?

Em dezembro Leonardo foi a São Paulo, e dessa vez voltou com o dinheiro da venda de duas telas; trouxe também a última carta do meu filho: uma única folha com um amontoado de garatujas. Até hoje não sei a resposta das perguntas que me fiz: *Martim escreveu uma carta para não ser lida? Ou para não ser lida por mim?*

Ele tinha o endereço da quitinete da São Luís, ocupada por outro inquilino, mas nossa correspondência morreu naquela carta. Palavras na sombra: os rabiscos sobem e descem, em ondas confusas. Como decifrar essa caligrafia miserável? É possível responder o ilegível?

Mostrei a folha a Leonardo, que a observou e fez um gesto de negação com a cabeça: "Que diabo é isso? O que significa…?".

"É o que eu quero saber, Leo. Mais um motivo para eu ir a Brasília."

Ele se opôs com veemência: seria uma viagem à boca do lobo. Nossa primeira briga feia: pontapés do amor nesta casa do Carmo. Desembarquei em Brasília na manhã de 18 de dezembro. As cartas do Martim eram o meu mapa da capital. Ele se sentia "estranho e atrofiado" diante dos edifícios esparsados no cerrado. Também senti esse estranhamento, talvez mais forte, em contraste com Ouro Preto.

Vi bandeiras de vários países na entrada do Hotel das Nações, onde Martim escreveu a primeira carta, e o cerrado era menor que a solidão. Minha expectativa não era a mesma da viagem a Goiânia. Naquela noite de março, quando eu tentava dormir no ônibus prestes a partir, estava possuída pelo êxtase da felicidade espontânea e por uma ânsia que nem sei traduzir em palavras. Mas na calçada da W3 Sul não estava feliz, e sim confusa, com uma exaltação malsã para rever meu filho. A casa branca, fechada; os vizinhos repetiram: "Os moradores eram baianos, voltaram pra Salvador". No jardim da superquadra, três crianças brincavam de cabra-cega ao redor de uma pitangueira; o menino de olhos vendados agitava os braços, andava em zigue-zague no gramado, e quando ouvia a risada das duas meninas, saía em disparada, cego, sem rumo. As frutinhas vermelhas brilhavam na árvore, e o céu, rasgado por nuvens finas como filamentos, parecia engolir a cidade. Olhava a fachada sem vida, à espera de algo. A expectativa alimenta ilusões. Não sabia o que fazer, nem para onde ir. Andei a esmo no lado comercial da avenida, entrei numa cabine telefônica, li na lista o nome completo do meu ex-marido. Quase nove da manhã. Esperava ouvir palavras ultrajantes, mas uma voz cordial pronunciou meu nome e perguntou se eu estava bem. Tanta a delicadeza. Será que ele passara a me tratar de outro modo? Algumas pessoas podem revelar uma sensibilidade que até então desconheciam.

Respondi que queria ver meu filho. Então ele disse: "Os amigos do Martim foram detidos uns dias atrás. Consegui impedir a prisão do nosso filho e convenci ele a viver fora do Brasil. Martim está longe dos baderneiros subversivos.

Ele seria importante na minha construtora, mas não quis trabalhar comigo. Nem sei se vai ser arquiteto. Estava metido no teatro, vai ser ator no outro lado do mundo".

Apesar do meu rogo, não revelou o destino do filho expatriado. Ele não se chateara com a minha carta e queria muito me ver. "Na Catedral, no fim da tarde, Lina." Estranhei tudo aquilo, fiquei calada, ouvi de novo meu nome, e uma pergunta: "Onde você está hospedada?".

Sem hesitar, disse que telefonava de São Paulo.

"Você está ligando de Brasília, Lina. Posso passar na Catedral a qualquer hora."

Desliguei, e ainda permaneci um minuto na cabine. O que Rodolfo dissera com voz afável era um artifício para ocultar uma mentira? Ele jogara verde ou tinha certeza de que eu estava em Brasília? Teria informantes na vizinhança da casa da W3? Quando perguntou com naturalidade onde eu me hospedara, a ameaça da vigilância estava em jogo, mas não cedi totalmente ao medo.

Não sabia o sobrenome da Dinah, da Baronesa, do Nortista, de nenhum dos amigos do Martim. Não vi na lista telefônica o nome do Damiano Acante nem o do embaixador Faisão. Fui ao Palácio Itamaraty, mas não permitiram que eu entrasse. Peixes cinzentos e prateados moviam-se no espelho d'água entre os reflexos dos arcos do Palácio. Por que Rodolfo queria me ver na Catedral? A voz dele não era hostil, os peixes atravessavam arcos de luz, rompidos pela refração. A farsa do homem afável. O que ele esperava de mim, senão querer saber do meu filho? Um táxi se aproximou. Universidade de Brasília. Tinha esperança de ver Dinah ou Damiano Acante. Poucos estudantes no restaurante, na Biblioteca Central e no gramado; apenas um conhecia de vista Damiano e os atores do grupo de teatro. No Instituto de

Artes e Arquitetura falei com uma moça. Mineira de Montes Claros. Viu as fotos e confirmou: "Martim estuda aqui, mas não é meu amigo. Parece que vão fechar nosso Instituto. Na última invasão do campus, a polícia prendeu estudantes e professores, muitos foram expulsos da UnB".

"Martim foi preso, expulso?"

"Vi ele na Biblioteca Central e na última assembleia. Isso faz uns dez dias ou duas semanas. Você perguntou para os outros estudantes?"

"Para quase todos, até no restaurante."

"Mas não pergunte na reitoria. O vice-reitor é oficial da Marinha e comanda a repressão no campus."

Então fazia pouco tempo que os amigos tinham sido presos. Ela me indicou uma trilha que dava no Paranoá; fiquei perto da beira do lago, ao lado de uma construção abandonada. Vi sob uma laje um fogareiro, uma colher de metal, um prato amarelo de plástico e uma bilha. Escutei chiados, talvez ratos. Uma bota velha pendia da laje e, num pilar que não sustentava nada, li numa placa enferrujada: *Brasil, ame-o ou deixe-o*. Dácio e Irma partiram, e deixaram o amor enterrado... O ar morno amolecia meu corpo, molhei os pés e o rosto, Martim gostava de remar no Paranoá: será que navegava no meio do lago ou próximo a uma margem? Leonardo tinha razão? *Você vai se arrepender de viajar pra Brasília, Lina. Essa carta do Martim... Por que ele não deu o número do telefone da casa na W3? Vai ver que se mandou e não teve coragem de contar...*

Ar seco, sol a pino no azul quase sem nuvens; um veleiro mal se movia na outra margem. A superfície do lago parecia um espelho, a angústia e o cansaço me oprimiam, minha voz insultava Leo e perturbava o silêncio. Uma súbita lufada rompeu o espelho.

Saí do campus, parei diante da escola onde Martim estudara: plantas mortas no jardim interno, um escorpião-amarelo surgiu de folhas ressequidas, espiei as salas vazias e empoeiradas. O sonho com o cerco militar da escola era uma realidade. A carta ilegível, no fundo da sacola, seria mesmo uma despedida? Naquela tarde, era eu a expatriada: mãe banida. O que diziam as palavras ilegíveis? Seriam verdadeiras? A viagem para o "outro lado do mundo" talvez fosse mais uma invenção maligna do meu ex-marido. A provável mentira dele me encorajava a procurar outra versão daquela história.

A figueira era tão grande que diminuiu o edifício onde Martim e o pai haviam morado.

A árvore é meu abrigo noturno, mãe. Quando sou agredido, desço e fico deitado nas raízes grossas que rasgam o cimento da calçada e lutam para respirar, sobreviver. Ontem, depois do jantar, o homem que se diz meu pai discutiu comigo e bateu no meu rosto. Ri do idiota, num gozo de vingança. Fui dormir lá embaixo, acordei na sombra de uma pequena caverna, senti a brisa fresca do cerrado, um menino me ofereceu biscoitos. É um garotinho candango. Eu mesmo me sinto um candango. Sabe o que isso significa? Ser do cerrado e de outros lugares.

Martim nomeava flores, pássaros, cavernas, cachoeiras do cerrado e os lugares de Brasília que mais admirava. Não o veria por acaso num desses lugares? Voltei de ônibus para a Asa Sul: a Escola Parque, o Cine Brasília e a Igrejinha, fechados. Ar de domingo ou feriado. Dia vazio, de angústia e perguntas. Ele mora sozinho, escondido, envergonhado? Diante de mim, o painel de azulejos da Igrejinha: pombas brancas e estrelas pretas no fundo azul; pássaros passavam sobre a Escola Parque e subiam com seus cantos; seguia o voo sinuoso quando alguém puxou a manga da minha blusa. Vi uma boca aberta, quase só gengiva: "Tem uma comidinha, madame?". Voz rouca de uma mulher descalça, coberta por um saco de pano, cabeça raspada recentemente. Tirei da sacola um pacote de bolachas, a mulher o pegou com um gesto rápido e recuou, devagar, mirando com dureza e desconfiança meu rosto, como se eu fosse uma ladra. Sentou-se num banco ali perto, e tão longe de mim. Mastigou com avidez, enfiou a cabeça no saco de pano sujo e se deitou no mormaço: trégua para não se soçobrar na cidade monumental. Tudo ao redor parecia um pequeno mundo fechado, silencioso, sob o azul de uma tarde quente. Ninguém nas janelas, e a claridade não esconde a escuridão. Quando passava pela quadra comercial, um ruído crescente rompeu a quietude: caminhões cheios de soldados avançavam no Eixo, dois jipes iam à frente do comboio militar. Tudo verde, com manchas cor de ferrugem. Andei depressa para o interior de uma superquadra. Um rapaz lia um livro grosso na sombra de uma acácia florida, solitária no gramado. Não sei por que esse leitor — e não os outros que vi no campus — me fez lembrar um dos oásis do Martim em Brasília.

"Sabe onde fica a Livraria Encontro?"

Ficou de pé, bem perto de mim. Reparei no cabelo cacheado, na covinha no queixo redondo, nos lábios finos e um pouco abertos; os olhos grandes, da cor de açafrão, lembravam os do Leonardo.

"Sei, sim."

Indicou na capa do livro de história um selinho da Encontro: "Fica ali na galeria do Hotel Nacional. Mas o que parece perto em Brasília, é sempre mais longe".

O cabelo curtinho e a voz haviam me confundido. A leitora sorriu, segurando o livro aberto. Os seios sob a camiseta branca eram menores que as mãos fechadas de um recém-nascido.

A Encontro, trancada; mesas e estantes sem livros, pedaços de papel no chão; na parede do fundo, uma porta escancarada dava para um corredor escuro. O fechamento da livraria teria relação com a prisão dos amigos do Martim? O pai dele me deixara na fronteira da verdade com a mentira. Talvez meu filho tivesse rabiscado a carta numa cela. Pensava nisso quando vi a imagem de um homem parado, refletida na porta de vidro da livraria; quando a imagem avançou à minha esquerda, vi o homem de costas, baixo e massudo, andar na direção da entrada do Hotel Nacional. Decidi voltar para Minas no primeiro ônibus noturno. Na rodoviária, as filas nos guichês pareciam sair de um formigueiro, muita gente ia viajar para as festas natalinas e de fim de ano. Comprei a passagem, ainda faltavam três horas para o embarque a Belo Horizonte, e quando ia descer para comer um pastel, a fome me salvou numa hora perigosa do dia: uma cabeça emergiu da escada rolante. O homem da galeria do Hotel Nacional não me viu; tirou um documento da carteira e furou a fila do guichê onde eu comprara a passagem. Ele me seguira o tempo todo? Viajaria no mesmo ônibus para Belo Horizonte? Curvei meu corpo, desci aos saltos, esbarrando em pessoas ansiosas para regressar a suas casas. Entrei num táxi e disse ao motorista que tinha pouco dinheiro e muita pressa: meu filho ia chegar às nove e meia na rodoviária de Goiânia. Fez um preço razoável. Eu usara o filho que procurava para fugir da hora perigosa. No início da viagem, o motorista me fez perguntas, que eu mal respondi. Queria sorver o ar noturno e o silêncio da imensidão. Lua crescente, cor de areia, as primeiras estrelas passavam pela janela, no céu azul-escuro apareceu a imagem da mulher desdentada, coberta por uma mortalha. Me deitei com o corpo encolhido, as estrelas sumiram no céu da noite serena, acordei em Goiânia e voltei para Minas com o peso da dor, depois de andar o dia todo por Brasília. Os dias de frustração nunca são recuperados.

Antes de viajar para a capital, tinha sido rude com Leo; na beira do Paranoá, me lembrei daquelas grosserias e acrescentei outras. Não me desculpei quando ele disse: "Por que não me ligou? Fiquei preocupado".

"Passei o dia procurando meu filho, Leo. Alguém estava atrás de mim. Me deu raiva quando me lembrei de você."

Depois contei o que acontecera em Brasília; Leo refletiu um pouco, e perguntou se eu escondia alguma coisa.

"Da viagem?"

"Não, da tua vida."

O olhar dele pedia uma resposta, que não dei.

"Tua mãe não sabe nada do Martim? Você acha mesmo que ele está no outro lado do mundo? Acreditou num homem que mandou um meganha de merda seguir você?"

No último dia daquele ano, liguei para Santos. A voz cansada da Ondina não perguntou onde eu morava; ela recebera cartões-postais e um telefonema do Dácio, e Martim tinha viajado para o exterior.

"Qual país?"

Escutei ruído de chuva no litoral, em seguida a voz da Delinha.

"Tua mãe acordou com febre. Martim falou só um pouquinho comigo. Procurava um lugar pra morar... Fazia um chiado danado na ligação. Acho que ele está bem, mas a gente sente..."

"Um lugar para morar? Onde, Delinha?"

"Longe do Brasil. Ele só disse isso."

Fui lançada num mar de incertezas quanto ao destino do Martim. Passei a desconfiar também da Delinha, o que ela me falara soava falso, e eu me debatia com aquilo. Uma mentira maléfica na voz de uma amiga não é traição?

Com uma voz sonsa, o zelador do edifício da São Luís dizia por telefone que não recebera cartas, apenas folhetos de propaganda. Devia acreditar nele? Sem saber em quem confiar, a falsidade e as reticências pareciam as verdades daquela história.

10.

"É a última noite. Lisandra só chega do Rio amanhã de tarde. Vou sair com os sambistas do morro da Queimada. Não querem ir comigo?"

Aurora usava calça preta, camiseta colorida e uma máscara bordada que imitava uma borboleta; ficou de costas para mostrar duas asinhas de papel de seda vermelho presas na camiseta. A última noite carnavalesca não antecipava o calvário do dia seguinte.

"Vou sair com Maciel Solho no Bloco da Saturno, Aurora."

"Sempre com o pessoal da Saturno, não é? Os estudantes daquela época estão barrigudinhos ou já foram embora. Só o pintor, o Solho, ficou lá. Leonardo é fiel ao passado da Saturno."

"Nem sempre, irmãzinha. Já saí no Bloco Bandalheira, no Zé Pereira dos Lacaios... Você ainda estava no casulo, não era essa borboleta."

Aurora riu, deu uns passos de samba e girou o corpo, numa alegria alada; pegou na cintura uma máscara com lantejoulas vermelhas: "Então Lina e eu vamos sair na Império de Morro Santana".

Aurora me arrastou para a noite carnavalesca; sambei sem ritmo, com passos tortos; pular era mais fácil. Perto do Chafariz do Pilar, um folião de túnica vermelha, máscara preta e turbante branco se aproximou da gente; Aurora me puxou pelo braço: "Vou lá pra cima. Um dia te conto". A borboleta e o mascarado sumiram na rua da Escadinha, e eu subi por outra rua até a praça Tiradentes. Alguns conhecidos, que durante o dia me cumprimentavam com ar um tanto formal, me abraçavam e pulavam um pouco comigo. Pareciam outros, e deviam pensar o mesmo de mim.

Não vi Leonardo na cidade possuída pela festa da última noite; chegou em casa às oito da manhã, disse que não tinha bebido muito: sinal de fragilidade.

"E esses olhos inflamados? Foi a bebida ou a fragilidade?"

"Bebi menos que o Solho e os estudantes, Lina. A gente amanheceu na Ponte Seca. O pessoal da Saturno tem energia e esperança. Solho ainda tem um pouco de energia. Quanto a mim, não sei..."

Desceu para pintar, empacou e desistiu. A gente ia dormir quando atendi o telefone.

"Como foi o Carnaval? O camaleão saiu em algum bloco? Hoje é dia de tempestade de neve, Lina."

Durante a nevasca, Dácio não saía para fotografar; ampliava fotos de Ouro Preto e outras cidades históricas. Ia viver das imagens do passado? Logo ele, que sempre sonhou com o futuro. Falei da minha ida a Brasília e da conversa com Rodolfo: a prisão dos amigos do Martim e a viagem dele para o "outro lado do mundo".

Dácio mudou de voz, me chamou de irresponsável, imatura, ingênua.

"Desse jeito, você vai cair numa armadilha e perder teu filho."

"Qual armadilha, Dácio? Como, por que vou perder meu filho?"

"Você teve coragem de falar com aquele pulha? Ninguém deve ser corajoso para se humilhar, Lina. A gente usa a coragem para outras coisas."

"Irma", eu disse. "Quero falar com ela."

"Foi dar aula de inglês pra imigrantes."

"Saiu pra trabalhar? E a nevasca?"

"Tua cunhada gosta de tempestade", ele disse, com voz irritada. "Meu cunhado só gosta de chuvisco. Ele está aí?"

Leonardo ouviu Dácio por uns minutos, só falou monossílabos.

Irma ligou dois dias depois; dessa vez, a nevasca a impedira de sair de casa.

"Uma brancura inunda Boston, Lina. Os parques, o rio, as ruas, tudo branco. Os dias são noturnos... Esse inverno me faz mal, parece que vivo de ponta-cabeça. Mas Dácio tá animado, o amigo dele tinha razão, o barroco mineiro faz sucesso aqui. Ele vai fazer uma exposição numa pequena galeria da Newbury Street."

"Mas quando falei com ele, ficou mal-humorado e tenso."

"Dácio ficou chateado porque você ligou pro teu ex-marido. Esse cara inventou a viagem do Martim. Você tem notícias dele? Não te escreveu mais?"

"Não consegui ler a última carta do Martim. Parece uma cerca de arame farpado. Nem falei isso pro Dácio."

"Será que Martim não conseguiu dizer o que está sentindo? Você sabe que isso acontece entre pais e filhos. Qualquer pai, mãe, e qualquer filho. Acontece até entre amigos, entre você e o mundo..."

Acontece entre você e o mundo... Mas não estou surda, nem quero ligar meu corpo a uma alma culpada, vencida pelo ceticismo. O fim de toda crença é o triunfo da infelicidade e da inação. Que outra crença me move, senão essa voz, que escreve para mim mesma?

Na primavera o ânimo da Irma melhorou; Dácio estava entusiasmado com a exposição de fotos na Newbury, e já recebera convites de galerias de Massachusetts e Rhode Island.

"Acho que ele se afastou de mim, Irma."

"Nada disso. Quando falo de você, Dácio se emociona de tanta saudade."

Será mesmo saudade? Quando ele estava no Brasil, a gente passava semanas, até meses sem se ver, e isso não nos abalava. A saudade de quem está por perto é suportável? Talvez o oceano que nos separa crie fantasmas...

11.

"Vou morrer sem ver meus filhos e meu neto."

Quanta chantagem nesse lamento. Minha mãe e eu estamos confinadas em celas separadas, e a minha parece vedada a qualquer luz.

Delinha sussurrou: "Tua mãe acredita em muitas coisas, até em maldades...".

"Maldades?"

"Não posso falar, Lina."

Então fui grosseira com Delinha, a estupidez do lado materno borbulhou em mim: "Você esqueceu que foi humilhada mil vezes pela tua patroa? Por que fica de segredo com ela? Por que não conta coisas que eu devia saber?".

Delinha ignorou a repreensão.

"Sim, maldades. Não deixam Martim em paz."

Antes de desligar, repetiu a última frase, acentuando o nome do meu filho: um nome sem lugar, como num sonho borrado e mudo.

Fiquei entregue à reticência e à mudez da Delinha e dos outros, mas recusava a omissão e o silêncio. Por que Irma e Dácio passavam tanto tempo sem telefonar? Quando disse a Leo que a distância esfria a amizade, o amor, tudo, ele perguntou: "Depois de tantos anos longe do teu filho, você ainda sente o mesmo amor por ele? O amor de quando ele era criança e vivia contigo?".

Leonardo se assustou com meu grito de cala a boca; mas o berro indignado não era dirigido a mim mesma? Martim estava cada vez mais longe… Por que deixei isso acontecer? Queria mesmo me separar do meu filho? Às vezes botava culpa no Dácio e no Leonardo com veemência. Por que eu agia assim? Talvez a gente acuse os outros para sentir menos remorso dos nossos próprios atos. Quando liguei pela primeira vez para Boston, o amigo do Dácio disse que meu irmão e Irma andavam "lá pra baixo", não sabia para onde iam depois.

"Lá pra baixo?"

"Sim, no Sul."

Irma demorou para dar sinal de vida: ela e Dácio estavam em New Orleans, onde tinham feito amizade com uma fotógrafa canadense. Iam viajar para o Mississippi, depois para o Meio-Oeste. Irma escrevia o diário dessa viagem, quem sabe publicariam um livro com fotos e textos.

"Dácio está aqui do meu lado, Lina. Quer fazer as pazes com a irmã querida."

Irma deu uma risada, depois ouvi uma voz grave: "Não me sinto longe de você, Lina. Só quis te alertar sobre aquele sujeito. Soube que Martim está na Europa".

"Quem te disse isso? Nossa mãe? Por que ela não me contou?"

"Eu sempre fui o primeiro a saber de certas coisas… Martim está morando na Europa, mas ele não quis dizer em qual país. Deve ter enviado cartas para o edifício da São Luís. Acho que teu ex-marido subornou o zelador, ele é capaz de fazer até o impossível..."

"Fazer até o impossível", repeti. Dácio pediu para dar uma palavrinha com Leonardo; a palavrinha durou uns dois minutos, até Leo dizer: "Só mais uma. E a viagem?". Dácio falou alguma coisa e Leo pronunciou um nome feminino com uma interrogação apreensiva.

"Quem é Joana, Leo? O nome dessa mulher mudou a cor do teu rosto."

"Dácio e Irma conheceram Joan. É uma fotógrafa canadense que ficou amiga deles. Eu entendi Joana. Fiquei aborrecido quando ele perguntou pelo meu trabalho e eu falei que a galeria de São Paulo tinha vendido só mais uma tela."

"E você nem me contou isso."

"Soube ontem por telefone. O dono da galeria vai mandar o dinheiro. Não é muito. Quis que ele vendesse por qualquer preço."

"Eu devia ter falado com esse galerista, o que a gente ganha não dá pra fazer uma viagem. Você não tem vontade de ver meu irmão e Irma? A gente pode alugar essa casa e se mudar para outra, menor."

"Você pode fazer o que quiser com essa casa. Pra mim, tanto faz morar no Carmo ou num lugar fora do centro. Seria até melhor. Saramenha, Piedade, qualquer bairro pobre, longe de turistas. Posso morar até numa cova, numa furna... Aí eu saio do buraco para pintar. Só preciso de luz, claridade."

Falava concentrado na própria voz, sem olhar para mim.

"Você está dizendo isso só porque falei de uma viagem? Eu também sinto falta da Irma e do meu irmão. A gente não precisa viajar, não é o dinheiro…"

"Minhas pinturas…", ele me interrompeu e fez uma pausa. "Macena e Solho me deram uma sugestão. Vou pensar… Deixa Dácio e tua cunhada em paz. Eles estão viajando com uma amiga canadense. A gente não sabe pra onde eles vão…"

Ficou de costas para mim, perto do oratório; o suor na camiseta cinzenta desenhava manchas esparsas, me lembrei da pelagem do cachorrinho, ele matava sapos e os levava à varanda, exibindo valentia e fidelidade ao dono; levava uma bronca quando depenava e trucidava um pássaro, os olhos do cachorrinho se entristeciam, e ele se afastava com um andar manco, sequela do atropelamento que o deixou ganindo na beira da rodovia, até ser recolhido por Leonardo. Quando me viu pela primeira vez na quitinete, latiu com estridência, farejou minhas pernas e olhou para Leo, pedindo explicação. Depois ficou quieto, à escuta, e só no fim deu uns latidos fracos, pulou para o sofá-cama, se aninhou entre os dois corpos, lambeu meus braços e ombros, como se me admitisse na vida familiar. Nos poucos meses do nosso convívio no sítio, antes de ele ser sequestrado e talvez assassinado, a gente corria e saltava no pomar, até o cansaço; então eu acariciava o focinho suado, que cabia nas minhas mãos.

"Volga", eu disse.

Leo pôs as mãos no rosto, e quando virou o corpo, não perguntei por que ele chorava.

"Eles estão bem, Lina. Dácio e Irma estão muito bem."

12.

Karin Friede veio passar uns dias em Ouro Preto, depois seguirá para São João del-Rei e Tiradentes. Na tarde de sábado, quando fui visitá-la no solar da Lisandra, falei que Leo sentia desprezo por si mesmo, dizia que era mais um artista da fome, sustentado por uma professora de francês. Lisandra pegou o telefone e disse em voz alta: "Quero conversar com você, Leonardo. É uma coisa séria. Venha agora mesmo".

"Que conversa é essa?"

"Karin vai me ajudar, Lina."

"Eu? Como?"

"Basta ficar calada ou concordar."

"Ficar calada... Concordar com quê? Não gosto disso, Lisandra."

"Não vou magoar você, Karin. Você pode me ajudar com sua discrição e seu lindo sorriso, querida."

Leo não demorou. Usava uma bermuda e uma camiseta velhas, manchadas de tinta, e calçava um Bamba sem meias. Estendeu a mão para Karin e nos olhou um pouco perplexo: "Coisa séria?".

"Muito séria", disse Lisandra. "Fiz uma aposta com Karin, e você sabe que eu detesto perder."

Karin recuou um passo e me olhou.

"Disse pra minha amiga que você é capaz de pintar qualquer coisa, até uma paisagem."

Karin moveu a cabeça: negava ou protestava?

"Uma paisagem panorâmica de Ouro Preto", continuou Lisandra.

"Estou fora dessa aposta", disse Leo, piscando para Karin. "Maciel é um paisagista de mão-cheia."

"Maciel Solho? Não vou dar um centavo pra esse tarado", disse Lisandra. "Ele pinta qualquer coisa pra ganhar dinheiro, depois gasta tudo com bebida e putas. Quis até pintar Aurora nua no jardim de inverno. É o único velho que mora numa república de estudantes. Todo mundo tem pena dele. Eu, não. Você está tremendo de frio ou de medo? Já aceitou encomendas de madames e comerciantes, vai ver que pagaram uma ninharia. Não é só uma aposta, é um desejo meu."

Virou o queixo para uma parede: "Essa tela do Guignard é linda e vale ouro, mas é uma paisagem muito estilizada e fantasiosa. Queria uma pintura mais fiel, com alguns detalhes, uma festa, procissão... A alma de Ouro Preto, meu amigo. Você pinta essa tela em quatro, cinco dias".

Leo disse com voz fraca: "Quatro, cinco dias? Isso dá trabalho".

"Muito trabalho, mas você me conhece. Um artista não deve fazer nada de graça. O pobre do Guignard era enganado o tempo todo. Coração bondoso demais atrai meliantes. Karin vai viajar no próximo domingo. Sábado vocês vêm jantar aqui. Vamos combinar às oito? Mas Leonardo só entra com a tela."

Por orgulho ou necessidade, Leo passou cinco dias entre a cozinha e o porão; na manhã da sexta-feira, ele e Macena emolduraram a tela na oficina. Uma massa escurecida lembra o relevo de Ouro Preto; o casario, as igrejas e os edifícios coloniais são quase indistintos no espaço envolto pela neblina.

"Acho que Lisandra queria ver a cidade mística das festas do Reinado e do Carnaval."

"Não pintei a cidade que ela quer ver, Lina. O título dessa tela é *Passagem por Ouro Preto*."

Me encarou por alguns segundos, como se dissesse: um dia você vai entender. Foi ao solar no fim da tarde, Lisandra estava no banho, ele entregou a pintura para Aurora. Na noite do sábado, Leo não quis jantar na casa da Lisandra; tomamos uma sopa, depois ele desceu ao ateliê e eu fiquei na sala ouvindo música. Lá pelas nove e meia decidi ir ao solar. Leo ainda relutou por meia hora, até ceder; mas quis ir a pé, numa caminhada lenta e contrariada.

"Vocês perderam o jantar e o recital da Karin", disse Lisandra.

Lamentei a perda do recital.

"Mas eu gravei", disse Aurora, apontando no tampo do piano um pequeno gravador.

"Aurora se encantou com esse trem e tomou posse dele. Já gravou um monte de fitas... Sons de sinos, chuva, passarinhos, cantoria nas procissões, recitais da Karin... Virou uma mania, não é, Aurora?"

"Gravo vozes também. A voz do meu pai, a última história que me contou."

Leo perguntou pela pintura.

"Karin ganhou a aposta", disse Lisandra, com um sorriso torto. "E você me derrotou, Leonardo."

Ela pegou na cristaleira um envelope com dinheiro, jogou no colo do Leo e indicou o lugar da tela. Entendi por que ele relutara em ir ao solar.

"Você encontrou um esconderijo perfeito para a tela, Lisandra. Sempre foi uma boa perdedora."

Karin foi até o canto da sala e, de joelhos, observou a pintura.

"Pendurei perto do chão, Leo, mas é a parede mais nobre da sala. Não vê que está embaixo das pinturas do Guignard e do Bonnard? Eram os teus ídolos."

Quando Karin elogiou a pintura, Lisandra disse que ela não devia ser tão condescendente.

"Você precisava ver as primeiras obras do Leonardo. Comprei quase todas e dei para amigas e para a Escola de Belas-Artes. Foram feitas aqui, anos antes do golpe militar, e até antes daquela Irma. Leo foi um dos melhores alunos do Guignard. Depois não sei o que deu na cabeça do meu amigo. Acho que foi influenciado pela pintura de um irlandês. Ele vê beleza nos corpos deformados, nos rostos dilacerados desse pintor louco. Eu só vejo horror. Encomendei uma paisagem de Ouro Preto e ele aparece com essa pintura lúgubre. Onde está minha cidade nesse quadro?"

"Você precisa observar de perto, Lisandra", disse Karin, ainda ajoelhada diante da tela. "Pode ser Ouro Preto... Ou a expressão fantasiosa de outras coisas. A infância, a velhice..."

"Quanta imaginação, Karin."

"Mas não é assim que a gente vê uma pintura?", perguntou a pianista, erguendo-se lentamente.

"Karin viu uma cidade imaginante", disse Leo, com o rosto voltado para a pianista. "Mas Lisandra ignorou minha homenagem a Guignard."

Pegou um lápis e uma folha de papel, e começou a desenhar. Aurora ficou com a gente no jardim de inverno.

"Soube que você foi a Brasília e não viu teu filho", disse Lisandra. "Por que não me falou dessa viagem? Faz tempo, não é?"

"Leo contou para você?"

"Não", ela sussurrou. "Leo só fala com pincel e tinta. Foi o Dácio. Agora está em Iowa com aquela Irma e uma amiga canadense."

"Então ele só telefona para você, Lisandra. Na nossa última conversa, ele estava em New Orleans. Dácio tem medo do pai do Martim, mas não precisava ser estúpido comigo..."

"Ele sofre porque não pode te ajudar, Lina."

"Não é só por isso não", disse Aurora.

Lisandra olhou para mim e para Karin: "Não reparem. Aurora toma essas liberdades, ela fala sem entender. Não conhece bem o Dácio".

"Mas ela... qualquer pessoa pode falar até do que não entende", disse Karin, levantando-se bruscamente. "E eu não entendo por que você pendurou aquele documento e aquela foto no quarto de hóspedes. Você acha esses objetos bonitos?"

"O que está escrito no documento é uma coincidência, Karin. A história está cheia de coincidências. E a foto é uma raridade, uma relíquia do nosso passado."

Eu não sabia a que elas se referiam. Karin me abraçou: ia se despedir do Leo e arrumar suas coisas para a viagem; mas logo nos chamou da sala e disse que ele tinha ido embora.

"O que deu no Leonardo? Será que ficou chateado?"

"Ninguém gosta de ser humilhado, Lisandra."

"Você leva a sério nossas brincadeiras, Karin."

"Mas aquele documento não é uma brincadeira."

"A irmãzinha é de casa, tá acostumada."

Aurora se agachou, e quando ficou em pé, me deu uma folha de papel com um rasgo.

Lisandra e Karin se aproximaram para ver um desenho de seis corpos: três na parte de cima e três na de baixo, divididas por um retângulo branco. No canto superior esquerdo, que fora rasgado, estava escrito com letras graúdas: *ria dos homens da morte*.

"Por que você foi embora sem avisar a gente? O que significa 'ria dos homens da morte'?"

Leonardo amassou o pedaço de papel, me deu o dinheiro que ganhara da Lisandra e disse que ia trabalhar por muito tempo para realizar um projeto.

Passou a primavera e quase todo o verão no ateliê; cuidava da horta e me ajudava na cozinha e na limpeza da casa; quando fazia compras na Quitanda do Cid, passava na Garamond para conversar com Macena. Decidiu lecionar somente aos domingos, trabalhou durante o Carnaval, e na manhã da Quarta-Feira de Cinzas me mostrou folhas grandes com desenhos a lápis: estudos de corpos com indicações de cores; os corpos masculinos, inclinados para baixo, olhavam para um objeto. Nenhum rosto era reconhecível. No começo do outono, pediu que eu fizesse as compras na Quitanda do Cid, e saía apenas para lecionar na oficina, aos domingos. Pensava que a obstinação do Leo em realizar seu projeto artístico era um modo talvez inconsciente de ficar longe de mim, mas ele nunca insinuou isso, nem foi indiferente na nossa intimidade, mesmo depois de ter trabalhado dia e noite. Numa madrugada, me despertou com toques desastrados, que me incomodaram mais que o bafo de bebida. Meu corpo se encolheu quando senti cheiro de tinta, que me lembrou a noite de vandalismo na casa do sítio. Acendi o abajur, afastei do meu corpo as mãos manchadas e disse: "Tua cabeça ficou lá embaixo, parece que você ainda está bebendo e pintando".

"É o meu último... O fim de alguma coisa, Lina. Depois não sei se vou conseguir..."

"Fim de quê? Não vai conseguir pintar?" Fiz várias perguntas, e o silêncio dele me irritou ainda mais. A recusa de conversar comigo se prolongou até o inverno, quando me mostrou um painel de sete pinturas que cobria uma parte da parede do subsolo. Era a *Galeria dos homens da morte*. Cinco generais e um civil, em telas quadradas, quase todos curvados para a tela retangular do centro: uma estranha máquina metálica sobre uma mesa cinzenta. A expressão dos rostos militares variava; o general mais baixo fixava o olhar duro na máquina; os outros revelavam satisfação, com nuances de crueldade. Mesmo deformadas pelas pinceladas, pude reconhecer as figuras fardadas. O homem em traje civil era o único que olhava para fora da tela; o rosto, voltado para o observador, parecia o mais abjeto. Ao lado do painel da *Galeria*, vi uma tela menor, branca, com fios sinuosos em relevo, também brancos: um emaranhado de barbantes, ou de artérias e veias de um cérebro. Mais perto da pintura, imaginei um labirinto.

"Essa tela branca, isolada..."

"Pintada de branco, Lina. Não faz parte da *Galeria*. Parece abstrata, mas não é."

Ele indicou a tela com a figura em traje civil, que nos olhava frontalmente.

"Esse aí também participou da carnificina. Uns anos atrás foi apagado pelos combatentes da ditadura. Você viu esse homem."

Mas eu não via "esse homem" na pintura: o queixo, as faces e a boca repuxados me davam asco. No rosto mais desfigurado da *Galeria*, nem os olhos pareciam humanos.

"É o estrangeiro daquele jantar no Taquaral, em Campinas. Ele me servia vinho e perguntava: 'Não come carne? Ou é o sangue...?'. Parecia gentil. Falou no meu ouvido que o dono da casa era muito simpático, mas que ele e os convidados não entendiam nada de arte. Depois quis conversar na varanda. Ele tinha visto na casa da Santina aquelas telas antigas que eu pintei aqui. Falou de arte contemporânea e perguntou onde podia comprar meus quadros. Eu disse que era um pintor sem público, desconhecido, nunca tinha feito uma exposição. Ele quis ver as pinturas recentes, tinha certeza de que eu era um grande artista. Falei que aquele tipo de elogio parecia uma calúnia de inimigos. Aí ele deu uma risada e disse que era muito entediante viver sem inimigos. O mais estranho veio depois. Ele disse que os verdadeiros inimigos deviam ser combatidos com a arte. Aí falou de uma peça que ele tinha desenhado. Um amigo dele, dono de uma metalúrgica, fabricou essa peça. Era uma máquina de aço e alumínio, com engrenagens, roldanas e polias movidas por um pequeno motor. Bateu no meu ombro e disse: 'Um objeto interativo e muito bonito. A arte alimenta nossa alma, mas nem sempre é inútil no nosso cotidiano. Essa peça mecânica e elétrica pode ser usada para dar elasticidade e vibração ao corpo. Você sabe, a beleza ou a feiura de uma escultura depende de quem olha. Esse é o segredo da estética'. Ele considerava aquela máquina uma obra de arte viva e versátil. Começou a explicar como funcionava, mas não esperei até o fim."

Saí do porão, fui respirar no jardim; colhi salsa e manjericão na horta; o musgo cobria o escorpião e a serpente de pedra e dava-lhes uma nova forma; a flor da bananeira se abria em conchas duras, parecia um coração fatiado. Leonardo não queria vender nem expor as telas da *Galeria*; pediu que as doasse à Escola de Belas-Artes de Ouro Preto.

"Quando?"

"Quando a memória me abandonar."

Abriu a mão direita, examinou o desenho das linhas na pele.

"Antes de perder a memória, queria mostrar essas pinturas pro teu irmão, mas ele conseguiu domar a saudade. Não vai voltar."

"Domar a saudade? Não é o caso do Dácio... Nem da Irma."

Leo se agachou, raspou com as unhas o musgo das duas peças de pedra, pegou a serpente e ficou em pé.

"Os que ficam aqui sofrem mais, e até se desesperam. Você não está desesperada com o sumiço do Martim?"

"Ele é o meu filho, Leo. O único. Fico desesperada, mas isso só aumenta meu sofrimento. Penso em Martim todos os dias, o tempo todo, e me pergunto se ele está bem, onde mora, por que sumiu..."

Soltou a serpente, abriu a boca, mas emudeceu quando notou a tristeza no meu rosto. De uma casa lá de baixo veio uma voz masculina: "Quer apanhar? Então fica calada". Barulho de pancadas, vidro estilhaçado. Alguém chorava. Leo foi cobrir as telas com um lençol. Passamos o resto da tarde e toda a noite em silêncio, e mal nos falamos nos dias seguintes. Por que ele sofria tanto com a ausência do Dácio e da Irma? Não conseguia viver longe deles? Os amigos de Ouro Preto não bastavam? Ficava prostrado no subsolo, sem ânimo para desenhar e pintar. Quando subia para dormir, o desassossego crescia nas noites sem amor.

Na manhã de uma segunda-feira, Leo decidiu passar uma semana em Congonhas: queria fazer esboços dos doze profetas esculpidos por Aleijadinho; na volta, compraria pedra-sabão em Santa Rita. No sábado ligou para dizer que ficaria mais uns dias e perguntou se eu não gostaria de dormir lá. Eu disse que não queria atrapalhar o trabalho dele.

"Não visito os profetas durante a noite, Lina. Por que não vem?"

Então ouviu o que eu sentia: o desejo e a necessidade de ficar só. Leo protestou com aspereza: "Você nunca está só. Teu pensamento te faz companhia".

Será que ele se referia a Martim? Ansiava pela solidão, que me faz mais curiosa comigo mesma; sem isso, algo se subtrai à vida. Não senti saudade do Leonardo; tentava descobrir se isso era sinônimo de desamor. Na ausência dele, podei a trepadeira e a roseira, cuidei da horta, comprei mais um vaso com hortênsias, ouvi música, assisti a concertos no Carmo e na Casa da Ópera. Na última página de um romance russo, vi um bilhete sem data, escrito numa folha fina. "Não quero ir para essa festa. Me ligue. D." Talvez Dácio e Irma ainda não morassem juntos. Seria uma mensagem para ela?

No domingo de manhã, Lisandra nos convidou para visitar a chácara em Sant'Ana.

Disse que Leo estava em Congonhas. Passava o dia desenhando no Santuário do Bom Jesus de Matosinhos.

"O pintor está plantado lá no topo das Cabeças? Então, de duas uma: trocou você por algum profeta de pedra do Aleijadinho ou foi purificar a alma pelo fogo. Você ainda não conhece a chácara nem Sant'Ana. Aurora quer que você vá. A gente volta no fim do dia."

A companhia da Aurora me animou. A casa da chácara destoava do casario antigo do vilarejo. No andar superior, a serra do Trovão parecia ainda mais portentosa. Lisandra mostrou a cama onde Dácio costumava dormir e as fotos dos dois num congado em Sant'Ana. Do balcão de um quarto, ela apontou o pomar: "Aquela árvore... Misericórdia! Dácio saltava do galho mais alto e mergulhava numa piscininha funda. Parecia um poço. Dava até saltos-mortais. Nunca se machucou, graças ao Bom Jesus. Vou te mostrar uma coisa".

Abriu o guarda-roupa e desembrulhou uma tela.

"Leonardo fez esse autorretrato aqui na chácara, e nunca pediu de volta. Foi no ano da morte do Guignard. Depois dessa pintura, começou o transtorno..."

Lisandra se orgulhava desses segredos, e se deixava enganar pela pretensão de conhecer profundamente Leo e Dácio; quando falava dos dois, às vezes piscando com malícia, esquecia que eu vivia com um e era irmã do outro.

"O olhar dele nesse autorretrato não é estranho? Pode ser só uma invenção..."

"Pode ser ele mesmo", eu disse, reparando no olhar de um emparedado e nas pinceladas e traços que envelheciam precocemente o rosto. Pensei no rosto do meu filho, agora adulto. Quanto ele teria envelhecido? O que restara do rosto do menino de quinze anos, que me abraçou chorando na calçada da Flor do Paraíso?

* * *

Lá embaixo, Aurora picava alho e cebola; peguei uma faca para ajudá-la.

"Nada disso, você é hóspede, Lina. Por que não sobe a serra? Depois a gente dá uma volta na vila."

Lisandra queria que eu visse as estátuas das santas: os "tesouros" da chácara, guardados em caixas de madeira forradas de veludo. Deixei as santas para mais tarde, subi por uma trilha a serra do Trovão, até alcançar a pedra mais alta, com uma leve cavidade polida pelo tempo. Longe, lá embaixo, Lavras Novas; mais perto, Sant'Ana, com seu casario numa única rua, e uma igreja branca. Evitava lembranças e devaneios, não queria pensar em ninguém. Uma lagartixa cinzenta procurava insetos entre flores miúdas e botões brancos, pequeninos, a custo se entreabrindo; não vi flores fecundas, nem as flores da vida, nascidas à luz do sol. Lá em cima um pássaro atravessou uma nuvem pequena e emergiu no azul, o musgo desenhava na pedra oceanos verdes, mas a natureza não me livrava da amargura por nada saber do meu filho. Essa aflição forte atenuava a tristeza de não mais amar Leonardo. O passado é o tempo desse amor, e o próprio passado, anterior a esse amor que findava, me levava a uma igreja de Santos, no alto de Monte Serrat. O calafrio que então sentia era de outra natureza. Aquela igreja branca, bem mais antiga que a de Sant'Ana, estava cheia de marinheiros. Saí no meio da homilia em memória do Jonas Martim, desci a escadaria, caminhei até o Gonzaga, parei diante do bangalô branco. Jonas me esperaria na varanda, Delinha gozaria livremente o sábado ou o domingo, e antes de anoitecer perguntaria no porto do Estuário: *Cadê as flores pra curar minhas dores?* Uma voz disse meu nome:

era Oscar Doherty, que voltava da igreja de Nossa Senhora do Monte Serrat. Entramos na casa, pedi para ficar um pouco no quarto do Jonas. Tudo no mesmo lugar: livros de poesia e de navegação, uma carta náutica da baía de Santos, romances de aventura, a foto da mãe na pequena ilha onde o pai encontrara o filho morto: a mesma ilha que se aproximara de mim no salão do Circolo Italiano.

"Meus amigos vão chegar daqui a pouco, Lina. Teu pai com certeza. Tua mãe, não sei..." Doherty não quis ver os postais e poemas enviados por Jonas; o olhar do pai parecia dizer: meu filho ainda está neste quarto.

Antes de se confinar no bangalô branco, Oscar Doherty ainda pilotou cargueiros por alguns anos. Navegou para viver. A imagem do Leo surgiu com esse último verbo. Não queria mais viver com ele. É mais difícil explicar o amor do que a morte do amor? Vozes de uma cantoria e sons de tambor vinham do vilarejo; no pé da serra, os braços da Aurora desenhavam no ar um xis. Sentou-se numa pedra e me esperou. Desci com as lembranças do náufrago ou suicida e, sem o peso de culpa alguma, fui com Aurora até o vilarejo; o ritual tinha terminado, ela se aproximou de um homem alto e grisalho, rosto ossudo, gestos calmos. Beijou a mão da Aurora, que me apresentou a ele.

"E a dona Lisandra?"

"Tá lá na chácara, Dito. Quando a mulher vem pra Sant'Ana, fica espanando as santas."

Dito nos convidou para almoçar na calçada de uma casinha branca: parecia uma capela antiga, mas era a Quitanda da Boa Cachaça. Vi numa prateleira garrafas de cachaça com bichos no fundo e fiquei curiosa. Dito pegou uma garrafa, virou-a de ponta-cabeça: uma cobrinha vermelha dançou no líquido ambarino.

"É só para atrair turistas, dona. Eles ficam impressionados, sabe? A gente oferece uma dose e eles compram umas garrafinhas."

Botou sobre a mesa uma jarra com suco de goiaba e uma garrafa de cachaça, depois trouxe as panelas do almoço: galinha com quiabo, farofa com linguiça, torresmo, couve refogada com alho, arroz; Aurora ia comer mais tarde com Lisandra; derramou cachaça no copo com suco e me ofereceu a bebida. Num bar ao lado da quitanda, um grupo de jovens assistia a um jogo de sinuca.

"Tudo parente", riu Dito. "Quem não é aparentado, é amigo. Quase todos se misturaram... Sant'Ana é só essa rua com uma igreja. Nosso vilarejo é uma família."

Olhou o chão e fez uma careta: "A terra aqui é ruinzinha, tem muita areia, sabe? Em Santa Rita é melhor, tem um pouco de fartura. Mas a gente planta couve, milho, cria galinhas e porcos... Aqueles meninos ali no bar, eles entram nos riachos, garimpam cascalho com ouro podre. Quebram rochas, tem muita pedra com topázio do Império e turmalina. Vendem tudo em Ouro Preto".

"E tem o maquiador de santas, primo do Dito. Lisandra até perguntou por ele."

"É o Pássaro, o Paulinho", disse Dito, sorrindo e olhando para mim. "Meu primo faz encarnação de estátuas de santas, profetas e de Jesus. Trabalha num galpão ali no fim da rua. Quer conhecer?"

Sentia um pouco de tontura e hesitei. Aurora insistiu e, a caminho do galpão, disse que o Pássaro envelhecia estátuas.

"Elas ficam muito antigas. Lisandra compra essas santas, depois vende em Belo Horizonte, Rio, São Paulo. Tem gente que paga uma nota, e o Pássaro nem sonha..."

Sentado num tamborete, Pássaro segurava o pincel diante de um cristo de madeira. Disse: "Boa tarde, primo. Desde ontem luto com o Filho de Deus. Mas vai ficar bonito".

O semblante do artista justificava o apelido: nariz pequenino e curvado, lábios finos, olhos miúdos no rosto magro e afunilado; mas a voz, volumosa e desagradável, destoava do canto dos passarinhos engaiolados. Ele me olhava com desconfiança, mas quando Aurora disse que eu era hóspede da Lisandra, as sobrancelhas se moveram, e a voz ficou menos áspera: "Já viu as santas da dona Lisandra? Não? Precisa ver. Foi tudo envelhecido aqui".

Ficou em pé, ergueu os braços para as gaiolas penduradas nas vigas de madeira e disse que mal terminava uma encarnação, sentia-se livre e soltava um pássaro.

"Já soltou todos?", perguntou Aurora, piscando para mim.

"Todos? Quer que eu morra? Quando fica só um, vou na mata e pego outros. Sem o canto dos passarinhos não consigo pintar nem viver. Mas eles sabem que um dia vão voar. Eu sou a salvação dos meus filhos."

O homem franzino pegou um galho e bateu nas gaiolas: os passarinhos saltitaram, assustados, e o Pássaro ria; Dito agarrou a mão do primo: "Deixe seus filhotes quietos, Paulinho".

O ar abafado, o Pássaro perturbado e os passarinhos agitados me faziam mal. O artista voltou ao tamborete e, de costas para nós, aplicou têmpera no rosto do cristo ressuscitado; de repente meu corpo amoleceu, dei uns passos, por pouco não desabei: Dito se agachou e evitou o tombo. Ele segurava minhas pernas com um braço, o outro enlaçava minhas costas; ergueu lentamente meu corpo até me colocar de pé. Pássaro me deu um copo de água com mel, Aurora pôs a mão na minha testa: "Não tem febre não, Lina". E riu: "A cachaça do Dito com aquelas cobrinhas amolece qualquer cristão".

Lá fora, o vento e o silêncio me reanimaram. Dito se desculpou: fazia tempo que o Pássaro não variava. Antes de voltar à chácara, Aurora sugeriu que eu visitasse a igreja de Sant'Ana. O templo me atraía por não ser suntuoso. Na fachada branca, um frontão de pedra sem estátuas; em baixo-relevo, duas chaves grandes, plantas e as palavras "Sant'Ana" e "Esmolas". A torre com o sino, erguida no lado direito da fachada, parecia uma capela alongada. Dito foi comigo à igreja, sem alma viva àquela hora; ficou calado, talvez se perguntando o que eu admirava naquela nave singela, sem a profusão de ouro, de cores e de detalhes no altar, nos oratórios e nas estátuas de santos. Depois, Dito me levou à capela; o interior, úmido e escuro, parecia uma gruta; ele acendeu a lâmpada do teto, que piscou, fraca. Durante a infância, o pai o obrigava a rezar na igreja, mas, antes dos vinte anos, as divindades e os rituais religiosos do Dito já eram outros. Disse que vivia sozinho e perguntou se eu tinha filhos. Respondi: "Apenas um, o único. Mas está longe...". E acrescentei: "Moro com uma pessoa, mas vivo sem ninguém".

Dito me olhava com uma expressão serena, e com esse olhar se aproximou de mim, me beijou e desabotoou minha blusa; quando acariciou e amornou meu corpo, percebi que a serenidade fazia parte da natureza do Dito...

Depois pediu que eu voltasse a Sant'Ana. Ele ficou na Quitanda da Boa Cachaça, onde morava numa casinha dos fundos. No caminho para a chácara, imaginei que Martim poderia ter sido filho de um outro. Se ele tivesse um irmão, qual seria o mais astuto, o mais misterioso, o menos inseguro, o mais fraco? Seguia por uma trilha sinuosa, a névoa cobria o topo da serra do Trovão, olhei o vilarejo e abracei meu corpo úmido e morno.

Qual seria o mais estranho para mim?

13.

Na sala, cinco santas de madeira, envelhecidas pelo Pássaro, jaziam enfileiradas sobre o tapete, cobertas por um manto pintado de dourado com fios azuis; todas, menos a do meio, sorriam sutilmente. Ao lado de cada estatueta, uma caixa de cedro com tampa de vidro bisotado. Lisandra bebia uísque e ouvia Aurora falar do almoço com Dito e da nossa visita ao galpão do Pássaro.

"Sou freguesa do quitandeiro, Lina. Ganhei dele duas pedrinhas azuladas e mandei fazer um anel para Aurora. Você foi ver a igreja com ele, não é? Rezaram muito?"

"Dito não reza nem se ajoelha em banco de igreja. Só fala com os orixás. O apelido dele é Lambe-Lambe..."

"Aurora, sua enxerida. Expedito dança e canta nas congadas, trabalha muito, faz o diabo. Cuida de Sant'Ana, dá conselhos, aparta brigas, resolve problemas. Todo mundo respeita o velho. Parece pai de todos. Pai, avô, tio, irmão... Quando Dácio vinha pra cá, os dois subiam a serra da Chapada, andavam na mata, tomavam banho nas cachoeiras... Ele até perguntou pelo Expedito."

Olhou o copo, tomou um bom gole, roçou com a ponta do pé o rosto de uma santa.

"Ele ia pro Texas ou Novo México. Leonardo está mais preocupado que você, não é? Dácio sempre foi assim, Lina. Idas e vindas. Some e reaparece. É um sedutor ingrato. Não conheço essa Irma, nunca fui com a cara da tua cunhada. Ensinava inglês num cursinho, diz que lê muito. Parece que nasceu no interior de São Paulo, perto do Mato Grosso. Já nasceu acalorada... Teu irmão só me contou isso. Mas sei que ela botou uma coleira apertada no pescoço dele. O fotógrafo galã e orgulhoso virou um cãozinho amestrado pela professora de inglês. O que mais...?"

Lisandra tomou o resto do uísque, chupou uma pedrinha de gelo e olhou o copo vazio: "O que mais você sabe dessa *teacher*... grande leitora?".

Aurora tocou sutilmente o indicador nos lábios: que eu não desse corda ao ciúme da outra.

"Encheu a cabeça dele com o sonho americano, convenceu o pobre do Dácio a ir embora do Brasil. Ele gosta daqui, chorou na minha casa quando disse isso. Tua cunhada, com aquele olhar de loba, ria e sacudia a cabeça... O cabelão vermelho parecia labaredas. Você não percebeu que ela anulou o Dácio? Ainda tem dúvida?"

Pedia que eu confirmasse o que, para mim, era antes uma calúnia que uma dúvida.

"Dácio tentou ser fotógrafo no Brasil, Lisandra, mas fracassou."

"Fracassou no amor, sua boba. Traz mais gelo, Aurora. E mais um copo. Lina precisa beber pra falar da cunhadinha. Vocês são muito amigas, não é?"

Tomei um gole de uísque, senti um tremor no meu corpo ainda morno. Dois estranhos na capela escura, os corpos agarrados entregues ao desconhecido, assustados com o inesperado, sem promessas de amor, sem pensar no futuro.

"Só deu um golinho, Lina? Assim você não vai falar."

Passou a língua nos lábios grandes e molhados; a saia florida contrastava com a expressão do rosto, agora refém da amargura.

"Tua cunhada...", ela disse, à espera da minha voz, mas eu ouvia a voz da Irma na clínica da Aclimação numa tarde ensolarada, que me deixaria com o transtorno de uma grande culpa. Irma abandonara a família e fugira de uma cidade do interior paulista para a metrópole. "Eu tinha dezoito anos, Lina. Filha única. Gostava de ler, aprendi inglês lendo romances. Queria escapar do sufoco provinciano, sabia que a vida em São Paulo seria difícil. Consegui um emprego no Mappin, fiquei três anos lá, passava o dia todo no centro, estudava de noite na pensão onde morava. Um dia, quando entrei no meu quarto, um homem me agarrou e me ameaçou com uma faca... Reagi, gritei, mas o cara era um brutamontes. A pancada que me deu... A pensão virou a casa dos pavores, e de repente eu estava na rua, sem rumo. Fui morar na casa de uma família em Santa Cecília. O aluguel do quarto era barato, e me tratavam bem. Conheci Dácio num fim de tarde no Mappin. Ele queria dar um presente para a mãe e me pediu uma sugestão. Comprou um vestido lindo, que eu escolhi. Lembro que tua mãe usou esse vestido no baile de formatura dos engenheiros. Dácio saía do trabalho e passava na loja para me ver. Ele trabalhava numa construtora, mas era apaixonado por fotografia. Ele e uns amigos da Politécnica queriam aprender inglês.

Formaram uma turma de doze alunos e pagavam bem. Aí eu larguei o balcão e virei professora. Depois um ex-aluno da Poli abriu um cursinho e me convidou pra dar aula. Comecei a sair do pântano, até retomar o ritmo da vida..."

"De onde veio essa mulher, Lina?"

A voz exigia uma resposta, que eu mantinha acesa na minha lembrança. Lisandra mirou a santa do meio, a única de olhos fechados, o rosto rosado e sério encarnado pela arte do Pássaro.

"Lina está pensando, Aurora. Vai ser engolida pelo pensamento ou pela imaginação. Quem você está vendo: o pintor ou o velho Expedito? Não adianta, ficou muda! Vamos guardar as santas e voltar pra Ouro Preto."

"Você não pode dirigir assim. A gente sai amanhã de manhã."

"Assim, como? Estou ótima, Aurora. Vamos voltar agora mesmo."

Juntou as pernas, apoiou as mãos nos braços da poltrona, mas não conseguiu se levantar; Aurora não a ajudou, e o corpo da Lisandra se lançou para trás, a cabeça apoiada na parte baixa do encosto. Tentava falar, mas sem emitir sons, parecia uma mímica deitada. Não era o álcool: uma força secreta a emudecia sem piedade. Ela me olhava como se não entendesse — ou não aceitasse — a presença poderosa da Irma na vida do Dácio. Depois de vários ensaios, a voz saiu, vacilante, um pouco assombrada: "Aquela cabeça... de onde surgiu aquela cabeça de fogo? Como conseguiu? Foi feitiço?".

Largou o copo, estendeu as pernas fortes, a cabeça pendeu para o lado, os cílios se fecharam, os pés cruzados tocavam o manto dourado de uma santa. Dormiu sem saber de quem era e de onde surgira "aquela cabeça de fogo".

* * *

Manhã com chuva e trovoadas, as serras, a igreja de Sant'Ana e a Quitanda da Boa Cachaça ficaram para trás. Com cara de ressaca, Lisandra dirigia uma Brasília amarela, enlameada. Passamos por Santa Rita de Ouro Preto, o carro avançava devagar, em zigue-zague, desviando-se de poças, derrapando na estrada de terra. Iowa, Texas, Novo México... Nenhuma palavra dos expatriados. Mas era o silêncio do meu filho que me assombrava. O longo tempo da nossa separação e o silêncio absoluto do Martim me faziam pensar na morte. Não eram os solavancos do carro que me davam enjoo; o medo não vinha do temporal. Aurora viu meu rosto molhado, passou para o banco de trás, apertou minhas mãos suadas, o rosto no meu ombro esquerdo, os olhos grandes e escuros tão perto da minha angústia.

Rajadas inclinadas, parecia chuva deitada; a rua da casa do Carmo, um riacho. Leo, só de bermuda sob o beiral, olhava os blocos de pedra-sabão no jardinzinho. A chuva cobrira uma parte da horta; uma flor-coração da bananeira caíra na grama, rosas vermelhas flutuavam na água suja.

No fim dessa manhã enfastiada, recusei beijos vorazes, tão vivos no passado. Toda aquela dádiva se dissipara; Leo ignorava minha reação, e disfarçava, incapaz de perguntar o que acontecia comigo, dentro de mim. Se ainda o amava. Temia uma decepção? O confronto com uma verdade? O disfarce é covardia calculada, só retarda... Abriu folhas de papel-manteiga com desenhos dos doze profetas esculpidos por Aleijadinho. Ele nunca reproduzira pinturas nem esculturas religiosas barrocas, dizia que eram obras de arte feitas em sua época, por mãos de gênios, mas decidira realizar a ideia do Macena e do Solho.

Ele esculpia em pedra-sabão miniaturas das estátuas do Santuário. É um trabalho meticuloso, demorado, extenuante. Também pintava pequenas telas inspiradas na obra do Mestre Ataíde. O tio da minha aluna Serafina, decorador em Belo Horizonte, encomendou uma coleção completa de profetas; os pedidos aumentaram, Leonardo esculpia e pintava de segunda a sábado; aos domingos, voltava de noite da oficina e se deitava no piso de cimento empoeirado, cercado por pequenos profetas inacabados.

"Você vai morrer de tanto entalhar pedra."

Inútil: aceitava todas as encomendas, pegava blocos de pedra-sabão em Santa Rita e punha-os no jardinzinho, nem dava mais para ver o casario lá embaixo. A roseira estava rodeada de pedras, e a bananeira, com seus corações pendurados, ficou ilhada.

No fim do outono, quando fui tomar café no ateliê, Leo apontou as pedras amontoadas: "Parece o túmulo de um par de apóstatas".

"Dácio e Irma? Você não se conforma com o silêncio dos viajantes, Leo."

"Morreram para nós, ou vivem só para eles?"

Leo usava um pequeno formão para cavar um olho na pedra, o outro olho do profeta já fora esculpido. De repente, pensei em voz alta, com voz rasgada de emoção: "Quem sabe meu filho não está em Paris? Você já ganhou um pouco de dinheiro, não topa viajar para lá?".

Largou o formão e disse, com um ressentimento rancoroso, que eu só pensava em Martim.

"E daí? Não posso pensar nele?"

Penso no filho adulto que desconheço, tento imaginar como e onde ele vive. Às vezes sinto o hálito morno da criança... Leo era incapaz de entender isso.

Ele continuou a esculpir com paciência o rosto de um Jeremias; lascas de pedras, finas como escamas, caíam no chão, o outro olho do profeta surgia.

"Você está angustiado porque abandonou teu verdadeiro trabalho? Ou é o mal-estar na nossa vida?"

No Festival de Inverno não participou de oficinas de desenho e pintura, nem imprimiu poemas voadores na Garamond. Na manhã de uma sexta-feira, ouvi um grito e palavrões: um golpe de cinzel rasgara a palma da mão esquerda do Leonardo, o sangue escorria entre os dedos e gotejava no manto de um profeta; o martelo na mão direita caiu com força na peça de pedra, pedaços cinzentos espalharam-se no chão. Leo destruiu outras estatuetas, largou o martelo, pegou o cinzel, rasgou as telas pequenas, depois ajustou o cabo do instrumento entre o braço esquerdo e as costelas e furou a palma da mão direita. Só então me encarou, sem raiva, profundamente triste.

Ele não quis ir ao pronto-socorro; limpei os ferimentos e fiz uma atadura nas mãos fendidas, inúteis até o fim do inverno. Isolado no porão, talvez meditasse sobre tantas coisas arruinadas. O que o impelira a agir assim? Há um motivo complicado, oculto no coração de uma vida às avessas. Eu tentava descobrir o malefício. Leonardo abandonou a arte da imitação, sem retomar a pintura de rostos. Quando eu falava da nossa separação, ele se fechava no silêncio ou na surdez. Desde o início da primavera, saía cedo, carregando uma maletinha cheia de tubos de tinta, livros, lápis coloridos, pincéis, papel. Voltava de noite, sem dizer nada, e sumia no subsolo, onde passara a dormir numa esteira, em meio aos destroços de peças copiadas. Às vezes dormia na nossa cama, eu na beirada, de costas para ele.

Macena e Lisandra também estranhavam a atitude do Leonardo. Ela perguntou se eu não conversava com ele.

"Leonardo emudeceu, Lisandra."

"Emudeceu pra você. Macena sabe onde ele fala e até canta."

"Domingo de tardinha, ele canta e desenha com a meninada na igreja do Rosário", disse Macena.

Lisandra acrescentou, com malícia: "Leo não teve filhos, querida".

Fui à igreja do Rosário dos Pretos e fiquei espiando — não de perto, nem de tão longe — a garotada sentada em círculo. Eram doze, e todos desenhavam. Antes de anoitecer, quando entoaram uma canção, me emocionei com a melodia e a letra. O coro silenciou com o toque dos sinos, e enquanto eu me afastava da igreja, pensava no porto da minha juventude, no amor indomado com um navegante, que partiu para sempre. Perto da capelinha dos Passos, me lembrei de trechos da canção, como se fossem presságios de outro naufrágio.

Naquela noite disse a Leonardo que a atitude dele era insuportável: nem sequer éramos amigos, não podíamos viver como dois estranhos.

O olhar melancólico no rosto abatido me desconcertou. Ele estava terminando um trabalho com os alunos da oficina, um dia me contaria tudo.

"Por que você não fala agora?"

Moveu levemente a cabeça, num gesto calmo e decidido de negação; então pedi que dormisse lá embaixo. Virou o rosto para mim, com um olhar para ninguém, e desceu.

Não esperei a segunda-feira amanhecer. A lâmpada do pequeno abajur do porão estava acesa; Leo dormia, a cabeça apoiada na maletinha, a roupa ao lado da esteira. Do bolso da calça suja, tirei fichas telefônicas e uma tira de papel com números riscados, apenas um zero legível; ao lado, um nome: Joan. Seria a fotógrafa canadense, citada na conversa com Dácio? Quem era essa mulher? O tempo, com seu engenho escondido, às vezes pede tempo para revelar uma trama. Eu mesma não contei a ninguém, nem mesmo ao Leo, uma gravidez recusada, no terceiro mês da nossa vida em Campinas. Lembro de ter dito a ele que ia almoçar com Irma em São Paulo, depois a gente ia passar na Livraria Mestre Jou e ver um filme no Belas Artes. Irma manteve o segredo. A caminho da clínica clandestina, ela perguntou: "Você tem certeza? Você e Leonardo não querem um filho, uma filha?".

Leo insinuava isso com uma paciência amorosa; eu negava, meu corpo e minha mente negavam. Ele quis se aproximar do enteado e mais de uma vez me disse: "Se ao menos teu filho gostasse de mim...".

Martim o tratou como um inimigo que ele não era, nunca fora. Agora Leo era inimigo dele mesmo: perdia tudo de si, atrofiava-se até se confinar num casulo, sem desejar sair e voar. Quando me dirigia um olhar fundo e longo, e me abraçava em silêncio, eu sentia que me amava, mas era amor de homem vencido, sem seiva. O que o derrotara? Ou ele estava perdido, sem conseguir sondar o mais íntimo, em busca de lucidez? O peso angustiante de algo misterioso interrompera a atividade artística do Leo, impedindo-o de viver. Esse fardo interior...

14.

Esse fardo interior se oculta em cada um de nós.

Demorei a terminar essa frase. No tempo sem escrita, minhas alunas de francês debandaram, restou apenas Serafina, que gaguejava um pouco durante as aulas mas lia os livros franceses que lhe emprestava e os que ganhava do tio. Um dia, eu disse: "Você é capaz de ler romances de Albert Camus, Marguerite Duras e Georges Perec, não é justo que me pague para aprender o que já sabe". Serafina sorriu com orgulho: "Consigo ler esses livros, Lina, mas sou ruinzinha pra falar francês ou qualquer língua estrangeira. De onde vem esse seu sotaque esquisito?".

"Das freiras belgas do Stella Maris, Serafina."

Nas nossas viagens a Belo Horizonte, eu ia a uma livraria ou a um cinema, e ela visitava o tio. Num domingo, quando me deu uma carona para Sant'Ana, perguntou o que eu ia fazer lá.

"Vou passar o dia nos fundos de uma quitanda. Esse namoro começou numa capela, mas não vai terminar em casamento."

Ela estacionou perto da Quitanda da Boa Cachaça e, antes de eu descer, revelou que ia a Belo Horizonte para se encontrar com o namorado, um professor de história na universidade. Nunca dormira com ele, e sofria por ser virgem. Contei como me livrei desse sofrimento: "O sexo é só um susto passageiro, Serafina. Basta a gente se livrar de uma pesada cruz moral. Amor é outra coisa: experiência de um pecado perigoso". No fim, quando mencionei a morte do Jonas, Serafina me encarou com um olhar aflito, que me deixou em dúvida: não sabia se era pela morte do Jonas ou pelo que eu falara sobre sexo e amor. Ela disse que ia tomar uma decisão: tirar da mente e do corpo a pesada cruz moral.

Quando abri a porta do carro, perguntou: "E o seu marido?".

"Moramos na mesma casa, Serafina, mas a gente se separou. Ele vive entre o subsolo e a rua."

Leonardo empacotava telas encalhadas; a barba grisalha cobria a magreza do rosto e o envelhecia; o olhar, que ainda dizia tanto amor, não me enterneceu.

"Você pode sair desse porão e ocupar a casa toda."

"Essa casa pertence a você. Sou um intruso, um hóspede indesejável. Teu filho… acho que ele também se sente um estranho."

"Estranho? Meu filho?"

"Não sei onde Martim mora, mas ele deve se sentir um estranho em qualquer lugar, debaixo de qualquer teto."

"Um estranho em qualquer lugar? Você é que se tornou um estranho para mim, Leo. Meu filho nunca será. Não quero falar do Martim… não com você."

"Então por que você desceu?"

"Porque um de nós tem que sair desta casa."

"Passei esse tempo pensando... Você não precisa ir embora, não deve sair daqui."

Por que adiar o inevitável? Brigas são inúteis numa relação terminal. Leonardo cuidara do jardim; o hibisco e as buganvílias floresciam, as folhas da bananeira, viçosas; só a roseira parecia seca.

Naquele sábado dormi cedo, acordei com o toque do telefone, mas fiquei deitada, pensando nas imagens ainda vivas de um sonho recente. Reconheci uma figura da *Galeria dos homens da morte*: Denning, o "rei do gás" e idealizador da "obra de arte" destinada aos inimigos; ele e outros homens, todos perfilados, riam diante de duas cabeças humanas empalhadas, refletidas por um espelho na parede oposta. Tentei em vão reconhecer aquelas cabeças e os outros homens, meu sono se prolongou até o fim da manhã do domingo, quando o trinado, insistente, parecia uma chamada à vigília.

Macena perguntava por Leo.

"Ainda está dormindo", respondi; mas não disse: lá embaixo.

"Leonardo me tirou da cama, Lina. Passava da meia-noite. Fui ao balcão e pedi para ele entrar, mas ficou na calçada. Falou da oficina, dos poemas voadores e da nossa amizade. Ele ia andar pela cidade. Ficou de voltar hoje cedo pra conversar com os alunos, mas ninguém veio."

No subsolo vi a maletinha aberta e vazia sobre a esteira de palha; vi as telas da *Galeria dos homens da morte* no fundo do porão, mas não as outras, que Leo empacotara. Lá fora, a Kombi permanecia em frente à igreja do Carmo. Os estudantes das repúblicas Pulgatório, Reino de Baco, Poleiro dos Anjos e Território Xavante nada sabiam do Leo. Saí da Nau sem Rumo com a lembrança do péssimo sonho. Por que procurava Leo? Orgulho? Ou por ele saber alguma coisa do Martim e por isso ter se esquivado de uma última conversa?

Na Ponte dos Suspiros, um artista velho desenhava a Casa de Marília; me lembrei do Maciel Solho e fui à Saturno. Um barbudão ouviu minha pergunta e virou o rosto para um grupo de jovens na sala: "De manhã o Solho deu uma palestra pra esses calouros. Leonardo também estava aqui".

Maciel Solho era um dos artistas conhecidos na cidade: pintava paisagens, pássaros, flores, capelas, cópulas extravagantes com figuras de pessoas e animais. "Pincel de um devasso", dissera Lisandra, quando Aurora se gabou de ser uma rainha aos olhos de Solho, que pintara a irmãzinha com traje de majestade; Leonardo considerava o amigo da Saturno um mestre do equilíbrio: pintava com a mão esquerda e, ao mesmo tempo, bebia com a outra.

Quase duas da tarde. Solho ocupava um quarto no fim de um corredor escuro. Bati na porta, esperei um pouco, até ver o rosto de sátiro, meio sonolento. "Entre, madame", ele disse, com um riso de mil rugas. O quarto dos fundos, com duas janelas para um quintal, cheirava a tinta e bebida. Vi na parede pequenas pinturas de igrejas e capelas de Ouro Preto e Mariana; no teto, li palavras em círculo: *Quem se demora, sabendo viver?*

Solho ergueu a cabeça: "Teu marido é um calígrafo. Desenhou as letras desse verso. Mas faz tempo, sabe? Eu não era este velho, e Leonardo não estava desesperado. O que aconteceu?".

"Ele passou por aqui?"

"Me acordou de madrugada, deixou um pacote no chão e me arrastou pela cidade. Levei uma garrafinha pra gente se animar, mas ele não bebeu. Andou calado, só abriu o bico na igreja do Rosário. Tinha destruído todas as peças e pinturas que copiou dos mestres. Falou: 'Solho, minha vida tá estragada'. Estragada por quê? Ele disse: 'Porque o destino não avisa a gente'. Repetiu isso e não falou mais. Ele queria bater perna, subia e descia. Não aguentei, e a gente voltou."

"Onde ele dormiu?"

"Aí mesmo, onde você tá pisando. O ronco dele parecia relincho. Às dez horas pegou o pacote e a gente foi até a sala. Um grupinho de calouros conversava com um barbudo da Belas-Artes. Leonardo começou a dizer que amava muito você e gostava do teu filho, e que muitas pessoas estavam sendo torturadas. Achei estranho: o que tinha a ver o amor com a tortura? Aí ele falou mais alto: 'Solho, você foi preso uns meses depois do golpe militar. Quanto tempo ficou na jaula? O que fizeram com você?'. Pra que falar disso? Reabrir feridas só pra sangrar de novo? Não fazia sentido, mas ele e os calouros da Saturno insistiram. Então contei, por alto, como eu e o Sebastião, o Seba, fomos garroteados pelos milicos numa manhã de maio de 64, lá perto da capela do Padre Faria; eu ia desenhar a capela e o Seba ia ver um amigo. Bateram na gente, nossa roupa virou farrapos. Depois nos obrigaram a andar descalços, algemados, os pés esfolados de tanto tropeçar nas pedras. Tinha gente que aplaudia os policiais, os estudantes vaiavam, e isso só terminou na praça Tiradentes. Uma viatura nos levou pra Belo Horizonte. Seis semanas numa cela. Saí um trapo, por isso me chamam de velho Solho. Eu não era velho porra nenhuma, tinha quarenta e nove anos, mas perdi muita coisa. Meu corpo… toda a energia do meu corpo foi embora. Por que prenderam um pintor de capelas e paisagens? Naquele tempo não pintava nus nem retratos. Eu desprezava esses militares, ficava fora da política, longe do fogo… Eu era apenas o Maciel, o velho Solho não existia. Meu prazer era pintar. Ainda é. Me dê bebida, pincel, tela e tinta, que eu pinto o mundo. Sebastião estudava na Escola de Farmácia, tinha a paciência de um jogador de xadrez, era muito bom no violão e no canto. Ele tocava e cantava na República dos Deuses, na Baviera, na Canaan… Uma vez fui pra uma festa na Pureza, e lá estava o Seba, no meio da roda de estudantes. Pediam pra ele tocar Lupicínio, Noel, Chico Buarque… O cara sabia tudo, era bom de voz e de acordes. Garganta de veludo, dedos bailarinos. Eu dizia: 'Sai da Escola de Farmácia e vai estudar música, sô'. Quando jogava xadrez comigo, tirava a rainha do tabuleiro e ganhava fácil. Mas quem desconfiava que ele lutava contra os militares? Fui preso porque dividia um quarto com o Seba numa casinha em Padre Faria. Fiquei puto com ele, depois senti pena. Se danou, coitado. Até hoje ninguém sabe por onde anda, nem se está vivo. Disse pros calouros que o matadouro dos milicos estava funcionando a pleno vapor, pedi pra eles terem cuidado mas não baixarem a crista, nem se sentirem fracos, impotentes. Porque foi isso que eu vi no rosto do Leonardo: tibieza, impotência. Ele me abraçou com essa fraqueza. Ia dar uma passadinha na Quitanda do Cid, lá no Rosário. Me deu um abraço, pegou o pacotão e fez uma pergunta estranha: 'Solho, meu amigo, alguém está preparado para o desastre?'. Ainda perguntei: 'Que desastre, sô?'."

Parei na calçada da Quitanda do Cid, meus olhos ardiam, tudo parecia girar na minha vista turva, as casas se dissolviam na serra e no céu, o cheiro de frutas maduras me dava náusea. Cid levou uma cadeira para a sombra, me ofereceu suco de maracujá, bem adoçado. Nós éramos fregueses do quitandeiro. Leonardo fez uma pintura a óleo da família do Cid, todos em volta da mesa durante uma refeição, e graças a essa santa ceia recebemos cestas de verduras e frutas. Semanas de fartura.

"Leo carregava um pacote na cabeça, parecia um tabuleiro, Lina. Quis ver minha família, ficou aqui uns dez minutos, nem isso. Perguntei por que estava tão apressado. Ele enrolou um pouco, ficou cavando palavras, disse que ia visitar os pintores do Rosário e depois subir até o Alto da Cruz. Parece que ia deixar o pacote na igreja dos Pretos."

Longa caminhada até Santa Efigênia, no outro lado da cidade. No Chafariz do Alto da Cruz, um homem de costas para mim estendia os braços para o busto de pedra de uma mulher. O cabelo grisalho e os ombros pareceram familiares; quando me aproximei, ele virou o rosto para mim e disse mansamente: "Ó meu amor, cê veio na hora certinha!". Eu não sabia como traduzir o sorriso e o olhar dele. Tirou do bolso da calça um pequeno objeto cinzento, fino como um estilete. "É um pedacinho do fêmur de são Benedito, madame. Já vendi todos os fiapos do sudário de Cristo. Não quer levar essa lasquinha da Paixão?"

Subi até o largo em frente à Santa Efigênia dos Pretos, e quando olhei a escadaria que dava na igreja, a tontura me desequilibrou; me encostei na amurada, tudo tornou a girar na minha visão: lá embaixo, a cidade parecia sair da terra e ficar suspensa, numa confusão de pedras e torres. Fiquei quieta uns minutos, à espera do equilíbrio; ouvia a cantoria forte dos fiéis no fim da missa, ia subir a escadaria quando vi num orelhão a bermuda velha e os sapatos do Leo. Dentro da cabine, parecia um homem pela metade. Essa visão foi a última lembrança daquele domingo aziago. Dia de febre, noite inconsciente. Acordei com dor nas costas e no ombro direito, a luz da tarde entrava pelas janelas entreabertas de um quarto espaçoso; não sabia o que acontecera, nem onde estava. Reparei na mobília antiga, nos candelabros de prata, nas estatuetas de santas e de um Cristo crucificado, com sangue nas têmporas, faces e mãos. Esses objetos passaram por cartórios, casarões e igrejas, sobreviveram mais de dois séculos e agora decoravam aquele quarto. Na parede, à direita da cama, vi uma fotografia de um homem negro, os pés atados por uma corrente e os tornozelos presos por argolas. Ao lado da imagem antiga e granulada, vi um documento numa moldura dourada; era uma carta de alforria, também antiga, talvez original; o tempo apagara a data, mas pude ler o nome da alforriada: Ana Aurora da Paz. Me lembrei do atrito entre Karin Friede e Lisandra: a pianista dissera que as cartas de alforria eram um embuste, e que chamar Aurora de "irmãzinha" era puro cinismo. Lisandra protestara, e desde então a amizade entre elas esfriou, e só raramente se falavam por telefone.

A caminhada da véspera, de república a república, até o Alto da Cruz, havia sido inútil. Leo se despedira dos amigos, dos alunos da Garamond, da cidade, e largara tudo: a Kombi, a roupa, os livros, o material de pintura, as telas da *Galeria*. Uma onda de ódio tomava conta de mim, mas sentia também aflição e amargura. Por que tinha ido embora sem ao menos deixar um bilhete? Ele, que sempre conversava comigo antes de tomar uma decisão, se evadira como um desertor. Fugira de mim com algum segredo que envolvia meu filho? Senti um toque no braço esquerdo: duas cabeças se curvavam para o meu corpo, o sorriso da Aurora contrastava com o rosto sério da patroa.

"São quase quatro da tarde", disse Lisandra. "Você dormiu muito, agora você vai comer. Consegue se levantar?"

No dia anterior, de noitinha, Aurora descia a escada da Santa Efigênia dos Pretos quando me viu sair às pressas de um orelhão, tropeçar numa pedra e cair. Eu estava febril, com um ombro ferido; não me lembro do tropeço, do tombo, nem do que eu dizia. E só senti dor quando acordei.

Aurora me serviu um caldo de músculo, suco de melancia e frutas, depois botou compressa de gelo no meu ombro machucado. Quando falei da busca por Leo pela cidade, até desmaiar no Alto da Cruz, Lisandra disse com voz de confidente: "Por que você foi tão longe? Leonardo estava aqui".

15.

"Leo passou de tarde, antes das cinco. Sabe o que ele queria? Dinheiro. Implorou pra eu comprar um pacote de telas. Disse que tinha gastado tudo pra pagar uma dívida enorme, mas quitou muito pouco, quase nada. Quis saber dessa dívida. Ele me encarou com o olhar daquele autorretrato que está na casa da chácara. Parecia que o rosto do Leo tinha saído daquela tela. Lembra do olhar confuso, dirigido para o nada? Perguntei de novo: 'Que dívida é essa?'. Ele disse: 'Nossa dívida é impagável'. 'Nossa dívida? Não devo nada pra ninguém, sô.' Ele estava estranho, isso sim. Nem desembrulhei o pacote, peguei dinheiro no cofre, não era pouco... Leo me deu um abraço nervoso, falou que nossa amizade era sagrada e que ia se lembrar de mim. Perguntei: 'Que tró-ló-ló é esse?'. Foi embora correndo. Mais tarde, de noitinha, Aurora trouxe você pra cá. Acho que delirava, só falava de duas cabeças penduradas numa parede. Depois tomou um calmante e dormiu. Soube que Leonardo acordou Macena de madrugada. Foi agradecer o trabalho com os alunos e disse que a oficina era um paraíso. Quando dava aula pra meninada, se sentia na Tessália. Olha onde o coitado foi parar... Na Tessália! Ele não queria se separar de você e esperava pela volta do Dácio. A arte... Leo é talentoso, mas você não sabe como ele foi dominado pelo teu irmão. Um artista não pode ser fraco."

Lisandra e Aurora me acompanharam à casa do Carmo; contei que Leo tinha destruído as esculturas e que nos últimos meses dormia lá embaixo. Aurora me pediu uma vassoura e sacos de lixo, desceu com a patroa e as duas recolheram pedaços de estatuetas, separaram as peças menos danificadas, ensacaram os cacos e subiram.

"Leonardo bem que tentou", disse Lisandra.

"Copiar o Aleijadinho?"

"Isso ele conseguiu, Lina. Leonardo tentou viver contigo. Nunca mais vai ver você."

A última frase me lembrou a do Rodolfo. Em momentos de desespero, agimos de um modo intempestivo para tentar superar um impasse. Disse a Lisandra que eu devia ir a Brasília: só Rodolfo podia me dizer onde estava meu filho.

"Dácio não queria que você fosse de novo pra lá. Acho que ele tem razão. A gente tem hora pra tudo, até pra sentir medo."

Lisandra sabia de outras coisas? Sabia mais do que eu mesma?

Ela e Aurora levaram os sacos de lixo para a calçada. Pareciam em pé de igualdade naquela faina, mas no solar não era assim. Numa ceia natalina... Quando foi isso? Lembro que uma chuva forte desabou no meio da caminhada, eu e Leo entramos molhados no solar, nossa roupa e aparência não causaram boa impressão a Gracinha, a convidada que eu já conhecia. Lisandra nos deu toalhas, uísque e tira-gosto, e contou que um amigo pintor a levara à casa de uma poeta norte-americana que passava uma temporada em Ouro Preto.

"Tinha livros até no banheiro", ela disse. "Uma bagunça horrível."

"Horrível, mas alegre", disse Leonardo.

"Alegre?"

"Leo gosta dessa poeta, Lisandra."

Ela se virou para Leonardo: "É verdade? Onde você conheceu ela?".

"Onde? Na poesia, Lisandra. Você visitou a casa cheia de livros, e eu visitei os poemas. Vocês não estão com fome?"

Lisandra tocou um sininho de prata e disse a Aurora que ela podia servir. Até hoje não sei se aquela travessa de porcelana com costelinhas de porco caíra por descuido, cansaço ou intenção da Aurora. Gracinha olhava com asco os cacos brancos e as costelinhas no chão; o molho marrom escorria no assoalho e penetrava no tapete marroquino. Aurora soltou um risinho rápido, nervoso. Não se desculpou. Lisandra agarrou o pulso da irmãzinha, cravou-lhe as unhas longas no antebraço e disse em voz baixa: "Deixa que eu limpo tudo, querida. Vá para o teu quartinho. Some daqui". Quatro gotas de sangue surgiram no antebraço da Aurora, que saiu lentamente da sala. Lembro que Leonardo, fora de si, bateu na mesa e gritou: "Por que você fez isso com Aurora? Que estupidez é essa?".

Lisandra, com a mesma voz baixa, disse: "Você não foi convidado para me agredir".

Esse recuo de séculos ensombreceu aquela ceia. Saímos do solar quando Lisandra limpava o chão, e não a vimos por umas duas semanas. Agora falava de ciladas perigosas de

Brasília. Ela e Aurora saíram de noitinha para o solar, e eu andei em outra direção, sentindo no frio o fedor do lodo ladeira abaixo, até parar diante de um sobrado arruinado. Luz de lamparina num quarto, as outras janelas tapadas com plástico e papelão; escutei choro de criança, reprimendas de mãe. Meu pensamento me esvaziava de qualquer ação, eu inventava uma conversa da Lisandra com Leonardo... Será que ela não pôde me dizer tudo? Uma chama de curiosidade e despeito me queimava, o monstro do ressentimento aflorava. Leonardo e Martim, tão longes um do outro, se juntavam na fuga. Dois desertores. Leo partira com um adeus mudo: a mesma mudez da última carta do meu filho. No fim da ladeira, entrei num largo mal iluminado; um fio de água escorria da boca de um chafariz, e ali perto, num beco escuro, piscavam vaga-lumes: estrelas alinhadas na noite. Escutei cochichos, me aproximei da boca do beco. Não eram vaga-lumes: uma fileira de jovens, agachados e quietos, puxavam fumo. Passei rente à parede, atravessei o beco e o sonho deles, e subi uma escadinha de pedra; o cheiro de lodo voltou, senti os primeiros latejos na cabeça, não era mais a dor do tombo, lá na Santa Efigênia dos Pretos.

Durante a semana, acabei de arrumar o subsolo, vendi as pedras-sabão, e quando revolvia a terra para plantar mudas na horta, encontrei a cauda do escorpião e a cabeça da serpente. Se eu colasse as duas partes, o novo animal, sem corpo, seria grotesco; deixei a cabeça e a cauda ao lado das pinturas da *Galeria*.

No domingo, quando ia falar da covardia do Leo, Macena se antecipou: "Nem os alunos sabiam que ele ia embora. Se sabiam, fecharam o bico. Você topa dar aulas para crianças na oficina? Ler livros com elas? Posso pagar...".

No fim da tarde, Karin me disse por telefone que Lisandra lhe contara tudo. Minha amiga discordou de mim: "Leonardo não fugiu nem se acovardou, Lina. Ele sentiu a miséria da queda e buscou a solidão. Não é essa a viagem mais profunda da vida? É quando a gente lida com perplexidades, dúvidas, temores, incompreensões. Tantos sentimentos, o desejo... Melhor manter a serenidade e não pensar no futuro. Nosso pensamento sem defesa é o presente. Não quer passar uns dias em São Paulo? Você fica aqui em casa".

Prometi: um dia iria.

No domingo seguinte, despertei com sopros de flautas e clarinetes. Afastei a cortina e vi pela janela os ex-alunos do Leo: dez jovens de quinze, dezesseis anos, e duas crianças. Arrumei meu cabelo, usei pela primeira vez o vestido de seda que ganhara do Leo e abri a porta da sala; eles acenaram com as mãos e deram bom-dia. O mais alto, de boné vermelho, separou-se do grupo, ficou no meio da rua e ergueu os braços. Ouvi acordes de violão, notas de flauta, clarinete, oboé, batidas de atabaque e vozes de um coral. Tocaram e cantaram duas músicas que falavam das viagens de um sonhador, perdido numa história de amor fraturada.

Depois três músicos se apresentaram e me ofereceram presentes: Manuel, o maestro, um buquê de flores brancas; Liana, mocinha de cabelo longo e cacheado, uma pintura do meu rosto; e Jesualdo, um trompete pequenino, esculpido em pedra-sabão; os outros, em fila, me deram um envelope e um beijo no rosto. Foram embora num andar vagaroso, ladeando a parede do Carmo, e seguiram até a praça Tiradentes, todos cantando, em uníssono, mineiramente. E só então me lembrei: era o domingo do meu aniversário.

Nos envelopes, desenhos do rosto do meu filho, criança e jovem; observei o ar indagador e o arco tenso das sobrancelhas; em outros desenhos, o olhar mais vivo e os lábios sorridentes lembram o rosto do Martim numa foto com Dinah. Os desenhos coloridos das duas crianças são os mais criativos: os olhos desnivelados, quase juntos, parecem um olho só no rosto sem perspectiva...

Mais tarde, Macena me deu parabéns: ele e os alunos da oficina sabiam que as canções e os desenhos eram os presentes do meu aniversário; todos guardaram esse segredo.

Lisandra disse que Leo pensara em tudo, como se fosse um condenado com os dias contados. Ela passou a especular: "Será que não usou meu dinheiro pra se encontrar com Dácio nos Estados Unidos? Você sabe que essas coisas acontecem entre amigos". Mas logo mudou de opinião: em vez da viagem, recorreu a uma suposição trágica, insinuando um suicídio.

Aurora negou, com tom de desafio na voz: "Você fala cada besteira, Lisandra. Um dia ele vai aparecer, Lina. Não sei quando, sei lá como, mas vai".

16.

Martim e Leonardo se juntaram, na ausência. E quanto tempo passou! Não pensava que Leo viajara para os Estados Unidos, muito menos que se suicidara. Sem poder viver plenamente do seu trabalho, ele tentara ser fiel a sua arte, até decidir copiar obras de artistas barrocos.

Quando voltei da primeira visita a Sant'Ana, ele ainda tentou com palavras e gestos uma reconciliação que, para mim, era impossível. Lembro que saiu do porão e ficou na chuva, lamentando o amor perdido, olhando o corpo da recusa. Senti pena, remorso? Só tristeza. Não quero saber o que fez nossa felicidade, nem como esse amor se dissipou. Se Leo sumisse para sempre, seria menos doloroso, uma promessa de descanso? Talvez não. A letargia da alma e a fadiga da angústia são de outra natureza.

Dácio e Irma não telefonaram mais. A voz da minha mãe, fraca e sem lamúria, eu ouvia raramente; mas quando falava com Delinha, ela ficava de guarda e às vezes cortava nossa conversa; Delinha nunca foi muito respeitosa com Ondina, vai ver cedera às rabugices da patroa envelhecida.

Se minha mãe tivesse sido afetuosa comigo, como foi com meu filho, minha vida teria trilhado outro caminho? Escrevi isso numa clínica da Aclimação. Naquela tarde clara e quente, os olhos da Irma quase tocavam meu rosto, crianças corriam no parque, as árvores pareciam quietas e mornas, a superfície do lago reluzia, o cheiro ácido do quarto lembrava a invasão do sítio. Na clínica meu útero fora esvaziado, e eu não seria mãe de outro filho.

Leonardo percebera no meu corpo o canto fúnebre das minhas entranhas? Ele, que pintava rostos monstruosos de homens, dizia que as crianças eram a nossa profecia, pequenos heróis sem louros e ambições. Dois desses heróis desenharam o rosto do meu filho, esses desenhos sem perspectiva expressam alguma verdade, talvez por isso goste tanto deles.

"Ele sugeriu que eu lecionasse na Garamond?"

Macena confirmou: "Leonardo me pediu isso uns meses antes de ir embora de Ouro Preto, Lina. Falei que não podia contratar mais um professor, aí ele disse que um dia eu poderia pagar um salário razoável pra você. Só entendi depois...".

Na oficina as crianças liam, comentavam histórias, escreviam. De algum modo, substituí Leonardo, mas a criançada morava nos bairros do centro, eram filhos do Pilar, do Rosário, do Carmo, de Padre Faria, Santa Efigênia...

Na manhã de um domingo, subi com Macena o morro da Piedade; passamos por uma fileira de casinhas inacabadas; mais acima, dois homens cavavam com uma enxada o solo duro; na obra ao lado, um rapaz fechava com tijolos a última parede de um cômodo exíguo. Os outros morros tinham mais casas, e uma estrada alcançava a parte mais alta. Lá embaixo a redoma barroca brilhava sob o sol da manhã.

Macena falou dos ex-alunos do Leonardo: Jesualdo estudava música em Belo Horizonte, Liana era assistente social, e Manuel, que regia o coral, enfermeiro. Os outros moravam na Bauxita e em Saramenha: os rapazes trabalhavam na fábrica de alumínio e na mineração; as moças, em pousadas de Ouro Preto.

"E as duas crianças, ex-alunos do Leo?"

Macena acenou para uma mulher que estendia roupa num varal; era Iolanda, mãe do Jesualdo e daquelas duas crianças, agora adolescentes; ela enxugou as mãos na saia, reconheceu Macena e nos cumprimentou. Iolanda e os dois filhos moravam numa pequena casa de alvenaria, as paredes externas ainda sem reboco. Iolanda era uma mulher magrinha, o rosto com manchas escuras, olhar cansado. Ficou alegre com a nossa visita, nos serviu bolo cremoso de milho e café. De manhã cedo, ela descia o morro para trabalhar na casa de uma família no Rosário: lavava e engomava roupa, cozinhava, cuidava do filho pequeno do casal.

"Jesualdo ainda mora em Belo Horizonte?"

"Vai receber um diploma, Macena. O sonho dele é tocar numa orquestra e viajar pelo mundo."

Os outros filhos estudavam; nos fins de semana, o caçula acompanhava turistas pela cidade, recebia gorjeta e ajudava nas despesas da casa. "Esse pequeno é esforçado, que nem Jesualdo", ela disse. "O outro só quer saber de jogar bola. Fica feliz quando o Galo ganha. O menor torce pelo Cruzeiro. Eu fico em paz quando os times empatam."

Juntou as mãos, olhou para Macena, como se tivesse vergonha de dizer algo. Então os olhos cansados me alcançaram: "Seu Leonardo vinha me visitar, dava presentes pra mim e pros meus meninos. Falava muito da senhora. Falava também do seu filho. A gente morava num barraco, não tinha banheiro, não tinha nada aqui, sabe?".

Fiquei calada por uns segundos; senti calor, mas fazia frio lá fora.

"Não sei onde ele está, dona Iolanda. Faz tempo..."

Ela disse, com voz rouca e emocionada: "Deus proteja seu Leonardo e o filho da senhora".

E chorou.

Na descida do morro da Piedade, disse a Macena que dona Iolanda tinha me comovido.

"Leonardo ajudou essas mulheres, Lina. Queria que os alunos estudassem na universidade. Deu certo para dois ou três, os outros não conseguiram. Ele dava uma parte do dinheiro das estatuetas para essas mães. Tinha culpa, ou se sentia culpado, sei lá. Dizia que a gente devia tudo para elas. Ele te amava e não queria perder a amizade com Dácio e Irma. Falava dessa perda, sofria com isso. Lembro uma tarde na oficina... Perguntei por que ele não ia ver os dois nos Estados Unidos. Me olhou como se minha pergunta fosse absurda, depois disse que a aventura deles era mais importante que a amizade. Preparou uma caipirinha e eu coloquei um disco do Milton Nascimento. Leonardo bebia e ouvia; ouviu várias vezes, depois quis cantar duas canções e pediu que eu o acompanhasse no violão. Demorei pra encontrar os acordes e o tom. Pensei: ele tá de porre, não vai conseguir. Cantou com uma voz horrível, mas com a letra certinha. Aí ele falou: 'Essas duas canções falam da nossa história, Macena'. Perguntei: 'Tua história com Lina?'. Ele disse: 'Com ela também'."

* * *

No meu quarto, senti a cabeça pesada, com uma confusão de sons lá dentro, como se os músicos de uma orquestra afinassem seus instrumentos; às vezes esses sons lembram um marulho; aos poucos o volume aumenta, e quando vira uma orquestra enlouquecida ou um alvoroço de ondas, fico confinada no escuro, à espera do efeito dos analgésicos. Quando a dor é insuportável, o médico da Lisandra me aplica uma pequena dose de morfina, saio morosamente da clausura, a noite e o dia se separam, a vida recomeça com a memória e o pensamento.

Aurora trazia uma marmita da pousada; me via pálida, de olheiras, e fazia brincadeiras para que eu risse. Ela também sabia das minhas tardes com Dito em Sant'Ana. Num desses dias de sedação e tempo amortecido, contou por alto sua história com um hóspede da pousada.

"De vez em quando, ele vem do sul de Minas. Fala maravilhas de lá, diz que Poços de Caldas é cheia de lindezas. No Carnaval a gente se esbalda. Lembra daquele mascarado? Pois é..."

"Lisandra sabe disso?"

"E eu lá conto? Digo nada. Uma vez ela falou de um namorado. Você nem morava aqui. Passava uns dias em Belo Horizonte, e eu descansava. O solar era só pra mim. Não sei quem era esse namorado. Aí, quando eles se separaram, foi uma escuridão. De noite ela não acendia a luz da sala, era só vela e reza, e pedia pra eu ficar perto dela. Parecia assombração. Um dia disse que ia morar em Londres e que eu ia trabalhar o dia todo na pousada. Mas cadê que viajou? Diz que um ricaço inglês era louco por ela. Nunca vi uma foto dos dois, nem dele, nenhuma carta. Lisandra é cheia de imaginação, sabe?"

* * *

O tio da Serafina comprou as estatuetas restauradas por Macena; as pinturas sacras, cortadas e manchadas, não foram salvas. Só uma tela, que Leo não copiara de ninguém, ficou intacta: três anjos nus, envoltos por uma luz mais tênue que a desse entardecer de outubro. Estranhos anjos de olhar alardeado, enlaçados uns aos outros, feito pequenas serpentes...

17.

Fábulas de fadas, gnomos e duendes eram páginas viradas, agora as personagens das histórias lidas e escritas na oficina pareciam fantasias verdadeiras, que penetravam na carne da vida. Durante esse tempo longo, interagia e gracejava pouco com os alunos, os mais sagazes desconfiavam: algo acontecera comigo ou ao meu redor.

O entusiasmo dos jovens me dava alento, mas a realidade, com sua força bruta, me paralisou. Li as últimas frases anotadas: *Estranhos anjos de olhar alardeado, enlaçados uns aos outros, feito pequenas serpentes...* Essas palavras ficaram suspensas, a letargia da alma voltara, escrever era impossível. Quando tentava ler um romance, a imagem borrada de um rosto cobria as páginas, depois aparecia outro rosto, nenhum era o do meu filho.

Naquele entardecer de outubro, parei na palavra "serpentes" quando ouvi a voz alarmada da Lisandra: "Por que Leonardo enviou pra pousada uma carta para você? Pode vir aqui?".

Ela segurava o envelope com as duas mãos; o rosto me fez pensar num mau presságio; Aurora tampouco parecia serena. O nome do remetente era verdadeiro; o endereço de um açougue em Recife, falso. Li a carta e fiquei muda, o coração amargurado de tanta tristeza, e de raiva por me sentir traída. Talvez por isso retive o choro. Dei as folhas para Aurora, que as leu atentamente, deixou-as sobre a mesa, sentou-se a meu lado, apertou minhas mãos frias e apoiou a cabeça no meu ombro, como fizera na viagem de Sant'Ana para cá.

Lisandra se refugiou no oratório e leu a carta à luz de um abajur; parava para enxugar os olhos e murmurava, não sei se preces ou imprecações; dobrou as folhas, os soluços escandalosos soavam como rugido ou vômito; talvez também se sentisse traída. Por quem? No lugar baixo de uma parede da sala, não vi a *Passagem por Ouro Preto*, pintada por Leo; a ausência da tela me intrigou, mas fiz outra pergunta a Lisandra: por que ele demorara tanto tempo para escrever?

Na carta do Leonardo, nem perdão nem lamento.

Após serem ditas, escritas, pensadas e sonhadas, as palavras e imagens são memórias, Lina. Às vezes, memórias do amor e da morte se confundem.

Um ano depois da minha viagem a Brasília, Leo conseguira decifrar frases da caligrafia do Martim, mas não revelara quais.

Não lia a correspondência do teu filho, mas quando você me mostrou aquela carta ilegível que te levou a Brasília, pensei que podia ser uma mensagem pra mim. Teu filho foi possuído por um tipo de loucura, que é a razão da existência dele.

Até então, Leo silenciara sobre essa loucura e sobre outras coisas, também graves. Talvez tenha esperado um desfecho diferente para tudo aquilo, como se o longo tempo adiado pudesse desvelar outro horizonte. Que tipo de loucura fazia meu filho viver? Por que Leonardo foi tão lacônico e não revelou as palavras que Martim quis ilegíveis? Mas Leo foi explícito ao contar fatos terríveis e insidiosos, que me abalaram.

Dácio odiava os militares e civis que assaltaram o poder em 1964, mas eu desconhecia as atividades políticas dele, que eram secretas.

A prisão do teu pai foi o estopim, Lina. Dácio e Irma arrecadavam dinheiro para as ações de um pequeno grupo de combatentes...

As conversas entre Leo e Dácio em São Paulo quase sempre terminavam num embate; meu irmão, ao contrário da Irma, exigia do Leonardo o rompimento de um limite que certas pessoas não suportam, e insistia que o amigo participasse, mesmo indiretamente, da resistência. Leo mencionou sua própria fraqueza e vergonha, como se fosse uma autopunição; quando sentiu que eu não o amava mais, só lhe restavam os jovens da Garamond.

Depois desmoronei. Ando pelo Brasil, sempre sozinho, e faço pinturas e desenhos para sobreviver. De vez em quando, penso na nossa vida em Campinas, a felicidade antes dos atos dos vândalos, que nos obrigaram a sair do sítio. Mas não foi isso que afastou você de mim. Sem o teu amor, me senti no limbo, perdido na noite que jamais será dia...

Fez outras revelações, menos patéticas e muito mais graves. Dácio e Irma não viajaram para os Estados Unidos, eles telefonavam de algum lugar do Brasil; o amigo de Boston, que atendera minha ligação, escrevia e enviava postais para Santos, como se fosse meu irmão. Irma e Dácio planejaram tudo. Boston, New Orleans, Iowa, Novo México... Uma parte da nossa vida é engano.

Quando comecei a pintar as telas da Galeria, *o perigo rondava Dácio e Irma, e teu amor por mim já estava morto. O dinheiro que ganhei das esculturas copiadas era moeda falsa: todo trabalho que se faz sem desejo é tédio ou tortura. As duas crianças e os dez jovens da oficina do Macena me ajudaram a viver. Cantaram, tocaram e desenharam para você. Foi o meu primeiro adeus. O outro adeus veio de uma pessoa que me deu esperança por algum tempo. Na tarde de um domingo, quando voltei de Congonhas, você não estava em casa, nem Lisandra no solar; na pousada me disseram que vocês e Aurora tinham ido a Sant'Ana e voltariam de noite. Peguei na Kombi as pedras-sabão, deixei tudo no jardim, revi os desenhos feitos em Bom Jesus de Matosinhos e esperei, mas você só voltou a Ouro Preto na manhã da segunda-feira. Na noite daquele domingo, fiquei remoendo, com angústia, a impressão de que tudo ia desabar. Então decidi telefonar pra Joana, o nome que afirmei ter confundido com Joan. Não havia confusão, eu tive de mentir. Joana não era fotógrafa nem canadense. Telefonei várias vezes, o silêncio enchia de medo minha noite. Cada hora anunciada pelos sinos aumentava minha angústia, e quando amanhecia, ouvi uma voz que soou estranha. Desconfiei, pedi a senha, ouvi: "Sou a irmã caçula, cabelo de fogo". O nome verdadeiro era proibido nas nossas rápidas conversas noturnas. Ela disse, sem desespero: "O fotógrafo viajou e nunca mais vai voltar. Dois amigos de Ouro Preto também partiram". E pediu que eu não telefonasse mais, ela ia fugir...*

Por que eles haviam ocultado tudo isso? Queriam me livrar da tensão e da angústia? Temiam que eu revelasse a alguém as atividades clandestinas deles? Depois de ler a carta no solar, meu corpo parecia sedado, eu imaginava meu irmão acossado pelos algozes; pensava em Irma, perseguida pela polícia. Ouvia da Aurora palavras de consolo, as mãos dela nos meus braços. Lisandra foi para o quarto, ficou uns minutos lá; voltou com outra roupa: um vestido preto com um debrum branco na gola; o rosto sem maquiagem dava-lhe um ar sóbrio. Ela lembrou os dias que os três passaram no solar, uns meses depois do golpe de 64.

"Dácio falou da prisão do pai de vocês... Centenas de presos no porão de um navio. Aqui a polícia invadiu repúblicas, sindicatos, prendeu mais de quarenta estudantes da Escola de Minas e da Escola Técnica Federal... Dácio perguntou quem eram esses prisioneiros, eu disse que só conhecia Maciel Solho, e nem era estudante. Depois a gente não falou mais disso. Leonardo não quis ir pra cachoeira das Andorinhas nem pra Sant'Ana. Ficou plantado aqui, pintando o horror no jardim. Eu jurava que nenhum dos três estava envolvido..."

"Mas eu desconfiava..."

"Desconfiava, Aurora? Você era uma pirralha de peito liso, sô. Não sabia de nada."

"Mas sabia ouvir, Lisandra. Fui regar o jardim e vi os três perto do ipê. Você tinha convidado eles pra tomar o café da manhã e ainda tava dormindo. Leonardo falava de arte, Dácio falava de revolução... E é verdade, não sabia nada de arte nem de revolução, mas não esqueci essas duas palavrinhas. Dácio falava alto, parecia que ele queria sacudir o jardim, Ouro Preto, o mundo. Leonardo ficou olhando as flores do ipê, Dácio continuou a falar. Irma me viu e cutucou Dácio. Aí ele foi me abraçar e disse: 'Cadê tua patroa? Vai acordar aquela folgadona'."

"E por que você não me contou isso?"

"Você ia ouvir uma pirralha de peito liso, Lisandra? No último telefonema do Dácio, você disse assim mesmo: 'Volta logo pro Brasil, senão você vai apanhar quebrante'. Depois chorou à beça, parecia viúva de defunto morno."

"Acreditei que Dácio e aquela Irma viajavam pelos Estados Unidos. Ele sempre dizia pra mim: 'Cuida da minha irmã, Lisandra'. E eu não entendia. Depois desse telefonema, chorei de saudade, mas agora choro pela morte dele e por outro motivo. Essa carta... Leonardo fala um pouco do teu filho, Lina. Você deve pensar nisso. Mas fala muito do Dácio. Acho que teu irmão me enganou antes de entrar nesse grupo subversivo. Fui uma idiota, ele sempre me enganou."

"Como assim, te enganou?"

Respondeu com um olhar altivo, como se a minha pergunta fosse impertinente: eu não podia conhecer o que só a ela pertencia.

Lisandra ia conversar com advogados, políticos, militares, rezaria para encontrar o corpo do Dácio. Não tocou no nome da Irma. Se ela tivesse escapado, teria falado comigo, bastava um telefonema. Será que esperava a derrota dos homens da morte para voltar ao mundo?

"Ondina..."

O nome da minha mãe parecia uma voz dentro de mim.

"Ondina sabe que o filho dela partiu?", disse Lisandra.

"Partir" faz parte da minha vida. O verbo que fratura, corta, separa...

"Tua mãe deve saber que perdeu o filho", disse Aurora. "E lá em Santos você pode ter notícias do Martim."

Lisandra e Aurora me olhavam como se prenunciassem um perigo.

"Meu motorista te leva pra Belo Horizonte", sugeriu Lisandra. "Ainda dá tempo de pegar um ônibus."

Naquele dia de outubro, o chalé estava fechado; as janelas da sala, gradeadas; e a varanda, vazia. Mais tarde, telefonei do hotel. Noite de olhos abertos, não queria cegueira nos meus sonhos.

No passado, meus pais às vezes visitavam amigos em Cananeia, mas Delinha ficava no chalé. No dia seguinte, perguntei a dois vizinhos se tinham notícias da Ondina. O marceneiro Teófilo fechou a porta na minha cara. Não era para menos: minha mãe, com sua soberba de grande dama, desprezava a vizinhança. Menos rude foi a costureira da casa da esquina; ela me dizia que se o marido estivesse vivo, "roubaria" Delinha da minha mãe.

Na semana anterior, a costureira avistara a patroa e a empregada com duas maletas na calçada; Delinha segurava uma gaiola com um gato.

"Para onde elas viajaram?"

"Delinha me disse que iam morar longe do litoral, não sei onde. Já fizeram a mudança e trancaram a casa. Parece que tua mãe não quer vender nem alugar esse palacete."

Ondina ficara sabendo da morte do filho e se mudara com Delinha para outra cidade? Quando voltei a Ouro Preto, liguei por mais de duas semanas para o chalé, sem escutar voz alguma.

18.

"Tente falar sem medo. Se você hesitar muito ou gaguejar, pode ser pior", aconselhou Rosaura, uma advogada do Movimento Feminino pela Anistia.

Quando passei um dia em São Paulo, Karin Friede visitava amigos no interior. A pianista me dera o contato da Rosaura, que havia marcado uma audiência com um coronel mas foi proibida de entrar comigo na sede do Comando do II Exército.

Fui conduzida a uma sala ampla, com janelas sem cortina. O militar pronunciou meu nome e pediu que eu me sentasse. Fez a primeira pergunta, que respondi sem sobressalto. A voz e o olhar dele não me intimidavam, o temor vinha do suboficial: um magricela aloirado, rosto alongado, cor de palha. Fingia não me ver, os dedos amarelados datilografavam minha fala, e assim crescia o inventário de homens, mulheres e jovens assassinados: defuntos sem cemitério. O escrivão pegava o cigarro no cinzeiro, dava uma baforada e admirava a fumaça, expelida por uma boca com dentes amarelos. Dizia com empáfia: "Repita o que acabou de falar". Eu repetia com cuidado: bastava uma palavra, um lapso, para o mundo desabar. Aquele militar menor, inchado de tanta arrogância, talvez fosse tão perigoso quanto seu superior. Esses homenzinhos, por quem não se dá nada, também movem a fábrica do terror. Na cabeça e nas mãos deles se aninha uma escuridão de séculos. O coronel fazia uma pergunta, e enquanto examinava com impaciência os papéis sobre a mesa, eu reparava nas pálpebras engorduradas, no pescoço grosso e curto, estufado pelo colarinho apertado. "A senhora não sabe a data e as circunstâncias do desaparecimento do seu irmão? Então por que afirmou que ele foi assassinado por agentes do Estado? Quem informou isso?"

Fiquei calada; se eu mencionasse o nome da Irma ou a carta do Leonardo, poderia incriminá-los. O coronel fixou os olhos na papelada, depois moveu lentamente a cabeçorra para o escrivão: "Viu isso, sargento Teixeira? Ela não sabe quando nem como o irmão morreu. Você não gosta de escrever histórias? Bota isso no teu livrinho".

O rosto amarelo ruborizou, humilhado; por um momento, a hierarquia militar apagou a empáfia do homenzinho.

Fora do quartel, me lembrei das pinturas da *Galeria dos homens da morte* e das últimas palavras do coronel: "Não sei se é o caso do seu irmão, mas é difícil encontrar cadáveres de comunistas e terroristas".

Rosaura me esperava numa praça próxima ao bosque da infância do Martim. O pai dele passara por lá, a caminho de algum evento na sede do Comando, talvez até conhecesse os dois militares. A "viagem" do Dácio tinha sido uma luta contra eles.

"É sempre assim, Lina", disse Rosaura. "Eles culpam as

vítimas, ou fingem que não sabem de nada. Mas os mortos devem ser honrados, não podem permanecer esquecidos numa vala comum."

Rosaura ficou de me enviar notícias do Comitê Feminino pela Anistia. O apartamento do Paraíso não estava longe, mas eu não queria andar por lá: os fantasmas da rua Tutoia reapareceriam, o passado ainda dilacera o presente.

Um facho forte de luz ofuscava minha visão, as pálpebras tremiam, e mesmo assim fui à oficina do Macena; os alunos leram um dos contos de um livro, depois acompanharam minha leitura em voz alta. Na última página, as frases pareciam cortadas, as palavras se separavam, as letras se dispersavam, como se zombassem da leitora. Fechei o livro, perguntei à turma como a menina do conto tinha conseguido sair da mata, escapar da perseguição e se refugiar na casa da mãe. Ouvi cochichos, risinhos; me encostei na parede, à espera da dor no fundo dos olhos. Uma menina de uns treze anos, das mais espertas, ergueu o braço e disse que era um menino que tinha escapado da perseguição, a casa estava fechada e escura, e a mãe dele tinha fugido. Alguém, num dos cantos da sala, disse: "Que mãe safada!". Vozes de protesto se misturaram com aplausos, o livro escapou de minhas mãos, as paredes, o teto e os alunos sumiram.

Macena me levara a uma sala da oficina tipográfica; quando recobrei os sentidos, ele me deu um copo de água com mel e um analgésico.

"E os alunos?"

"Ficaram assustados, Lina. Disse que foi só uma tontura. Já foram embora."

Minha visão, antes turva, percorreu lentamente o espaço da sala; vi nas paredes capas de livros de poesia; no chão, uma pilha de folhas com estes versos impressos em preto:

Tempo danado
De assombração,
És filho do ouro
Com a maldição

"São versos de um poema voador?"

"Não. Eu e uns amigos vamos distribuir essas folhas em Belo Horizonte. A gente vai imprimir cartazes com o nome dos desaparecidos e colar nas paredes de escolas, bares, faculdades... Tua aluna de francês participa das nossas reuniões. Serafina é muito ativa. Mas quem deu essa ideia dos cartazes foi Leonardo."

"Você falou com ele? Por que não me disse antes?"

"Leonardo não queria que você soubesse. Ligou poucas vezes. Virou um nômade, anda pelo Nordeste e telefona de lugares diferentes. Um dia está em Maceió, no mês seguinte em Aracaju... Parece que vai passar um tempo em Teresina. Ele gosta de conversar comigo, quer notícias da Lisandra, Aurora, Maciel Solho, das atividades na oficina... Não sei se eu devia dizer, mas ele sempre pergunta por você."

"Como ele está?"

"Você sabe, Leonardo esconde muita coisa, parece mais mineiro que eu. Quando eu pergunto, ele fica em silêncio, depois diz: 'Talvez a vida seja isso mesmo, Guilherme Macena'. Me pediu pra imprimir esse poema que está no chão. É de um poeta mineiro que ele admira muito. Você está melhor? Vou te dar uma carona."

A enxaqueca perdera força, mas eu ainda sentia um pouco de vertigem. Desequilíbrio, rodopio da vida. Tomei mais um analgésico, comi a sobra do almoço, fechei as janelas e a cortina do quarto, e me lancei na noite artificial.

Foi um sonho-relâmpago: Mariano, deitado na rede vermelha sombreada pela árvore, imitava com assobios alegres o canto dos pássaros; uma mulher veio do fundo do quintal e parou na sombra da árvore. Os assobios e o canto cessaram, só restou o olhar entre meu pai e Delinha. Minha cabeça não pesava, nenhum som lá dentro. Lábios secos, contei as badaladas, fui até a cozinha: as igrejas, o casario e os morros saíam do nevoeiro na manhã ensolarada. Um sonho sem susto. O que dizia aquele olhar? A intuição, com seu poder e mistério, invadiu meu pensamento, e, sem telefonar para Santos, decidi fazer a última viagem à ilha da infância.

19.

O vento leve vinha do estuário, o verdor da serra recortava uma parte do céu, meu olhar desceu lentamente até os barcos pesqueiros atracados no canal. Para além da eclusa e dos guindastes, um cargueiro branco e vermelho saía mansamente do estuário, a fumaça da chaminé sujava gaivotas e nuvens. Na calçada do canal, mulheres do bairro se curvavam sobre caixas cheias de sardinhas, corvinas e xaréus, minha mãe poderia estar ali, naquele pedaço de chão insular: o porto dos meus pais imigrantes, a cidade do seu filho assassinado. Vejo Ondina na manhã de um sábado, ela solta minha mão de criança, pega uma corvina pela cauda e exclama: "Esse preço está um desespero, tudo pela hora da morte". Pechinchava muito, só faltava chorar, eu me impressionava com os olhos abertos do peixe que minha mãe segurava, os olhos mortos roçavam meu rosto, e num relance percebi o corpo de uma mulher na varanda da casa da infância. Ela duvidava se era eu mesma? Diante do olhar dos outros, quanto você mudou? Peguei a sacola — a mesma que levara a Brasília —, corri até o chalé e passei pelo portão aberto. Foi um abraço longo e calado. O silêncio na sala infiltrava-se por toda a casa. Delinha esperou meu rosto secar.

"Foi no ano passado, Lina. Dia 7 de abril. Ondina partiu de manhãzinha, na paz do sono. Mas na vida não teve paz não."

Contei que tinha ido a Santos uns anos antes, em outubro de 77. O chalé estava fechado, nossa vizinha costureira dissera que elas tinham se mudado para longe do litoral.

"A viúva do carapina? Essa criatura fala o que não ouve. Ela trazia revistas de moda e mostrava retalhos de pano, lá da Casa Norma. Aí um dia tua mãe teve um ataque de birra, disse que a costura dela não servia nem pra defunto pobre. Ninguém se mudou, não. Naquele ano, a gente foi pela segunda vez pra Aparecida do Norte. Depois da viagem, tua mãe se animou, e a gente foi passar um tempo em Cananeia. Era um convite de amigos dela e do seu Mariano. Tudo japonês do Litoral Sul. Foi bom viajar, a gente estava enterrada nessa casa, que nem caranguejo no mangue. Aquela família japonesa não deixava tua mãe voltar. Não gastou um vintém. São amigos mesmo, gente muito boa. Os homens cozinhavam, e não queriam ajuda. Fatiavam o peixe direitinho, temperavam só no limão. O arroz, sem sal, bem juntinho, ficava tão grudado que parecia peteca. Tudo saboroso, e o molho salgava a comida. Me esbaldei de tanto comer peixe. Cananeia é pequena e linda. Fiquei só no descanso, até me enjoei de não fazer nada. Foi naquele ano, em setembro, que Martim chegou aqui. Ele estava calmo, mas todo estragado... Um olho no fundo do rosto, um ouvido tampado... Os pés roxos pareciam jabuticaba amassada. Apanhou que só..."

Então eu soube: Martim fugiu de Brasília para São Paulo em 1973, e quatro anos depois se exilou em Paris. Na voz da Delinha, "demônio" e "diabo" apareceram várias vezes: "O demônio do teu ex-marido deixou a gente assim, Lina... Aquele diabo de homem não deixava a gente falar tudo pra você... O demônio mandava presentes pra Ondina, depois maltratava a pobre...".

Rodolfo proibiu-as de me dizer onde meu filho morava; uma proibição com chantagens baixas e ameaças. Quando Martim contou para Ondina das brigas e do rompimento com o pai, ela parou de me perguntar onde eu morava e se confinou num cárcere moral. Mas minha mãe dependia dele. Certa vez, Martim pediu que ela enviasse trezentos dólares para pagar o aluguel do estúdio em Paris. Ondina fez a remessa bancária: eram dólares do diabo, tão amoroso com o filho.

Ele enriqueceu em pouco tempo, mas ignoro a história dessa riqueza. O menino órfão, crescido na pobreza, vendia pães e doces na Vila Mariana, no Jabaquara e Paraíso; o jovem esforçado botava os pés numa lata com água fria e passava noites em claro estudando matemática, física e química para ingressar na Politécnica. Comeu a farinha fermentada pelo diabo.

"Ele convidou Ondina pra orar numa igreja dele, lá perto de Brasília. Aí tua mãe deu uma risada engasgada. Riu pra valer, num sufoco danado."

Então Ondina recorreu ao divino: fazia promessas a Nossa Senhora Aparecida, pedia à santa que os filhos e o neto se livrassem da degola. Levava rancho para as famílias mais pobres do Saboó, subia a escadaria para rezar em Monte Serrat, jejuava dia sim, dia não.

"Ondina viu o tapa-olho no rosto do Martim e desmaiou. Perguntei se ele tinha brigado outra vez com o zelador, aí ele só ficou me olhando, com o olho bom. Qual zelador? O do edifício do teu irmão, Lina. Mas faz é tempo. Foi quando ele chegou em São Paulo. Dácio não morava mais lá. Martim quis pegar uma carta que mandou pra você, o zelador disse que não tinha carta nenhuma. Aí já viu, né? Uns dias depois, ele veio pra Santos... Ainda tinha um calombo nos lábios. A última briga é que foi feia demais. Parece que não foi assalto, maldade de bandidos. Ele não me contou nada. Tirei o trapo pra limpar o olho e vi o estrago. Ondina queria levar o neto pra Aparecida do Norte e Cananeia, mas ele não quis, prometeu passar o Natal com a gente e voltou pra São Paulo. Ligou só uma vez. E depois ninguém atendia na casa dele. Uns meses depois, telefonou de Paris. O neto e o filho longe... Ondina ficou num desgosto só. Ela arrumava na mesa da sala os cartões dos Estados Unidos, olhava as fotos coloridas, lia as mesmas palavras. Precisava ver o rosto dela, faminto de saudade. Não quis mais viajar pra Aparecida, ficava aqui no chalé, chocando saudade e amargura. Pedia pra ela ir comigo até o Mercado, andar pelo Valongo, passear no Guarujá, em Paquetá, e nada. Um dia ela disse: 'Quero visitar duas amigas em Nova Cintra, no alto do morro'. A gente foi. É um lugar bonito, com um laguinho, mata antiga, ar de pureza, muito fresco. E uma vista linda das cidades e do mar. Lá no povoado, ela visitou as amigas da ilha da Madeira, duas velhinhas bordadeiras, espertas e animadas. Mostraram toalhas de mesa e lençóis com bordado de flores, passarinhos e borboletas. Tudo lindo. Conversaram com a gente, serviram café com leite e pão de cará. Quando tua mãe era mocinha, subia o morro pra bordar com as portuguesas. Fazia isso no fim de semana, ajudava a pagar o quarto da pensão. A mãe dela estava num vai não vai, aquela gripe louca levou a pobre pro além. Depois ainda dei uma voltinha com Ondina. Foi no finzinho de uma tarde. Lá perto do Bar do Estuário, os homens olharam pra gente. Aqueles marinheiros velhos. Ondina se lembrou do seu Mariano e botou um lenço nos olhos. Ela pegou essa mania de cobrir o rosto. Vivia dizendo que não ia demorar pra morrer, mas a morte já estava dentro dela. Ficou seca, fininha de dar dó. Eu preparava pastel de camarão, peixe grelhado com farofa de banana, sopa de couve com toucinho... Ela só ciscava, e dizia assim mesmo: 'Ai, meu Mariano adora esses pratos'. A comida lembrava o morto, e eu cozinhava só para mim."

O gato amarelo rondou a cadeira e saltou para o colo da Delinha, os olhos verdes do felino no rosto dela.

"Meu Moã está velho, mas ainda dá uns pulos pra pedir cafuné. Esse bichano me lembra uma coisa, Lina. Teu irmão não deu o telefone dele, dizia que era muito caro ligar pro exterior. Ondina insistia. Mas adiantava? Uma noite, ela cismou com a voz e disse: 'É o meu filho? É você mesmo, Dácio? Então me diga o que você gosta de comer... o nome da mulher que mora comigo e o nome do gato dela'. Dácio respondeu tudinho, e ainda perguntou: 'Moã tá muito balofo? Ainda lambe as pernas da Delinha?'. Ondina só faltou cantar, de tanta alegria. Ninguém sabia que ele ligava do Brasil."

Uns anos atrás, os telefonemas cessaram, mas minha mãe ainda recebeu postais dos Estados Unidos; o último, em setembro do ano retrasado. O cartão natalino com uma imagem de neve não chegou. Então ela disse a Delinha que sobrara apenas o neto: o único laço. Martim dizia o mesmo da avó. Ela admitiu para Delinha que tinha pavor das ameaças do ex-genro, e que ele destruíra nossa vida. As más lembranças reavivaram a fala da minha mãe, e com um fio de voz contou para Delinha as agressões do genro contra mim, quando meu filho era criança, e até rapazinho. Em março do ano passado, Ondina disse para ele que descobrira a toca da filha adúltera, obsessão de um homem que se sentia traído.

"Ele riu dessa mentira. Aí tua mãe espetou o peito do diabo. Ela ia contar pra você onde o Martim vivia, o endereço dele em Paris, tudinho. Ondina afastou o aparelho pra não ouvir os gritos. Aí o demônio virou anjo, pediu desculpa, perguntou se Ondina precisava de alguma coisa. Ela arrancou um bom dinheiro dele, pegou tudo no banco e escondeu no guarda-roupa. Naquele mês, mandou vários telegramas pro Martim. Aí, quando ele ligou pra cá, Ondina implorou pra ele voltar, ela ia mandar o dinheiro da passagem. Depois disse que um homem veio aqui e contou uma história de vivos e mortos. Não vi esse homem, Lina. Acho que tua mãe..."

Delinha pôs as mãos na cabeça com gestos bruscos, Moã saltou para o chão e ela me olhou.

"Ondina disse que você ia sair viva do inferno e que seu Mariano não parava de perguntar pelo neto. Nas cartas pro Martim, ela também dizia isso. Tua mãe queria acreditar... Olha o que o remorso faz com uma criatura! Ondina largou o telefone, e eu disse pro Martim que ela estava fraca, não podia falar muito. Ele perguntou: 'É fraqueza do corpo ou da memória? Que história é essa de vivos e mortos?'. Minha língua emperrou, Lina, e eu caí no choro. No começo de abril, quando ele ligou de novo, o corpo da Ondina estava sendo velado aqui na sala. Só ouvi soluços. Nenhuma palavra. Quis avisar você, Lina, mas de que jeito? Quantas vezes pedi o número do teu telefone... Dácio proibiu, não é? Uma semana depois, aquele diabo ligou e eu falei da morte. Ele deu os pêsames e pediu o dinheiro de volta. Aí mandei o diabo à merda. No último ano de vida, tua mãe era só pele, osso e tristeza. Nem pagava mais meu salário. Aí, quando eu pegava uma parte das vendas dos doces, ela me chamava de ladrona e outras coisas. Se não fosse teu pai, não sei não. Seu Mariano depositava um dinheirinho numa poupança do Banco do Brasil, fazia isso no dia do meu aniversário. Ondina não aprovava, dizia na minha cara: 'Essa menina saiu do orfanato pra viver em família, come e dorme em casa, estudou onde eu estudei, não precisa de dinheiro'. Teu pai não me deixou na mão. Só fiz o ginásio porque ele e teu irmão insistiram. Mas Dácio foi o mais justo comigo..."

"Minha mãe morreu sem conhecer o verdadeiro destino do filho, Delinha."

"Acho que ela morreu pra não conhecer esse destino, Lina. Sabe aquela feira antiga do Boqueirão? Jorge Badrouz me viu por lá e me levou pra perto da praia. Botei o tabuleiro na sombra, ofereci uma empadinha, um doce, ele não quis. Aí eu disse: 'Você quer falar comigo? Então fala logo, preciso trabalhar'. Ele pegou minha mão, deu um aperto que doeu, e me olhou de um jeito esquisito. Perguntei: 'O que foi, Jorge?'. E ele nada de falar. Aí eu pensei: o que esse solteirão velhusco quer? Nunca notei nada quando ele vinha jogar xadrez e beber no quintal. Era o mais divertido, contava aquelas lorotas de marinheiro, fazia careta de pavor, depois ria. Largou minha mão, e eu fiquei olhando o mar. As ilhas e os morros pareciam tão perto... Me lembrei dos dias de folga, quando deixava você na casa do Jonas. Eu gostava mesmo era dos sábados... Ficava longe do fogão, ia visitar uma amiga no Valongo, meu namorado era irmão dela. O amor de vocês me dava essa liberdade. Me lembrava disso, e até esqueci o Jorge. Mas aí olhei pra baixo e vi o tabuleiro. Tinha que aproveitar o movimento da feira, o Boqueirão era uma festa. Nem deu tempo de pegar o tabuleiro. Jorge tirou do bolso um pedaço de papel e me deu. Era o recorte de um jornal. Se você visse a cara do velho... Aquele rosto grandão, cheio de pelos e risadas, parecia pedra rachada..."

Era um obituário breve, falseado pela Censura: "A morte acidental de um subversivo de Santos". Delinha leu o nome do meu irmão, grafado *Docio*, e chorou com o amigo do meu pai.

"Fui vender doces no Boqueirão e voltei pra cá com os olhos secos. Não queria deixar Ondina abalada. Nenhum amigo do seu Mariano sabia que Dácio tava metido nesse fogaréu."

Delinha lutou com ela mesma para não revelar à patroa a morte do filho. Ondina pegava o rosário e se sentava ao lado do telefone, à espera de uma ligação, milagre que não aconteceu. Rasgou todos os postais de Boston, e desde então evitou falar do Dácio. Não era uma renúncia ao amor pelo filho, mas a ela mesma, que se julgava vencida por uma força superior ou pela fatalidade.

"Dácio não descia pra Santos. A gente almoçou duas vezes com ele em São Paulo. Restaurante simples, perto da rodoviária. Comida portuguesa, pra agradar Ondina. Na primeira vez, só falou de fotografia e do seu Mariano. Mas, no segundo almoço, falou com raiva do teu ex-marido. Queria proibir Ondina de falar com ele, disse que era loucura pensar que vocês iam se juntar de novo. Ela se fez de surda. Aí a gente passou um tempo sem ver o Dácio. Um dia, ele chegou de surpresa no fim da manhã. Queria fazer as pazes com Ondina e levou a gente pra almoçar no Café Paulista. Cochichou pra mim que não morava mais na quitinete da São Luís. Tua mãe estranhou o cabelo curtinho, a barbicha, os óculos escuros. Parecia um cego com cara de bode. Ele pegou uma faca e um guardanapo e fez uma daquelas mágicas da nossa juventude. A faca desapareceu. Ele riu mais que a gente... Riso fora de hora. Comia devagar, tomava cerveja, só que a gente não sabia pra quem ele olhava. Então Ondina perguntou por que ele tinha cortado o cabelo e mudado de cara. Ele riu de novo, e ela perguntou: 'Você mudou de rosto pra me ver? Por que está escondendo os olhos? Não sabe que é falta de educação?'. Dácio ficou sério, meio nervoso. Tomou o resto da cerveja e pediu um cafezinho. Aí tirou os óculos, pegou nas mãos da Ondina e disse que ia morar nos Estados Unidos. Pensei que ela ia fazer um escândalo, mas não deu um pio. Dácio tentou animar tua mãe, prometeu que ia telefonar e escrever, disse que ia voltar com muito dinheiro. Ela chorou calada, olhando pro filho. A gente nunca sabe o pensamento dos outros... E é difícil uma criatura dizer o que tá pensando de verdade. Acho que Ondina pressentiu que o filho não ia mais voltar e guardou essa profecia no coração. Ele encheu de beijos a pobre da Ondina, vi as lágrimas no rosto magrinho e chorei. Aí, no nosso abraço, eu disse baixinho: 'Onde você e Irma vão morar?'. Ele não falou."

"Você viu Irma?"

"Só uma vez. Fui levar doces da Ondina pro Dácio e ela estava lá. Comeu uma cornucópia da tua mãe e perguntou pelo meu gato. Achei engraçado o interesse pelo Moã. Me serviu uma xicrinha de café e disse: 'Dácio adora você, Delinha'. O olhar dela era forte, de orgulho guardado... O sorriso aberto era de dar inveja. Fiquei uns quinze minutos. Dácio só elogiava aquela mulher. Era durão com os outros, até com você, mas se derretia pra Irma. Quando eu queria saber da tua vida com Leonardo, ele ficava pão-duro com as palavras."

Contei para Delinha meus primeiros encontros com Leonardo, os atos de vandalismo no sítio de Campinas, a mudança para Ouro Preto, a loucura do Leo quando soube do assassinato do meu irmão; falei do meu empenho em descobrir o paradeiro de Irma e o corpo do Dácio. Meu amor por Leo tinha murchado, e a nossa história não me ajudara a suportar a ausência do Martim.

Delinha envelhecera menos que eu: o rosto arredondado, quase sem rugas; poucos fios brancos no cabelo preto, o corpo ainda rígido; os olhos um pouco rasgados lembram os da mãe de Jonas e os da Aurora. Comemos croquetes de camarão e empadinhas de palmito com azeitona, os novos quitutes que ela preparava e vendia. O chalé agora é habitado por Delinha, pelos fantasmas dos patrões e pela lembrança viva do Dácio.

"Vocês andavam juntos... Foi um namoro, uma paixão da juventude?"

"Ele tentou de todo jeito... Eu quase quis, mas não ia ser bom. Não foi por causa da Ondina, não. Uma formigona, esse teu irmão! Quando eu levava pra ele uma caixinha de doces, devorava tudo, e eu voltava com livros. Sempre gostei de romances. Pedia mais livros, e ele mandava. Seu Mariano até leu um que eu adoro: *A ilha do tesouro*. Antes de se mudar pra São Paulo, Dácio vivia atrás de mim... Era cheio de galanteios, beijava minhas mãos, dizia palavras bonitas. Depois foi pra outras bandas..."

"Quando conheceu Irma?"

"Não. Foi quando tomou coragem. Irma era só amiga, o casamento era de ideias. Ele me disse isso, confiava em mim, era mais amigo que um irmão. Uma vez... você nem sabe... Dácio já estudava na Politécnica, descia pra Santos quase todo mês, a gente passeava no sábado. Domingo cedinho ele se despedia dos teus pais, dizia que ia comigo pra Paquetá e de noite ia pegar o ônibus pra São Paulo. Tua mãe ficava enervada, ela queria almoçar com o filho. Só que nosso passeio não era pra Paquetá. Eu subia a serra com ele. Lá em São Paulo, a gente ia pro Presídio de Mulheres, uma casona bonita no meio de um jardim. Mamãe ficou lá, morreu lá. O presídio tinha vigias, mas nenhum carcereiro. As freiras cuidavam das detentas... Irmãzinhas da Congregação do Bom Pastor d'Angers."

Delinha era criança quando a mãe dela confessou o crime e ficou uns meses em Santos, antes de ser transferida ao Presídio de Mulheres, na capital. Ela matara o marido com marteladas na cabeça, quando se defendia de uma agressão, seguida de estupro. Isso reduziu o tempo de encarceramento, mas morreu antes de cumprir a pena.

A diretora do orfanato falara para Ondina dos estupros e do assassinato. Minha mãe pensava ser dona exclusiva desse segredo. Quando Dácio lhe exigia que tratasse muito bem a menina órfã e pobre, Ondina encarava o filho com a altivez do seu segredo, como se dissesse: órfã, pobretona, filha de uma assassina com um estuprador.

No quarto dos meus pais, ela pegou no guarda-roupa um envelope.

"É o que sobrou do dinheiro da passagem do Martim pro Brasil. Uma mixaria, só mendigo aceita, e olhe lá. Quando Ondina faleceu, gastei quase tudo na viagem dela. Comprei um caixão bonito e três coroas de flores: a minha, a tua e a do Martim. E ainda mandei rezar missa de sétimo dia em Monte Serrat. Que Deus me perdoe, Lina, mas o dinheiro do diabo foi providencial. Minha poupança é sagrada."

Trouxe os objetos do Mariano para Ouro Preto, Delinha quis ficar com o rosário, os véus e o caderno de receitas da patroa. Ela dormia no meu quarto, onde vi numa parede o presente do Dácio para Ondina na nossa última ceia de Natal: a fotografia de operárias numa fábrica de tecidos. Contei o sonho-relâmpago que me levara a viajar para Santos; Delinha não se surpreendeu quando me viu perto do canal, olhando a serra e o céu. Na semana anterior, ela se reunira no chalé com amigas do tempo do orfanato; duas são professoras numa escola municipal; uma é freira da Congregação das Carmelitas, as outras são empregadas ou balconistas.

"Aprendi a cozinhar com a tua mãe, Lina. Receitas antigas, lá de Portugal. Ela me ensinou tudinho. Inventava um bocado, quase sempre dava certo, mas botava um preço alto demais, eu dizia que não ia vender muito. Mas adiantava? Ondina era cega de tanta ambição, e aquele diabo de genro dava corda, falava de luxo, contava vantagens. Não quis deixar ela nem o seu Mariano, eles não se metiam na minha vida. O que eu vivi, de verdade, foi fora dessa casa. Tive um grande amor, sabe? Um marinheiro que nem o teu Jonas... Um rapaz muito meigo, cheio de delicadezas, mas o cristão não parava no porto, vivia na água. Mas eu nasci pra ser sereia? Esses homens se enjoam da cidade, o coração deles vive nos oceanos, na viagem. Gostam do silêncio e da solidão das travessias. Acho que gostam também do alvoroço, do perigo das tempestades. Agora meu namorado é um coroa bacana, inspetor de carga. Louco pra casar, mas não quero isso não. Tá bom assim. Ele nas docas, eu nos doces, e a cama do teu quarto quando o corpo esquenta."

Friozinho úmido. Delinha levou um cobertor para o quintal: a rede vermelha arqueada sob a árvore parecia a sombra de um corpo. Nas viagens para Santos, Martim olhava os manguezais, a serra e o mar, e perguntava se o avô ia contar histórias; eu confirmava com um gesto, e ele apertava minha mão e me beijava com alegria. Numa carta, depois da morte do Mariano, escreveu: *Ele foi meu pai até os quinze anos de idade, vou me lembrar para sempre das conversas e dos passeios com ele. O homem no outro quarto deste apartamento não disse uma palavra sobre a morte do meu avô...*

Amanhecemos deitadas na rede, que roçava o chão. Quando eu recordava em silêncio, tentava entender como a trama do passado tinha perturbado nossa vida. As gaiolas de madeira surgiram, vazias, no mesmo lugar; um bando de periquitos fez um estardalhaço; a palmeira-imperial era mais antiga que o bairro, construído sobre um mangue aterrado. E o mangue era anterior a tudo.

O quarto da Delinha no quintal é um escritório com uma pequena biblioteca; ela anota encomendas de doces e empadas, preços de ingredientes, dívidas de padarias, bares, restaurantes. Na porta, uma tabuleta: "Doçaria da Délia". Quando minha mãe botava na mesa da sala pacotes de açúcar e de farinha de trigo, potinhos de fermento, uma lata de manteiga e uma cesta cheia de ovos, ela chamava Delinha para ajudá-la na "doçaria".

De manhã a gente foi ao Saboó; comprei um buquê de flores brancas e uma rosa vermelha, depois visitamos o túmulo dos meus pais no Cemitério da Filosofia.

"Quatro madres do Stella Maris estavam no enterro da tua mãe. Os amigos do seu Mariano chegaram juntos. As madres de preto, os marinheiros de branco. Fiquei entre os dois grupos, e todos me deram pêsames. Quando o corpo desceu, me senti parte da tua família."

Delinha se benzeu e passou a mão no mármore. "As freiras rezaram, depois cantaram. Tudo afinado, Lina. No fim, a mais velha disse em português e francês que o Senhor receberia Ondina. Depois o comandante Oscar apontou a bengala para os dois grupos que saíam do cemitério e disse assim mesmo: 'As irmãs pensam no céu, meus amigos sonham com o mar, mas nosso lugar é aqui mesmo, na terra'. Aí foi visitar o túmulo do filho."

Eu ia deixar a rosa vermelha para Jonas, mas Delinha me levou a um banco de madeira, sombreado por uma castanheira; pegou na minha mão, com um tato de amor, e pediu que eu não guardasse mágoa nem sentisse raiva da Ondina; pediu que a perdoasse, na memória e no coração. Minha mão cobriu e amassou a rosa vermelha; não comprei outra: nenhuma flor apaga a desgraça do passado.

Depois ela relembrou uma tarde de dezembro de 1972. "Eu ajudava Ondina a preparar uns doces... Duas madres do Des Oiseaux vinham de São Paulo pra passar as festas natalinas em Santos. Tua mãe queria oferecer os melhores doces, as receitas mais trabalhosas. Era uma tarde muito abafada, esse chove não chove do litoral. A gente suava, a ânsia da Ondina me deixava nervosa, uma ralhava com a outra... Eu disse pra ela: 'Calma, criatura de Deus, as freirinhas belgas vão encher o bucho com essas delícias'. Ela riu, pegou um ovo, e aí a campainha tocou. Foi tão forte que sacudiu meu corpo. Ondina olhou pela janela, ficou parada, o ovo se quebrou na mão dela, o suor do queixo pingava na gema, na clara... Foi correndo lavar as mãos, e eu fui espiar na varandinha. Um bigodudo de paletó e gravata segurava uma pasta de couro. Parecia um vendedor chique. Falei que não queria comprar nada. Aí ele disse com uma voz antipática: 'Chama tua patroa, quero conversar com ela'. O diabo veio de Brasília... Era o teu ex-marido, Lina."

Ele não quis entrar. Ondina trocou de roupa e foi até o portão. Da janela da sala, Delinha viu o homem falar e gesticular, viu as costas suadas da patroa e a cabeça grisalha negar várias vezes; ela pôs as mãos no rosto, no vestido, e a cabeça concordou. Ele se agachou, acariciou o gato da Delinha, pegou um envelope na pasta, deu para Ondina e foi embora.

"Ainda vi aquele homem levantar os braços e a cabeça pro céu e abrir a boca. Com quem aquele demônio bigodudo falava? Ondina escondeu o envelope, nunca mais vi o papel. E, desde aquele dia, ela não se cansava de repetir: 'Meu neto está em São Paulo e minha filha não pode saber disso. Se ela souber, nossa vida vai virar um inferno'. Acreditei na tua mãe, Lina. E mais ainda no Dácio. Teu irmão tinha pavor daquele diabo..."

Por mais de sete anos e até a morte, Ondina foi condenada ao silêncio, à humilhação e à mentira. Uma das grandes vinganças daquele homem foi impedir o contato com Martim. Será que meu filho me enviou outras cartas? Se enviou, Dácio estava certo: o zelador do edifício da São Luís jogava a correspondência no lixo. Pensava nisso na sombra da castanheira, a poucos passos do jazigo dos meus pais. Eu e Delinha tentávamos entender o passado que, em parte, ela desvendara bem antes de mim. Os pais dela estavam enterrados na outra extremidade, perto do muro que separa o cemitério do morro.

"Dácio cuidou de trazer o corpo da minha mãe pra Santos. Eu era uma menina... O que eu sabia do amor dos meus pais? Vi coisas horríveis, ruindades que ele fazia com minha mãe. Eu corria pra junto dela e chorava. Queria evitar as maldades... Aí meu pai se acalmava e ficava olhando meu rosto. Eu sentia que ele gostava de mim, aquele olhar era de amor. Depois ele saía por aí. Uma vez, quando ele estava entupido de tanta pinga, pedi pra ele parar, mas ele não via minhas lágrimas, acho que nem me via... Isso foi umas semanas antes das marteladas. Papai trabalhava no sítio de um italiano, lá no Valongo. Cortava e ensacava cachos de bananas, fazia fibras, colhia verduras e frutas, cuidava da plantação e do jardim. Minha mãe cozinhava pro italiano e limpava a casa dele. Seu Gino era um homem grande, de voz grossa. Parecia que falava dando ralhos, mas era só rugido do vozeirão. Fugiu da miséria lá da Itália, foi estivador, comprou um terrenão, plantou tudo lá. Conseguiu uma vaga pra mim no Grupo Escolar Fraternidade. Era um pessoal da maçonaria. A gente morou dois anos numa casinha de madeira do sítio. Seu Gino suportava a bebedeira do meu pai, mas as surras na minha mãe, não. Dizia: 'Você pode beber, mas não pode bater na sua senhora. Vá bater nos outros beberrões, longe daqui'. Ele dava muitos conselhos, mas meu pai era homem dado em perdição. Uma noite, a casinha de madeira quase pegou fogo, aí seu Gino demitiu papai, e a gente voltou pro morro. Foi um pouco antes da guerra na Europa; aí, quando a guerra estourou pra valer, os japoneses e italianos foram maltratados, muita gente teve que abandonar sítios, chácaras, e ficou sem trabalho. Meu pai arranjou um servicinho no sítio de um espanhol, lá mesmo, no Valongo. A gente foi morar nos fundos do sítio. Papai... ele morreu lá. Eu estava na escola. Na hora do recreio, um bedel falou: 'Tua mãe rachou a cabeça do teu pai'. E ainda deu uma risada. Fiquei parada no corredor, parecia que meu coração ia pular pra longe. A diretora disse que eu ia morar na Casa das Crianças, mas que eu podia terminar o primário no Grupo Escolar Fraternidade. Naquela manhã, nem voltei pro sítio do espanhol. Uma vez, no Presídio das Mulheres, minha mãe disse: 'Eu gostava do teu pai, mas perdi todo amor por ele'. Os dois se uniram de novo, estão juntos há muito tempo, lá perto do pé do morro. São ossos da mesma terra."

Pegamos o ônibus para o Boqueirão, saltamos na Encruzilhada e andamos pela Luís Gama até a bacia do Macuco. Era o trajeto da Delinha quando voltava da visita a seus mortos. Apesar da noite quase insone, não vi cansaço no rosto dela, nem temor às lembranças de um passado que eu desconhecia. Ela me mostrou uma foto antiga: as meninas da Fraternidade na entrada do grupo escolar, todas de uniforme: laçarote na gola da blusa branca, saia plissada longa, talvez azul-marinho. Delinha era a única menina caiçara, e a foto fora tirada duas semanas antes da morte do pai e da prisão da mãe. Vi também fotos da Delinha tiradas por Dácio, em São Paulo e em Santos.

"Ondina imaginava coisas... um caso com teu irmão. Dizia pra ela que o caso do Dácio era outro. Mas ela ouvia? Quantas mães não se fazem de surdas?"

A falta de escuta, nossa incompreensão mútua. Será que Delinha aludia também à minha surdez? Fui uma dessas mães quando Martim implorou para morar comigo e com Leonardo em Campinas? Quando larguei meu marido, não havia lugar para o meu filho na minha vida com Leo?

20.

O Festival de Inverno fora transferido para outras cidades mineiras, os moradores estranhavam a quietude de Ouro Preto, sem oficinas de artes, shows de música e dança, sessões de cinema e de teatro de bonecos: os mamulengos do Giramundo; sem os poemas voadores e a multidão de estudantes de todo o país; sem feira de artesanato no largo de Coimbra e ao redor da igreja de São Francisco de Assis. A praça Tiradentes e o Pilar amanheceram pacatos, no morro do Cruzeiro não piscavam as luzes do acampamento feminino. Em silêncio, no frio, turistas posavam para o velho Solho e outros retratistas.

Certas lembranças me afogavam e desequilibravam; tentava evitá-las, mas elas irrompiam à minha revelia: a primeira visão do Doherty e seu filho na sala do chalé; o corpo do Jonas na varanda, de frente para o mar que o atraíra e o lançara ao nada; as mãos do Mariano Ríos abrindo a carta náutica, indicando a rota da sua próxima viagem no navio do Loide: "Nove ou dez dias longe de você, filha". Eu via aquarelas de borboletas azuis e prateadas no Cemitério do Carmo e ouvia a voz do Leo: "Mortos iluminam a noite das borboletas, Lina". Via o suor do ódio escorrer na face de um homem, e em seguida percebia o remorso do pai depois de esbofetear o filho. O cheiro de sêmen e da maresia penetrava no meu corpo deitado na areia sombreada por um morro, eu sentia a respiração morna e o hálito de sal do Jonas Martim Doherty, ouvia o alvoroço das ondas, o canto agudo das gaivotas. A memória surgia com uma força dilacerante, maligna, ou com o sopro suave e efêmero da felicidade. É sempre uma aura da vida.

Um dos mais terríveis centros de detenção, tortura e assassinatos funcionava próximo ao apartamento no Paraíso. Quantas vezes eu e meu filho passamos de mãos dadas diante daquele edifício, como se fosse apenas uma delegacia do nosso bairro pacato?

Rosaura me enviou um folheto do Comitê Feminino pela Anistia e um bilhete: *Pais e avós estão morrendo sem encontrar o corpo de filhos e netos, Lina. Mas os parentes e os amigos não vão desistir da busca. Os militares decidem quem vai ser torturado e assassinado, são os donos da morte, mas não podem matar o passado. A memória, pesadelo dos algozes, nos dá ânimo: é a esperança dos sobreviventes…*

Como surge a esperança? Um ponto, um átimo, um momento… a coisa interior que nos movimenta pelos caminhos árduos e certos.

Irma grifara essas frases de um conto e escrevera na borda inferior da página: *pelos caminhos árduos e secretos*. Quando ela lia um romance ou conto, sublinhava palavras ou frases e as reescrevia na margem superior ou inferior. Seria um gesto pretensioso da minha amiga e falsa cunhada? Talvez desejasse expressar algo mais próximo do seu sentimento, ou da própria vida. Há leitores assim. *Caminhos árduos e secretos*. Li os outros contos e peguei o bilhete da Lisandra: *Lina, você está viajando ou foi "rezar" com santo Expedito na capelinha de Sant'Ana? Nossa amiga pianista está ansiosa pra falar com você.*

Disse a Karin que sentia uma tristeza com culpa: tanto tempo sem ter conversado com minha mãe, sem nem mesmo ter visto o rosto dela.

"Queria ir a São Paulo e conversar com você, Karin. Mas me sinto emparedada, meu péssimo estado de espírito me impede de sair daqui."

"Lisandra me falou da tua cunhada e do assassinato do Dácio... Como é possível, Lina?"

"Irma não era minha cunhada, Karin. Ela, meu irmão e Leonardo esconderam tudo de mim. Perdi minha família e uma das poucas amigas. Agora só resta meu filho..."

Karin e eu ficamos caladas. A morte era o assunto do nosso silêncio.

"Será que você não consegue viajar? Não é só para rever tua amiga alemã. Tenho uma hóspede aqui em casa, amiga do Martim. Eles moraram numa república em São Paulo, se encontravam em Paris..."

Senti meu corpo estremecer, temendo um choque de sons na cabeça. Vi as casas da rua de baixo, meio arruinadas pelas chuvas do último verão. Agora o silêncio falava do meu filho...

"Amiga do Martim? Tem certeza, Karin?"

“Sim, a Anita, uma atriz. Ela vai convidar outros amigos dele. Todos querem conhecer você. A gente vai se reunir sábado de tarde aqui em casa…”

Passei no solar depois do almoço, Lisandra bebia uísque e jogava baralho com três amigas; me lembrava de uma delas, Gracinha, que se levantou e beijou meu rosto; as outras me cumprimentaram de olho nas cartas em leque nas mãos. As mesmas mulheres do meu primeiro encontro com Karin: duas com laquê no cabelo, o rosto muito maquiado e ouro nos dedos; Gracinha, de mãos nuas, usava apenas batom rosa. Minha visita inesperada era uma intrusão no carteado e na conversa. A hora errada do dia, uma derrapada. Lisandra pediu licença às jogadoras, abriu as portas de vidro do jardim de inverno, a gente se sentou num banquinho de pedra cercado por helicônias altas, com hastes eretas; falei brevemente da conversa com Delinha, e ouvi da Lisandra os pêsames pela perda da Ondina.

“Mais um luto na tua vida, Lina. E mais uma notícia triste que chega atrasada. Então é por isso que você está assim… Até assustou as visitas.”

“Gracinha não se assustou, mas tuas outras amigas ficaram incomodadas.”

“Elas não são exatamente amigas”, disse Lisandra, olhando a trilha de pedras que saía do jardim de inverno e contornava o quintal. “Você faz contatos com comitês de anistia, comissão dos familiares de mortos e desaparecidos políticos, grupos femininos de não sei o quê, com advogados dessas coisas todas… Acha que isso leva a algum lugar? Sou mais objetiva do que você, Lina.”

Enlaçou meu braço e se ergueu, puxando meu corpo; uma fileira de formigas saía de um arbusto arrancado do jardim e se aproximava dos nossos pés.

Lisandra pisou nas formigas, a fileira se desfez.

"Esse jardineiro também fez um trabalho porco. Já é o terceiro, nenhum presta."

"As outras não são exatamente amigas, Lisandra? Vi essas mulheres numa reunião aqui. Lembro que Karin ia dar um concerto na Casa da Ópera, mas cancelou... Os atores estrangeiros foram presos, e ela voltou para São Paulo."

"Isso faz tempo, não é? Agora Gracinha veio com essas duas para o Festival de Inverno, mas foi cancelado. Elas são casadas com homens importantes do governo, moram em Brasília e passam temporadas em Belo Horizonte. Estão hospedadas na pousada. Não é a primeira vez, nem vai ser a última."

Uma lasca de sol aquecia meu rosto; nas raízes do arbusto arrancado crescia um formigueiro.

"Macena também fica chateado quando eu critico o que ele faz. Você se lembra dos poemas voadores? Não voam mais... Agora meu amigo trovador imprime folhetos e cartazes com o nome dos desaparecidos e manda tudo pra Belo Horizonte. Ele pensa que isso pode abalar os militares. Daqui a pouco vão fechar a tipografia e você vai ficar sem os alunos, sem emprego, sem nada."

Lisandra ficou ressabiada com meu sorriso: não sabia que eu participava de reuniões na oficina do Macena, nem que ia com Serafina a Belo Horizonte para entregar folhetos e cartazes ao namorado dela.

"Não quer jogar um pouco com a gente? O uísque é ótimo, a aposta é baixa, ninguém perde muito."

Virou o rosto para o jardim de inverno: "Já contei pra elas do Dácio. Foi um choque, ficaram horrorizadas. Mostrei uma foto dele aqui mesmo, no jardim. Até morto teu irmão seduz e engana. Aí eu disse que tinham sumido com o corpo, e que um defunto não faz mal a ninguém. Você quer encontrar os despojos do teu irmão, eu quero encontrar os ossos da única pessoa que amei. Mas meu caminho é diferente do teu, Lina. Tentei de tudo com militares, políticos, advogados. Não deu em nada. Agora conto com a ajuda dessas duas. A mais nova é casada com um ministro. Quem sabe se as noites de cortesia na pousada, com comida e bebida à vontade...".

A busca do corpo do Dácio me afastava da Lisandra: era a cortesia de um irmão assassinado, sem sepultura, e que não amara mulher alguma; talvez Delinha, na confusão de sentimentos da juventude, quando o verdadeiro desejo ainda se ocultava. Não disse a Lisandra que queria ver Aurora, nem que ia viajar para São Paulo na noite do dia seguinte.

Nenhum hóspede na sala da pousada. Notei uma mudança na mobília e na decoração, que agora imitavam as do solar. Com um piano e telas do Guignard e do Bonnard seria quase a mesma sala. A mesa da copa, arrumada para o lanche da tarde: compotas de frutas em potes de cristal cobertos por um véu de tule, bules de estanho, louça de porcelana com um brasão dourado. Na cozinha espaçosa e abafada, Aurora cantarolava e ralava milho ao lado do fogão a lenha. Largou o ralador e a espiga, limpou as mãos no avental e me olhou, surpreendida por me ver na outra cozinha onde trabalhava. No abraço de corpo colado, ela suava; ouvi o riso solto de uma alegria grande, só dela. Pedi que me emprestasse o gravador por dois ou três dias; não queria que Lisandra soubesse disso.

Aurora ia fazer o bolo do lanche e ajudar a preparar o jantar, mais tarde levaria o gravador para minha casa. "Mas você tem que comprar pilhas novas e fitas virgens, Lina."

No começo da noite, me deu a sacola com o gravador. O rosto sem maquiagem ainda parecia feliz, apesar do cansaço. "Só vim te dar um abraço e desejar boa viagem. A patroa convidou umas amigas pra jantar. Pode ficar com esse gravador o tempo que quiser... todo o tempo da vida."

Usava o mesmo vestido de morim, amarelo com estampa de flores vermelhas; no meio das costas, uma trança grossa e preta, afivelada na ponta por uma borboleta de plástico. Ela já ia longe quando vi na sacola o avental branco cheio de manchas. Lavei o pano: a palavra "Aurora", bordada no canto inferior, apareceu.

Na sexta 10 de julho, fiz faxina na casa, preparei meu almoço, botei na sacola o gravador, as fitas virgens e uma muda de roupa; na bolsa, uma cartela de analgésicos, um documento e fotos dos amigos do Martim, em Brasília.

Ligação da Delinha.

"Estou de folga, querida. Vou amanhã com o meu coroa pro sertão de Bertioga, a gente vai dormir lá. Passei anos e anos carregando um tabuleiro... A doçaria cresceu, comprei uma picape e tive que contratar uma funcionária. É uma colega do tempo do orfanato. Reclamou do salário baixo, aí eu disse: 'Peixe muito guloso morre sufocado'. Ela sabe que a gente tem colegas envelhecendo nos mangues. Olha, um dia vou visitar você. Quero conhecer tua casa e a cidade do ouro e das igrejas."

"Venha mesmo, Delinha. Quem sabe na Semana da Pátria?"

"Vamos ver. Mas não foi por isso que eu liguei. Vi Martim andando na beira do mar. Fui atrás dele, corri, mas não dava jeito de me aproximar do teu filho. Eu nunca ia alcançar... O corpo dele diminuiu, depois a maré cobriu as pegadas. Foi um sonho estranho. Fiquei matutando..."

"Às vezes sonhos são assim mesmo: não acontece o que a gente quer e acontece o que a gente não quer. Viajo hoje de noite para São Paulo. Vou conhecer uns amigos do Martim."

"Será que vai ver Dinah? Martim dizia que ela adivinhava até os sonhos dele. Acho que ele gostava dessa moça, mas era amor com medo. Eu queria saber desse namoro, mas teu filho não contava."

"Martim era meio calado, Delinha. Hoje, não sei..."

"Ele falava muito, mas só com caneta e papel. Escreveu um monte de cartas pra você, não é? Quando vinha pra cá, ficava escrevendo no teu quarto. A curiosidade me coçava, mas ele não me mostrava nada. Uma vez, foi bater perna no Canal Cinco e eu xeretei o caderno dele. Li umas páginas, me deu um calor danado. Aí fiquei pensando: será que foi assim mesmo com Dinah? Se não foi, acreditei. Ainda bem que você não leu."

"Por quê?"

"Ah... Fica imaginando. Só vou contar na Semana da Pátria."

Quando desliguei, minha ânsia de viajar dilatou o tempo da espera. Reli as anotações da véspera; o avental da Aurora caiu do varal e secou sobre a roseira; aguei a horta e as plantas, tranquei as portas do subsolo, preparei a matula da viagem e reli a carta do Leo.

Você não podia saber de nada. Foi uma decisão do Dácio, e um acordo entre nós dois. Mas você não deve se sentir enganada nem traída. A gente não revela tudo quando quer proteger alguém. Quando eu ia pra São Paulo, dava ao Dácio e a Irma quase todo o dinheiro das pinturas vendidas na galeria, e assim ajudava a combater os homens da morte. Não me interessei em saber como aquele dinheiro era usado; fiz isso durante anos, e não me arrependo. Penso no que significou teu irmão para mim; ele, mais que Irma. Quando vi no monte de pedras no jardinzinho o túmulo de dois apóstatas, já sabia da morte do Dácio, e dava por quase certa a da Irma. Ele insistia que eu pintasse o rosto dos assassinos, recusei por muito tempo, mas quando Irma me falou da viagem sem volta do Dácio, decidi pintar as telas da Galeria. *Nessa decisão revelei minha fraqueza. "Pintor de abstrações", dizia teu irmão, com um riso de sarcasmo. Queria que eu copiasse o que eu só podia imaginar, inventar. A tela pintada de branco é para o teu pensamento, Lina. Ou para tua imaginação.*

Espero que Lisandra, como prova da nossa profunda amizade, devolva a você as telas que carreguei por toda Ouro Preto, quase afogado pela correnteza do Aqueronte.

Lisandra me deu o pacote com as telas; às vezes ela aluga a Kombi para levar hóspedes às cachoeiras, a Mariana e Belo Horizonte. É mais uma prova da profunda amizade por Leonardo.

Os quadros da *Galeria* permanecem no subsolo, a tela pintada de branco ainda é um ruído misterioso. Olho a estante cheia de livros e me lembro do dia do adeus, quando Irma disse: "Minha biblioteca vai ficar com você, Lina".

Depois do almoço, ela se deitou de lado na poltrona e tirou um cochilo. Eu via o corpo encolhido, o cabelo longo cobria uma face e roçava o assoalho. Irma: só com ela convivi. A outra, Joana, codinome da minha falsa cunhada, arrecadava dinheiro para combater os homens da morte. Com poucas palavras ou com o olhar, ela colocava meu irmão no torniquete. Quando eles se beijavam na minha presença, não desconfiava que encenavam um gesto de desejo. Na noite em que não viajei para Goiânia, Irma dormira quase nua no sofá-cama da quitinete; de manhã, enquanto ela preparava o café, reparei no corpo rosado, com pintas escuras nas costas, nos ombros e ao redor dos seios pequenos. Os olhos do Dácio eram mudos? Como ele teria olhado o corpo da Lisandra? Como ela traduzia aquele olhar quando se apaixonou por ele? Lisandra ficou refém daquele amor antigo, sem perceber o pacto entre Dácio e Irma: "o casamento de ideias". Agora Lisandra criticava Macena por ter trocado os poemas voadores por panfletos políticos; uns e outros eram válidos, mas não para ela, que preferia bajular esposas de "homens do governo".

No meio da tarde daquela sexta-feira, ela tocou a campainha: não era uma visita; quando entrou na sala, não chorava de saudade do meu irmão, mas de raiva por outra perda, parecida com a morte, ou capaz de matar.

Lisandra me mostrou o bilhete: *Fui cuidar da minha vida. Já vivi muito tempo para você.*

"Ontem Aurora fez o jantar e veio com uma história de que estava muito cansada e queria dormir mais cedo. Me pediu dois salários adiantados, e até mais um pouco... Me levantei às dez, não vi o café da manhã na mesa. Fugiu de madrugada, como uma ladra. Não levou joias, só a roupa, o dinheiro, o documento do quarto de hóspede e aquela pintura do Solho. Busto de rainha! O que ela falou pra você?"

"Ontem não vi Aurora, Lisandra."

Ela se aproximou de mim: "Não? Não mesmo?".

Recuei para evitar o bafo de uísque, e com um gesto confirmei a mentira.

"É justo o que ela fez? Trair quem sempre deu tudo? Fugir assim? Como eu vou viver sem a Aurora?"

Fugiu para viver e amar, livremente, pensei. Irma também fugira por lutar pela liberdade.

"Deixou esse bilhete sujo na travessa da carne. Você tem ideia para onde ela foi?"

Rasgou o papel manchado de molho, os pedaços caíram em volta dos meus pés.

"Por que aquela cachorra me deixou sozinha? Por que Deus permitiu isso?"

Deus não devia permitir tanta solidão, pensei. Nem tanto ódio. Lisandra não suportou meu silêncio, que a angustiava ainda mais. Ela, que ainda fingia procurar os ossos do meu irmão, agora ia atrás da Aurora, a criança encontrada numa carta.

"Ingrata e impiedosa, Lina. Será que arranjou um emprego em outra cidade? Dinheiro, só pode ser... Ela sempre quis ganhar mais."

Nesse mundo confuso, hostil e degradante, Lisandra não pensou no amor; parecia aprisionada pela ausência da "irmãzinha", que rompera aquele viciado laço de parentesco.

II

21.

Julho, 1981

Saí da rodoviária e andei pela mesma rua em que agredira Dácio numa noite já distante. O tempo recuou e vi dois policiais espancarem um menino na praça Dom José Gaspar. Anos antes daquela noite de março, meu irmão e Irma já moviam as peças de uma batalha clandestina e arriscada contra os homens da morte. Quando Dácio decidiu passar da inação à luta? Como aconteceu isso? E Irma? Ainda veria minha amiga?

Na manhã do sábado, quando me dirigia ao Flor de Lotus, a praça da República e a Dom José Gaspar, a Biblioteca Mário de Andrade, a avenida São Luís e a Galeria Metrópole lembravam Dácio, sentia sua presença e me emocionava; mas não poderia vê-lo em lugar algum. Nunca mais. E eu nem sabia que a saudade era tanta. Agora Dácio era só uma sombra: o passado de uma vida. E o meu filho, uma sombra misteriosa, como no sonho da Delinha: uma figura que desaparecia aos poucos, na distância. No Flor de Lotus, me lembrei da tarde quente do nosso adeus, tão diferente daquela, fria, de sol fraco. Olhei o relógio: os amigos do Martim já deviam estar na casa da Karin.

Ventava na Lapa. O táxi subia e descia as ruas pacatas da Vila Ipojuca. Vi a mulher elegante na calçada de um sobrado, erguido num terreno estreito e inclinado. No abraço da Karin, o lamento dos meus lutos.

Pegou minha sacola: "Veio passar só o fim de semana?".

Martim falava tanto da coragem e do talento da atriz que o *desvirginou sob uma luz morna e vermelha*, que eu estava ansiosa para encontrá-la, mas não vi Dinah no pequeno pátio sombreado por uma trepadeira florida, cheia de pequenos maracujás verdes. Reconheci pelas fotos de Brasília apenas Lélio, o Nortista; duas mulheres me olhavam, curiosas e talvez perplexas; ali estavam três amigos do meu único filho. O Nortista me deu um abraço tímido; Anita e Mariela, estranhas para mim, foram mais calorosas: me abraçaram e beijaram meu rosto, como se esperassem aquele encontro havia tempo. Eram amigas do Martim quando eu e ele já não sabíamos nada um do outro, e eu me senti alijada daquela intimidade.

Voz da Karin: "Anita organizou essa reunião, Lina. Já visitou a família no interior, mas sentia também saudade dos amigos e do Circo Paulistano".

"Meu ex-marido quis ficar na França", disse Anita, "mas eu fiquei a fim de voltar pro nosso velho circo brasileiro."

Os outros riram e olharam para mim. Mariela me ofereceu cerveja, sentou-se ao meu lado, disse que era fotógrafa e abriu o "Álbum da Fidalga".

"Laísa e Marcela moram há seis anos com os Nambiquara em Rondônia. Já falam a língua deles, gostam de viver na aldeia."

Em outra página do álbum, um rapaz muito moreno, alto, de cabelos cacheados e olhar soberbo abraça Martim; ele segura com a outra mão um livro de arte: *Matisse*.

Voz da Anita: "Ox era o poeta da nossa república. Mora na Cidade do México, é professor de literatura na Universidade Autônoma".

"Ox é um monumento de erudição e humildade."

Voz do Nortista: "Humildade, Mariela? Lina não sabe que tu foste irônica. Fala pra ela onde está a ironia".

"No teu ciúme, Nortista."

"E no teu também, Mariela", disse Anita. "Ox se apaixonou por um poeta mexicano, mas Lina não precisa saber das paixões e traições da nossa república."

Não consigo transcrever minha pergunta, feita em voz baixa.

"Nossa república tinha um pouco de disciplina", disse Mariela, "mas às vezes ninguém se entendia, era uma zona..."

Ela abriu a última página do álbum: um nissei ou sansei de cabelo longo segura na mão direita uma folha datilografada. Um leve sorriso não esconde a tristeza do olhar.

"As normas da Fidalga eram duras, mais de dez... Foi esse amigo querido que escreveu."

Karin se curvou para ver o autor das normas. Os três amigos se entreolharam, Mariela disse: "Sergio San, um arquiteto de verdade...".

Voz (volumosa) do Nortista: "San não gostava de mim nem do Julião, mas ele se dava bem com Martim".

"Com quem meu filho não se dava bem?"

"Em Brasília ou em São Paulo?", perguntou o Nortista. "Lá na capital, eu sei..."

Mostrei duas fotos de Brasília, tiradas mais de uma década antes. Comparei o rosto jovem do Nortista com as faces plissadas do homem ao meu lado: o tempo agira com precipitação, sem pena.

Ele tocou com o indicador um corpo na foto: "Passei uma temporada no inferno por causa desse escroto. A gente desconfiou de um cara que apareceu na última reunião da nossa revista, mas o dedo-duro foi esse Fabius".

Olhou para mim e para Karin e, mais calmo, disse que Ângela, uma das moças da foto, estudara nove anos na Universidade de Brasília mas não se diplomara. Agora era professora de música e morava com um francês no Vale do Amanhecer, uma comunidade mística perto da capital.

Voz da Anita: "Li uma carta da Ângela pro Martim, Lina. Vi também uma fotografia com uma dedicatória estranha: *Para Martim, que castigou minha carne alegre*. Era uma foto da Ângela com uma flor na mão, as pétalas pareciam de vidro. Uma piração, essa carta. Tinha um poema chamado 'Libélula', até decorei uns versos... *Asas transparentes e trêmulas sobre água suja, a libélula é dançarina da noite*... Imaginei que podia ser a Ângela, porque na carta ela dizia que dançava no ar, escrevia poemas, tocava flauta e viajava com o namorado francês pelo Vale do Amanhecer. Mas ela falava também do pai dela e do pai do Martim".

Anita percebeu meu olhar indagador.

"A gente lê e se esquece de muitos detalhes, Lina. Mas me lembro do banquete de ratazanas... Um banquete de grileiros de terras do Distrito Federal, Goiás e Mato Grosso. O pai do Martim e o da Ângela eram os chefões. Anotei trechos dessa carta num diário. Perdi meu caderno, mas não a voz do Sergio San."

Ela apontou para o gravador da Aurora sobre a mesinha no centro do pátio: "Sergio falou da prisão na PUC, em setembro de 77, e pediu pra eu gravar. A fita ficou comigo. Quando batia muita saudade, ouvia a voz do Sergio San. Na noite da invasão policial, ele viu Martim conversando com um cara num estacionamento... Centenas de estudantes e professores foram levados pra lá, e depois pro quartel da avenida Tiradentes. Aí um coronel da Polícia Militar ordenou a prisão dos dois. Sergio não viu Martim no quartel, e a gente não sabia onde ele estava. Soube da morte do Sergio quando voltei pro Brasil".

Voz da Karin: "Como ele morreu?".

"Os operários que demoliram a casa não falaram nada", disse Mariela. "Parece que ele usou a faca do Julião."

"Lembro que Julião ameaçou o Sergio com essa faca", disse Anita. "Sergio não queria... ninguém na república queria que Julião matasse os pombos no quintal, mas era o ganha-pão dele, Lina. O trabalho nos circos era mal pago, ainda é. Julião vendia pombos nas feiras, mas sofria quando degolava os bichinhos. Lá na França, ele ia atrás dos arrulhos. Me lembro da primeira conversa sobre nossa separação. Não queria mais viver longe daqui, tava louca pra voltar. Falei isso no quarto de um hotelzinho em Arles. De repente, Julião foi até a janela e ficou arrulhando, num papo com um pombo. Depois ele me olhou assim, meio triste, e eu perguntei: 'Como nossa história pode continuar, com um oceano entre a gente?'. Aí ele disse: 'Um oceano ou um deserto não é nada quando a gente ama, Anita. Tudo bem, você volta pro circo verde-amarelo, mas eu não arredo pé daqui. Agora mesmo tive um pressentimento... Um amigo da Fidalga vai morrer'. Ri, meio nervosa, e perguntei: 'Que piração é essa?'. O arrulho daquele pombo era aviso de morte? Julião pensou que eu queria tirar sarro dele, aí ele disse que a gente não devia brincar com o sagrado.

Quando Mariela falou da morte do Sergio, me lembrei do rosto triste do Julião, dos arrulhos..."

"A gente não tem certeza de que foi suicídio", disse o Nortista. "Parece um romance policial, mas sem as últimas páginas."

Voz da Mariela: "Sergio não queria que os pais vendessem o sobradinho da Fidalga. Me ligou na Quarta-Feira de Cinzas. Ele tinha passado o Carnaval com a família, em Cananeia. Ia pedir demissão do Instituto do Patrimônio Histórico. Em abril, dei uma passadinha na Fidalga. Sergio estava abatido, não perdoava o pai por ter vendido a casa. A construtora comprou também o sobrado da vizinha, aquela velha louca".

Voz da Anita (alterada): "Uma racista, isso sim. Mas era vidrada no Julião. Vá entender... E o idiota ainda levava presentinhos pra ela... Batiam longos papos na sala escura".

"Ela comprava os pombos do Julião", disse o Nortista.

"Nada disso. Ele dava pombos gordos e dizia que eram galetos", lembrou Anita. "Dava também pastéis de palmito e não sei o que mais. E ainda fazia reparos na casa da viúva, trocava telhas, desentupia ralos... Aí ela comprou as joias fajutas que Julião herdou da tia. Pagou uma nota pelos berloques e braceletes de cobre e umas porcarias de latão."

"Julião foi caridoso e prestativo, mas se mandou pra Paris com o dinheiro dessas porcarias."

Voz da Anita: "Pois é, Nortista, Julião foi muito caridoso com a velhota racista, mas depois de vender a lataria pra ela, sumiu da sala mofada. E a idiota ainda caiu no conto da construtora e vendeu a casa por uma bagatela".

Voz da Mariela: "Quando o sobradinho da viúva foi demolido, a construtora deu um mês pro Sergio sair da casa, mas ele ficou lá, jurou que ia ser o último a cair pela nossa república. O Nortista concordou em levar o teimoso pro nosso porão na alameda Jaú. A empresa de demolição começou a destelhar a casa com o Sergio lá dentro, aí ele foi dormir na casinha dos fundos".

Mariela abriu o álbum: "Essa casinha aqui... No começo de maio, fui ver de novo nosso amigo. O sobrado estava destelhado, tinham demolido quase tudo. Me lembrei das nossas conversas na Fidalga, das festas, das instruções do Sergio antes das passeatas e missas em memória aos assassinados...".

"A primeira leitura de uma peça que Damiano Acante dirigiu", lembrou Anita. "O Nortista e Martim começaram a ler o texto, e eu chamei a Mariela pra tirar fotos."

"Tirei várias, mas não botei nesse álbum", disse Mariela. "Quando olhava a casa em ruínas, me lembrei de muitas coisas da nossa república. Pensava que o Sergio não estava mais lá, aí o chefe da demolição disse que um japonês maluco ainda ocupava a casinha no quintal. Os peões riram. O chefe foi comigo até lá. Sergio San estava desenhando na saleta. O chefe disse: 'O prazo tá acabando, japonês. Segunda-feira não quero te ver mais aqui. Se você não sair, a polícia entra'. Sergio mandou o cara à merda e deu uma risada maluca, parecia grito de arara. A gente conversou um pouco. A mãe dele tentou convencer o marido a não vender a casa, mas a construtora ofereceu uma baba. Sergio tinha um apego doentio pelo sobradinho da Fidalga. Passou a infância lá, depois a família se mudou pra Cananeia. Ele disse: 'Fique tranquila, Mariela, não vão me expulsar daqui. Esse chefete da demolição só ameaça. A edícula tem muitas histórias de amor, você viveu aqui com o Ox e com o Nortista. Agora é a minha vez, vou trazer a Odete pra cá'. Essa Odete é filha de um construtor pirado, Lina. Foi patrão do Sergio e do Martim. O Sergio se apaixonou pela Odete, ele mostrava pra mim e pra Anita desenhos do rosto e do corpo dessa moça. Dizia que ela era uma artista em formação, e que ia ser uma grande pintora expressionista."

Voz da Anita: "Ela pintava palhaços. Sergio San criticava essas pinturas, dava pra ela livros de arte, pedia pra ela visitar museus e galerias. Só que a artista era sugada dia e noite pelo pai. A gente sabia que Odete tinha sacaneado nosso amigo. Ela preferiu o pai".

Voz da Mariela: "Pai e filha, dois pirados. Sergio me disse que Odete queria se casar com ele, os dois iam viajar, tinham muitos planos... Mas já estavam separados, nem se viam mais. Sergio desenhava e falava da Odete, de um amigo assassinado pela polícia, da demolição de edifícios históricos, do caos nas cidades brasileiras. O desespero, a frustração, nossa impotência... Não sei o que pesava mais. Ele me deu a lapiseira preta e um potinho de porcelana azul chinês, pediu pra eu devolver esses objetos pros amigos da república. Ficou olhando o desenho na prancheta, aí disse que tinha mudado de ideia, ia passar uns dias comigo e com o Nortista, depois ia visitar os Nakasato e os Satochi, amigos dele, lá em Maringá. Perguntou se podia levar pro porão o material de desenho e os livros. Eu disse: 'Pode levar tudo, meu'. Vi os olhinhos apertados dele, o rosto meigo, o cabelo nos ombros. Não sei por quê, comecei a chorar. Ele me abraçou, beijou minhas mãos, com aquela delicadeza... Depois disse que segunda-feira ia se mudar pro nosso porão na alameda Jaú. Lembro que falou: 'Um dia a gente vai sair do porão, Mariela'. Marcou às duas da tarde e me pediu pra ajudar na mudança. A gente chegou mais cedo. Eu ia tirar as últimas fotos da casinha e do quintal, mas tudo era ruínas, e o corpo do Sergio já estava enterrado em Cananeia. Morreu na sexta-feira... O chefe da demolição só disse isso. Eu e o Nortista ficamos na calçada, dava pra ver o entulho nos fundos. O Nortista não quis ir até lá. Vi a prancheta e a banqueta. Encontrei uma régua T e uma paralela, um volume do *Modulor*, livros de arquitetura, história e poesia. Vasculhei mais um pouco e vi uma tela pequena. Era uma pintura a óleo do busto nu da Odete. Os seios são duas peras pequenas. O fundo do quadro é uma janelinha vermelha com grade. Uma pintura estranha... O rosto dela, o olhar sedutor, e a janelinha gradeada atrás... Parecia uma paixão aprisionada. A gente levou essa pintura, as réguas e os livros pro nosso porão. Sergio San era muito querido, e o mais corajoso da república. Martim não sabe que ele morreu".

O gravador emite gritos de um pássaro. As flores e os frutos da trepadeira, o sanhaçu, o sol fraco filtrado pelas folhas, tudo isso faz parte da realidade. Os gritos do sanhaçu cessaram, a fita gira em silêncio na casa do Carmo, nada ilumina o céu: essa escuridão vem de longe, enluta o presente e lança sinais sinistros...

Mariela pegou na bolsa uma lapiseira preta e botou ao lado do gravador.

"Na noite da fuga, Martim esqueceu essa lapiseira na Fidalga, Lina."

"Noite da fuga?"

Ouço a voz da Mariela, mais volumosa: "Uns dias depois da prisão da Dinah, a gente saiu da Fidalga. Só o Sergio ficou lá. Martim foi para a casa do Ox, no Butantã".

As flores da trepadeira escureciam, eu tentava ver coisas que não podia ver, o coração agitado subtraía o pensamento.

"O que aconteceu com meu filho na prisão? E com Dinah?"

"Martim era mais chegado no Nortista e na Laísa", disse Mariela, "mas não falou da prisão nem pra eles. Não sei se o Damiano..."

Voz do Nortista: "Dinah ficou toda escangalhada. Ela me contou um pouco da barbaridade. Martim não falou nada mesmo, nem na Fidalga nem nas cartas de Paris. Sei que Damiano Acante deu muita força pra ele".

"O Ox também", disse Mariela. "Quando visitei nossas amigas em Rondônia, li uma carta do Martim pra Laísa. Ele ia viajar pro interior da França."

"A viagem com a nossa trupe circense", lembrou Anita. "Minha última viagem com Julião... Não tinha mais amor, a gente só se agarrava no ar, depois de saltar do trapézio. Foi no início da primavera. Martim ajudou a montar o cenário e dirigiu o furgão. Eu não queria que ele dirigisse, porque tinha perdido parte da visão de um olho. Durante a viagem, Julião dizia que Martim fantasiava com o olho normal, e via a realidade com o olho machucado. Martim não se chateou, mas ele tava na fossa. Céline, a namorada dele, ficou por um fio. Parece que foi um acidente, uma queda. E quando ela saiu do hospital, deu um chega pra lá nele. Lembro que num sábado fui com Julião no mercado de Aligre e passamos no estúdio do teu filho. Céline nem falou com a gente. Acho que ela acordava e dormia bebendo. Deu um esporro no Martim, disse que as traduções que ele e Évelyne faziam juntos eram um pretexto pra putaria. Martim parecia um cordeiro resignado com a imolação. Ouvia o esporro da Céline e concordava. Acho que ele pensava em outra coisa. Ou era menos cansativo concordar. Eu disse em português que a gente ia voltar outro dia. Céline entendeu, porque gritou em francês: 'Saiam já desse bordel e não voltem nunca mais'. Martim também falou de uma viagem pra Portugal... Foi conhecer os parentes da avó, visitar os vivos e os mortos num povoado do Minho. Em Arles, ele se separou da nossa trupe e pegou a estrada."

"Os mortos e os vivos..." (É a minha voz, um pouco atordoada. Quem são os sobreviventes?)

Voz da Anita: "Depois a gente não viu mais o Martim".

"E ele não escreveu pra mais ninguém", disse o Nortista. "Nem pra mim."

Mariela focou a lente da câmera no meu rosto. Inclinei a cabeça para o chão.

"Você não gosta de ser fotografada? Martim me disse que o tio dele é fotógrafo."

"Ele não sabe que meu irmão foi assassinado, Mariela. Dácio fotografou amigos e parentes. Acho que se recusou a revelar onde guardava essas fotos..."

Voz do Nortista: "Assassinos filhos da puta".

"Estão soltos, vivendo na boa", disse Anita.

Karin acendeu a luz do pátio. Os dois me olhavam, Mariela cobria o rosto com as mãos.

Ouço minha voz no gravador: "Se a polícia tivesse encontrado essas fotos, não sei se eu estaria aqui com vocês".

Não estaria escrevendo neste quarto do Carmo, enlaçada ao passado-presente, ouvindo o canto de notívagos na praça da Liberdade, escutando as vozes dos mortos.

O Nortista me encarou: olhos sem timidez, pretos no rosto machucado mais pela vida que pelo tempo.

"Quando eu fugi pro Chile, levei teu retrato, Lina. Em Santiago, teu rosto não saía do meu bolso. Martim se mandava pro interior de São Paulo e mostrava teu retrato nas escolas de línguas estrangeiras. Depois pensou que você podia estar em Santiago, Paris, Londres..."

"A gente se conheceu numa festa na Lapa", disse Anita. "De manhãzinha vi Martim numa praça. Me mostrou um retrato e disse: 'Vou procurar minha mãe'. Perguntei por onde ela andava, aí ele disse: 'Ela se perdeu para não me encontrar'."

Nós dois estávamos perdidos, imaginando destinos absurdos, como se o encontro da mãe com o único filho fosse um jogo de perdedores. Quantas pessoas, sem chão para viver em seu próprio país, não se sentem perdidas ou desterradas?

Mariela e o Nortista se despediram de mim e da Karin. Anita se juntou aos amigos para festejar o reencontro num bar da Lapa. Vi na mesinha o "Álbum da Fidalga" e desci para entregá-lo a Mariela.

"Tenho os negativos, Lina. Fiz esse álbum pra você. Meu diário da república são essas imagens."

Na sala, Karin falava em voz baixa no telefone. Abri o álbum: Mariela escrevera nomes e legenda no verso de cada foto. *Laísa e Marcela jiboiando no tatame.* Elas se abraçam, amorosamente; *Ox, Dinah e Sergio San na sala da Fidalga*. Ox, de boca aberta, olha para Dinah; Sergio, com a mão no queixo, tem o olhar vago. *O caçador de pombos e o arquiteto.* Foto estranha: Julião segura pelas patas um par de pombos, talvez mortos, de olhos abertos. Na outra mão, uma faca aponta para o peito do Sergio San. Raiva no olhar do Julião, medo no do Sergio. *Uma festa na Fidalga*: Ox dança com Sergio; Laísa, abraçada por Marcela, ri para o par dançante; no canto esquerdo da foto, vi só uma face do rosto do Martim. Esse enquadramento tinha sido intencional?

Numa foto colorida, o rosto grande e redondo de uma mulher: olhar assustado, lábios finos espremidos, uma verruga grande no queixo. No verso li: *Mãe da Laísa, antes de mandar sequestrar e internar a filha.*

Sequestro? Internação de uma filha pela própria mãe?

A juventude passara como uma longa noite em chamas; talvez Karin tivesse contado aos amigos do meu filho algo da minha vida. Quando olhavam para mim, não sei se viam a mãe ainda jovem da foto ampliada por Mariela ou a mulher que já vivera quase meio século.

22.

Karin tirou da mesa um dos três pratos com o talher, mas deixou a terceira taça e a garrafa de vinho. Vi um quadro do Leonardo na parede ao lado do piano, mas fiz outra pergunta: "Anita vai jantar com os amigos?".

"Sim, mas o prato não era para ela. Convidei uma pessoa que vai chegar mais tarde. É uma surpresa. Vou te deixar curiosa."

Levou minha sacola ao quarto onde eu ia dormir. Sobre a escrivaninha de madeira escura, um abajur aceso, um vaso com gerânios, uma jarrinha com água e um copo; nas estantes, livros, partituras, e uma foto da família alemã: Karin, o irmão e os pais. Colônia, 1933. No canto direito, um colchonete, um lençol branco dobrado, um cobertor colorido e um travesseiro. Depois mostrou os dois quartos no andar de cima: o dela e o da Anita.

Estava com fome, e ansiosa para saber quem era a pessoa convidada. Tomei meia taça de vinho, Karin serviu a salada e o risoto. Comeu pouco; de vez em quando, olhava o relógio na parede. Agradeci muito o encontro com os amigos do Martim e lamentei a ausência dos outros.

"É difícil reunir todos, mas um dia vocês vão se encontrar. Tua mãe... o que aconteceu?"

Karin ouviu o que Delinha me contara: o silêncio forçado e o sofrimento da Ondina, a trama diabólica do meu ex-marido.

"Quando o demônio não está por perto, a imaginação inventa."

"Não é invenção, Karin."

Levamos os pratos e as travessas para a cozinha; de volta à sala, ela pegou no meu braço: "Sei que não é invenção, mas sempre aparece algum demônio na nossa vida, e a gente nem desconfia. Esse é o mais perigoso, porque se esconde".

"Você está pensando em alguém?"

"O que você gostaria de ouvir?"

Eu pensava em algum demônio escondido; Karin se sentou na banqueta do piano e percebeu que eu olhava uma pintura do Leonardo.

"Lisandra vendeu essa tela para você?"

"Não, ela me deu de presente. Acho que quis ficar de bem comigo. Liguei para agradecer e aproveitei para dizer o que eu penso sobre o quarto de hóspedes do solar. Pelo menos ouviu. Gosto muito dessa pintura. Os tons escuros e a atmosfera sombria têm alguma relação com o nosso tempo, e talvez com a vida do Leonardo. Lisandra não soube ver nada disso. Ou não quis... Acho que mexeu com ela. Você quer levar o quadro?"

"Não", eu disse, pensando nas palavras da Karin sobre a *Passagem por Ouro Preto*, que contrastava com as telas escabrosas dos *homens da morte*, ainda tão vivos por toda parte.

Karin abriu uma partitura e começou a interpretar *Arabescos para piano*; parou uma vez para repetir uma sequência de acordes, tocada no "tempo errado". Mas a *Valsa do adeus* foi interpretada sem interrupção até o fim, quando a campainha soou brevemente, como um aviso. Karin cobriu o teclado com uma faixa de veludo verde e foi abrir o portão.

Liguei o gravador. Intuía que Dinah seria a surpresa daquela noite. Karin entrou na sala e, alguns segundos depois, vi um homem de uns cinquenta anos, magro e ereto, com uma sacola de couro cru na mão direita, uma garrafa de vinho na outra. Talvez tenha notado minha decepção, como se a presença dele, e não a da Dinah, fosse a chave perdida.

Deixou a sacola no chão, pôs a garrafa sobre a mesa e beijou meu rosto; parecia discreto, mas nada formal, nem tímido; sentou-se na cabeceira e me olhou com calma.

"Teu nome sempre aparecia nas conversas com Martim. Karin me pediu para falar dele e dos nossos amigos. Dinah também queria conhecer você, Lina. Ela está lá em Brasília, infelizmente não pôde vir."

Damiano Acante olhou o rótulo da garrafa de vinho que eu e Karin bebíamos; encheu as três taças: "Anita e Julião... O fim de um casamento em Paris permitiu nosso encontro em Vila Ipojuca. Julião e Martim ficaram na França".

"Hoje eu conheci três amigos do meu filho, Damiano. Nenhum me falou por que ele foi embora do Brasil."

"Ele teve que sair daqui, Lina. Quando Dinah foi presa, falei pro Martim que ele corria perigo..."

Damiano tentou abrir a outra garrafa, a rolha se despedaçou, ele pediu um coador a Karin e me olhou quando perguntei: "Por que meu filho corria perigo? Dinah poderia delatar...?".

Usou o coador para encher a taça dele, moveu a cabeça, num gesto sutil de negação.

"Qualquer pessoa sob tortura pode delatar, Lina. O sofrimento físico e moral leva à alucinação, à loucura. Poucos resistem. Dinah resistiu com toda a dor que um ser humano pode suportar. Martim passou na pensão onde eu morava e disse que Dinah e o namorado tinham sido detidos. O perigo era aquele namorado, o Manholão. Usava máscara de revolucionário, mas só queria se dar bem. Era capaz de passar a perna nos amigos e beijar os inimigos. Falei isso pra Dinah, mas às vezes nem os mais lúcidos querem ouvir. Manholão provocou e humilhou teu filho durante um jantar, os dois brigaram feio no restaurante, e Dinah tomou partido do namorado. A gente sabe que ele dedurou amigos e colegas antes do primeiro ato de tortura. Eu já estava amoitado na casa de uma atriz, no Tatuapé. O Nortista me deu o número do telefone do Ox, Martim dormia lá. Liguei de um orelhão, alguém atendeu e ficou em silêncio. Eu disse que era diretor de teatro e pedi pra falar com o hóspede da casa. Aí ouvi: 'Eu sou o hóspede'. Marquei um encontro às sete da noite. Ele perguntou em qual lugar. Eu disse: 'Na calçada do restaurante onde você amassou o rosto de um canalha'.

"Martim não se surpreendeu com a covardia do Manholão. Disse: 'Dinah me traiu com um traidor, um renegado sem culpa. Mas ele não me delatou. O dedo-duro foi o dono de uma pequena construtora. Eu e um amigo trabalhamos para ele'.

"Um agente do Dops mostrou pro Martim fotografias... Ele e uma mulher num canteiro de obras. Os dois davam panfletos para operários. O fotógrafo foi o mestre de obras da construtora. Ele fez o serviço sujo: entregou as fotos pra polícia e disse que a mulher era francesa. Os policiais queriam o nome do autor dos panfletos e informações sobre a mulher, os contatos dela com brasileiros subversivos em Paris. Martim não revelou o nome da Évelyne Santier, uma francesa que ele conheceu na USP e depois ficou amiga dele em Paris. Disse que ela era turista e que os panfletos eram só poesia. Ele recitava versos e levava choque nos pés, porrada no rosto e ouvia gritos: 'Poetas comunistas, poetas terroristas'. Depois ele perguntava: 'Fernando Pessoa e Manuel Bandeira, comunistas? Rimbaud, Apollinaire, Drummond, terroristas?'.

"Ironizou a bestialidade dos agentes, apanhou muito pelos poetas que admirava. No terceiro dia, escutou gemidos na cela vizinha; ele me disse que alguém ia morrer ou estava morrendo, e se lembrou que tinha um papel dobrado no bolso da calça. Um agente leu o texto, perguntou: 'Você distribui essa porra pra operários?'. Martim disse: 'Pra estudantes também, pra todo mundo'. A poesia foi a salvação. Antes do Martim sair do prédio do Dops, um agente disse para um delegado: 'Esse bosta aí é louco'.

"Ele passou uns dias em Santos e voltou pra São Paulo. Quando me falou da prisão da Dinah e do Manholão, eu disse: 'Você e os moradores da república têm que se dispersar e ficar na moita'. Martim só saiu da casa do Ox para conversar comigo; quando ele via uma Veraneio rondar o quarteirão, pensava que ia ser preso de novo, e que ainda iam arrastar o amigo. Disse pro Martim que era impossível saber se Dinah ia falar da relação com ele em Brasília. Sugeri que saísse do Brasil, mas foi o Ox que convenceu Martim a viajar pra Paris, e até pagou a passagem. Antes da prisão, ele não vivia como um clandestino, mas era perigoso distribuir poemas para estudantes e operários. Martim já era um exilado antes de ir para a França, Lina. O exílio era a literatura. O amor pela solidão. Ele era assim em Brasília, e não mudou em São Paulo e Paris. Dizia que você era esquiva e te chamava de mãe fugitiva. Ele não sabia se você fugia dele ou da polícia."

Lembro o incômodo da Karin com o olhar demorado do Damiano no meu rosto.

"Você e ela se parecem um pouco."

"Ela quem?"

"Dinah. Mas não é só o rosto, os olhos... Quando ela foi presa e torturada, Martim pensou que o teu destino não seria diferente. Ele via os rostos de vocês refletidos no mesmo espelho, Lina. Uma vez, em Paris, ele me perguntou onde estava teu corpo."

Inclinou a cabeça para baixo, uma mecha grisalha cobriu parte da testa alargada e de uma face.

"O que é um nome de uma mãe sem o corpo? O nome de uma pessoa querida... Eu e Dinah queríamos também notícias do Lázaro, um grande amigo de Brasília..."

Minha voz saiu fraca, mas audível: "Lázaro? Martim nunca me falou desse grande amigo".

Damiano mirou a escuridão lá fora; os dedos magros tamborilaram na mesa: batidas fortes, parecia um trote cadenciado. Depois da cavalgada, ruído de borbulho do tinto na taça.

"Você não precisa falar desse Lázaro."

"Lázaro e Martim não eram amigos. Foi uma inimizade, quase até o fim..."

Voz da Karin, também curiosa: "Quase até o fim? Como?".

"Tem uma história antes desse fim."

Tomou um gole, os olhos um pouco nublados fixos na mesa. Ouço o choque da taça na madeira.

"Aconteceu muita coisa entre os dois. Quer dizer, entre os três. Quando Martim foi morar em Brasília, Lázaro e Dinah já namoravam, participavam do movimento estudantil e do meu grupo de teatro. Eram frangotes com pose de adultos, viveram uma paixão com muita tempestade e pouca calmaria. A mãe do Lázaro era mineira, do norte pobre de Minas. Dona Vidinha perdeu os filhos pequenos, só o mais velho sobreviveu. Quando perdeu o marido, foi com Lázaro pra Brasília. Moravam numa favela perto do aeroporto. Eles e milhares de favelados foram expulsos do Plano Piloto e jogados numa área do cerrado, sem nada. Hoje é uma cidade. Ceilândia. A mãe penou pra ver o filho estudar na universidade, felizmente não viu a desgraça... Lázaro tinha o dom dos grandes atores. Era um desses sonhadores que não dormem. Entrou no meu grupo de teatro em 67. Um menino de quinze anos, e já liderava o movimento secundarista. Dizia que a ditadura ia durar muito tempo. Eu e Dinah discordávamos, mas Lázaro acertou, os milicos ainda estão aí... Ele me peitava nos ensaios do grupo. Não quis encenar peças de Oswald de Andrade e de Tennessee Williams porque reescrevi os trechos cortados pela Censura. Lázaro me acusou de falsificar o original e abandonou os ensaios. Dinah via na atitude dele uma exigência ética extrema. O purismo dos justos. Eu concordava, a gente deve fazer o que é possível. Martim não vivia em bando, era um solitário meio perdido em Brasília; quando viu Dinah num ensaio, se encantou com ela. Dinah gostava dele, mas andava muito com Lázaro. Um sentia o amor dela pelo outro, e os dois sofriam, sem saber quem ela amava. Os três passaram..."

"Quem ela amava?"

Damiano passou as mãos nos lábios e deu um sopro, quase um assobio: "Dinah não vivia um sentimento de cada vez, Lina. Passaram um tempo assim: teu filho e Lázaro com essa dúvida, e ela com eles. No início de 73, fiquei escondido em Brasília, perdi o contato com todo mundo. Em abril fugi pra uma fazenda perto de Uberlândia, fiquei um bom tempo em Minas, depois fui pro Rio. Pulava de um lugar para outro, os amigos ou conhecidos me davam abrigo. Quando vim morar aqui, perguntei pra Dinah o que tinha acontecido com Lázaro. Nenhum rumor? Ela respondeu: 'Às vezes um assassinato político não deixa rastros nem rumores. Lázaro foi atraído pelo martírio'.

"Eu não tinha certeza da morte do Lázaro, nem do teu desaparecimento, Lina. Mas o destino de vocês me assombrava. Viajei para a França pouco tempo depois do Martim; peguei um ônibus pra Belém, depois fui de barco até Caiena, passei uns dias lá e voei pra Paris. Trabalhava numa associação em Pantin, a gente ajudava famílias de desaparecidos nas ditaduras latino-americanas. Martim era um dos voluntários. Ficava calado nas reuniões, fechava os olhos quando uma discussão pegava fogo, como se pensasse em alguma vontade que era só dele. Os mais intolerantes se irritavam com o alheamento do teu filho, não entendiam que era um devaneio, um passeio da imaginação. Ele traduzia notícias e escrevia textos pro nosso boletim e publicava poemas num jornalzinho impresso na Itália. Quando ia colar cartazes com o rosto e o nome dos desaparecidos, tinha pavor de ver teus olhos numa foto. Em agosto do ano passado, Martim me mostrou uma lista de exilados na Suécia e disse: 'Aquele teu amigo, o ator de Ceilândia, está vivo'.

"A associação de Estocolmo me deu o telefone do Lázaro; quando liguei, ele perguntou: 'Professor Acante? O grande diretor teatral do cerrado?'. A ironia não diminuiu minha emoção. Você ouve a voz, imagina o rosto e comemora a vida. Aceitou nosso convite para dar uma palestra em Pantin, mas só na segunda quinzena de setembro; ele ia passar uns dias em Milão, e nesse meio-tempo poderia ir de trem a Paris. Combinamos as datas de ida e volta, e numa quarta-feira fui à Gare de Lyon. Todos os passageiros desembarcaram, menos Lázaro. Pensei: perdeu o trem em Milão ou desistiu de viajar. Por que não me avisou? Esperei uns minutos, e nada. Percorri os vagões vazios, ele estava no último, com uma manta de lã no colo. Quando me viu, prendeu a manta em volta da cintura, se levantou e cochichou no meu ouvido: 'Até os companheiros covardes terminam nessa merda'. Perguntei: 'Paris é uma merda?'. Ele afastou a cabeça e disse: 'O exílio, professor Acante'. A manta cobria a calça molhada. A incontinência urinária era uma das sequelas da tortura, e ele tinha esquecido de pôr fralda. Parecia um homem da minha idade. Depois de seis anos entre a prisão e o exílio, ele tinha envelhecido uns quinze. Évelyne, a amiga do Martim, esperava a gente num bar do Marais. Ele não quis hospedar Lázaro no estúdio da Rue d'Aligre, e me pediu pra não falar pro Lázaro que ele morava em Paris. Pediu isso também pra Évelyne. Eu entendi. Não sei se Martim reconheceria o Lázaro da época de Brasília e Ceilândia. Se eles se encontrassem em Paris, acho que iam relembrar aquele período conturbado, quando os dois foram presos numa passeata e depois ficaram cativos da Dinah. Lá no Marais, eu disse pro Lázaro que ele ia dormir no apartamento da Évelyne. Ele fez uma cara de surpresa e perguntou: 'Todos os hotéis de Paris estão lotados? Até as espeluncas de uma estrela?'. Ele tinha vivido cinco meses em Uppsala, antes de se mudar pra Estocolmo. O olhar ainda era altivo; falava como se estivesse exausto, com falta de ar. No dia seguinte, antes da palestra em Pantin, perguntei como ele tinha conseguido sair do quartel pro exílio. Ele falou das três internações no Hospital Militar; na última, pensou que não ia sobreviver a uma hemorragia. O medo dele era perder a voz, emudecer seria a morte. Não por causa do teatro, era a voz em outra atividade. Uma viatura da Polícia Federal levou Lázaro do hospital para a embaixada da Suécia. Era um acordo feito em sigilo. Ganhou roupa, um pouco de dinheiro e um salvo-conduto. Recebeu status de asilado político e foi aconselhado a não manter contato com o Brasil. Ele demorou a entender como isso tinha acontecido."

Voz da Karin: "Como soltaram Lázaro? Quem salvou ele?".

Ouço na gravação uma cantoria de sapos e cigarras, e logo um pigarro; a respiração pesada do Damiano lembra a do Leo na madrugada em que peguei no bolso da calça dele uma tira de papel com um nome, Joana, e números riscados.

"Foi solto pela diplomacia, Karin. Mas antes de ser preso, foi salvo por dona Vidinha, a mãe dele. Ela trabalhava no apartamento do embaixador Faisão. Esse diplomata ajudou Martim e o Nortista, e gostava muito da mãe do Lázaro. Ela cuidou do Faisão quando ele foi perseguido no Itamaraty. Ele era mais diplomata que os inimigos do Palácio, tinha amigos em embaixadas, ministérios, até nas Forças Armadas. Por isso conseguiu tirar o Nortista da cadeia, mas foi muito mais difícil libertar Lázaro. Durante a palestra em Pantin, alguém perguntou da prisão em Brasília. Ele disse: 'Não quero falar em público desse passado fodido. Os milicos não fecharam totalmente meu caixão, deixaram uma fenda e o gênio do mal escapou'. Mas falou da vida dos exilados em Uppsala e Estocolmo, da ajuda do governo sueco, da dificuldade de obter um passaporte. Falava sem amargura, sem dureza no olhar. Um brasileiro quis saber o que ele achava da anistia geral. Lázaro disse que essa anistia dos combatentes contra a ditadura e dos seus carrascos era promessa de uma democracia exemplar, sem violência policial e com plenos direitos civis para todos os brasileiros. Muita gente protestou, mas Lázaro não reagiu à incompreensão da ironia. Depois, no jantar em Pantin, ele conversou com exilados, expatriados e com Justina, então minha companheira salvadorenha. Era uma quinta-feira, ele ia voltar no domingo pra Milão. Me ofereci pra ser cicerone em Paris, mas ele queria andar sozinho. Antes de voltar com Évelyne ao Marais, disse que me ligaria sábado. 'A que horas?' Ele respondeu: 'Espere meu telefonema, professor Acante. Não vou fugir da verdade'. Às três da tarde, me ligou da Rue Mouffetard, sugeriu um encontro às cinco na Place de l'Estrapade e mandou um abraço pra Justina; entendi que eu devia ir sozinho. Ele me esperava num bistrô da pracinha; segurava um copo e lia, concentrado. Quando me viu, tomou um gole de *poire*, deixou a revista *Change* aberta e começou a contar muita coisa que eu não sabia."

23.

“Quando Lázaro estudava na UnB, passava uma parte das férias de julho e janeiro em vilarejos goianos, na região do rio das Almas. Levava livros, cadernos, canetas, caixas de giz, uma lousa pequena; dormia na casa de roceiros, alfabetizava crianças e adultos, doava livros para escolas, ouvia histórias de mineiros, goianos e nordestinos que durante a Segunda Guerra tinham ido trabalhar na Colônia Agrícola em Almas; os mais velhos diziam que as glebas doadas por Getúlio Vargas eram milagres. Lázaro pretendia concluir o curso de letras e depois ir morar em Almas; ia formar um grupo de atores jovens, escrever textos com eles e montar peças. Mas esses planos começaram a mudar logo depois do Carnaval de 73. Ele fazia bico no bar de um conhecido, em Taguatinga; passou a noite da Terça-Feira Gorda servindo bebida pros foliões numa praça perto do bar. Na manhã da Quarta-Feira de Cinzas, Lázaro viu naquela praça um barbudo alto, de cabeça raspada, óculos escuros espelhados.

"'Aquele barbudão careca era e não era estranho, Damiano. Ele chegou perto, tirou os óculos e disse: "Você não se lembra do Amaro, aluno do Colégio Elefante Branco? Aquele corpo parrudo encolheu, mas a cabeça não. O apelido pegou, ainda sou o Elefante. E você é Lázaro, mineiro de nascimento e de coração, candango de adoção, filho da dona Vidinha, de Ceilândia".

"'O cara se lembrava de muita coisa, Damiano. Um baita orador. Eu ia pro Elefante Branco só pra ouvir os discursos do Amaro. Estava ali, sozinho na praça, sorrindo pra mim. Meu colega Amaro Razal, o Amarão, o Elefante. Cabeça pelada, corpo bem mais magro, barba de Tolstói. Cursava o terceiro colegial, era uns dois anos mais velho que eu. Um craque em matemática, as equações mais difíceis eram uma barbada pra ele'.

"Foram tomar café numa padaria. Elefante estudou menos de um ano no Instituto Central de Ciências, abandonou a UnB em setembro de 68, duas semanas depois da invasão policial. Ele saía de uma aula de física quando soldados do Exército invadiram o edifício do Instituto, destruíram laboratórios e levaram dezenas de estudantes para a quadra de esportes. Depois invadiram a sede da Federação dos Estudantes, algemaram e espancaram o Geólogo, uma cacetada espatifou os óculos dele. Foi arrastado até o camburão da polícia..."

"Martim me falou do Geólogo, um líder..."

"Honestino Guimarães foi mais que um líder do movimento estudantil, Lina. Muita gente em Brasília conhecia o Geólogo. Os inimigos odiavam a inteligência dele, odiavam até a voz... Ele exaltava a prática da virtude, sonhava com uma humanidade virtuosa. Era um puro, disposto a morrer, não para defender um ideal, mas pra conservar esse ideal na alma das pessoas. Essa era a essência da luta contra a tirania. Naquele Carnaval, Honestino vivia na clandestinidade, e poucos meses depois foi preso pela sexta vez, torturado e assassinado. Até hoje o corpo não foi encontrado. Lázaro se lembrou das invasões policiais nos anos seguintes, quando o Elefante já tinha abandonado a UnB. Conversaram sobre os limites do movimento estudantil, líderes presos, tantas derrotas... Então Lázaro contou o que ele fazia na região de Almas durante as férias e revelou que ia morar lá.

"Uns amigos do Elefante faziam mais ou menos isso na Amazônia; não montavam peças de teatro... Alfabetizavam seringueiros, roceiros, pequenos agricultores, davam assistência aos doentes. Diziam que os homens que invadiam e queimavam a floresta trabalhavam para grandes fazendeiros e eram protegidos pelos militares; Lázaro logo entendeu que o Elefante e os amigos faziam parte de uma resistência organizada contra a ditadura. Não revelou pra ninguém essas conversas, primeiro em Taguatinga, depois num sítio abandonado, perto de Formosa. Nesse sítio, recebeu do amigo um mapa daquela região da Amazônia, um folheto com instruções de sobrevivência na selva e um revólver. Depois o Elefante começou a instruir Lázaro em treinamentos de combate e sobrevivência. Caminhavam dois, três dias no cerrado, só comiam frutas, e bebiam água de riacho; o Elefante dizia: 'Lá na floresta, o pessoal come tudo o que a fome pede, até cobra e insetos'. Num desses treinamentos, ele pegou o revólver, mirou uma palmeirinha e fez um disparo. Lázaro olhou as asas trêmulas de um jacu, e de repente viu o cano da arma apontado para o peito dele, mas não se assustou. O Elefante queria testar a reação do amigo. Os dois sabiam que o temor e a coragem dependem de certas circunstâncias e do estado de espírito. Eles continuaram os treinamentos até julho; em agosto planejavam viajar pro Pará e morar no destacamento dos amigos do Elefante. Na noite de um sábado, comecinho de junho, Lázaro avistou luzes piscando no jardinzinho da casa de Ceilândia. Pensou numa festa, mas era o brilho das chamas de velas... As mulheres da vizinhança rezavam pela alma da dona Vidinha. Ele passou a noite olhando o rosto da mãe. Não soube dizer por que não chorou. Domingo, depois do enterro, Dinah e o filho do embaixador Faisão foram na casa do Lázaro. Aí Fabius leu uma mensagem de pêsames dos pais, tirou do bolso um maço de notas e falou que era uma ajudazinha da mãe dele. Lázaro disse: 'Quero ver teus olhos antes de agradecer'. Fabius tirou os óculos escuros e ouviu: 'Tua mãe foi bondosa demais com a mulher enterrada. Isso eu devo reconhecer'. Fabius deu um passo para entregar o dinheiro e desabou, sangrando. Lázaro falou sem raiva da raiva que sentiu quando Dinah disse que ele era covarde. 'Sabe o que ela fez, Damiano? Limpou com um lenço o sangue da boquinha do Fabius. Eu tinha vontade de decepar a língua dele e enfiar o dinheiro sujo na goela daquele boçal. A vingança inchava meu peito. Afastei Dinah, chutei o saco daquele varapau, ouvi os gemidos e fui pro quarto. Pensei que Dinah ia deixar aquele rato nojento no ponto de ônibus e voltar. Voltou nada. Eu que me senti um rato no lixo. Não, um rato de volta pro esgoto. Até senti ciúme do Fabius. Tanta baixeza me deu vergonha'.

"Dinah me contou outra versão desse episódio. Não sei qual é a verdadeira. A bebida não embaralhava as lembranças do Lázaro, era a turvação da passagem do tempo, não o *poire*. Meu amigo revivia os vestígios do passado, parecia que contava um devaneio, a bebida gelada era só um estímulo. Dava um gole e resmungava: 'O passado, professor Acante... Não é melhor esquecer essa porra toda?'. Olhava os anjos de pedra da pracinha, depois as páginas da *Change*. Não via os anjos nem lia a revista, talvez pensasse em coisas improváveis, que de repente fazem algum sentido.

"No fim de junho, quando Lázaro saía do campus da UnB, Dinah foi falar com ele. 'Ela não esperava uma reação tão violenta contra a baixaria do Fabius. Não pedi desculpa, Damiano. Continuei a andar, como se estivesse sozinho. Na beira do Paranoá, pensei: o que mais desejo é viver com essa pessoa. Queria dizer isso pra Dinah, mas eu ia desistir da luta, dos meus ideais, e deixar o Elefante na mão? Trair meu amigo Amaro Razal? Falei pra Dinah que ia trabalhar longe de Brasília, e que a gente nunca mais ia se encontrar. Ela perguntou: "Nunca mais...? É um trabalho ou uma tragédia?". Aí ela me puxou pelo braço e a gente entrou na caverna, uma construção abandonada, lá perto do lago. De vez em quando, a gente passava a tarde na caverna, mas lá dentro já era noite. Tardes-noites de amor. Dinah usou as manhas dela pra saber do meu trabalho longe de Brasília. Eu disse que a universidade, o teatro, as passeatas, reuniões, panfletagens, pichações, tudo isso era inconsequente. Ia partir pra uma missão arriscada, não ia lutar por desespero, era um ato consciente, muito pensado, e eu estava preparado. Dinah soltou a cachorrada pra cima de mim: "Preparado? Você acha que pode ser um verdadeiro revolucionário? Um Marighella, um Che, um Lamarca? Você é corajoso, mas não fez milagre pra ser santo, nem tem experiência e maturidade pra ser mártir". E eu não consegui dizer uma palavra, Damiano'.

"Uns dois anos depois, Dinah me falou desse encontro; ela sentiu que o amor e a morte se juntavam naquele adeus na 'caverna' perto do lago, e intuiu que Lázaro seria assassinado. As Forças Armadas executaram os guerrilheiros..."

Ouço o baque de mãos espalmadas na mesa.

"Poucos sobreviveram, Karin. Dinah ainda tinha esperança de que Lázaro fosse desistir. Em julho de 73, ela foi várias vezes pra Ceilândia, viu a casa fechada e pensou que ele já estivesse no Pará. Ela não era amiga do Elefante, não sabia que os dois estavam acampados no cerrado. Em agosto... num domingo de agosto, Lázaro voltou pra Ceilândia, ele ia vender a casa e viajar com o Elefante pro Pará. Passou a tarde daquele domingo no quarto da dona Vidinha, deitado na cama, olhando o rosto da mãe nas fotos tiradas por Dinah. E enquanto observava as fotos, a dor do luto e a culpa cresciam... Uma culpa para sempre. Dona Vidinha se dava muito bem com o embaixador Faisão, mas o filho dele... Fabius se irritava quando Lázaro comentava peças e romances de Beckett e recitava de cor todo o texto de *Fim de partida*. O inferno do Fabius era Lázaro. O filho do diplomata não era ator, ele tinha uma boa biblioteca em casa, mas só o pai lia. Faisão ficou abalado quando descobriu os atos sórdidos do filho. Não foi só a delação do Nortista. Fabius pedia pra mãe dele não aumentar o salário da dona Vidinha. Lázaro soube disso e exigiu que ela largasse o emprego. 'Como eu pude ser tão insensível e cruel com minha mãe, Damiano? Aquela mulher fez tudo por mim, pagou promessa pra ver o filho na UnB, caminhou quinze horas até um santuário em Goiás, aturou por muito tempo a humilhação da mãe do Fabius... Mas não quis brigar comigo e arranjou outro serviço. Foi capinar e cozinhar num sítio perto de Brasília, um trabalho mais pesado, com um patrão duro e salário menor.'

"Dona Vidinha morreu amargurada. Essa é a culpa do filho. Sempre vai ser..."

"Sempre vai ser", repetiu Karin, de um jeito estranho. "Você dizia que Lázaro olhava as fotos da mãe..."

"É, da mãe sorridente. Depois se lembrava do rosto dela no velório. Ele queria esquecer no sono a dor e a culpa. Não tinha chorado durante o enterro nem nas semanas seguintes. Mas, deitado na cama da mãe, com as fotos dela no peito, não se conteve..."

Me lembro do olhar da Karin no rosto magro, voltado para a porta de vidro, que separava a sala da escuridão.

"Como ele bebeu naquele bistrô da Estrapade! Em Brasília só tomava uma cervejinha no Beirute. Acho que começou a beber no exílio. Talvez o frio, a solidão, a melancolia... Naquela tarde em Ceilândia, Lázaro chorou como uma criança humilhada, só bebia lágrimas. Botou as fotos numa gaveta do guarda-roupa, abriu as outras, e na mais baixa encontrou um estojo embrulhado em papel de seda vermelho. Viu um par de brincos de pérolas pretas, um reloginho sem pulseira e um colar de ouro com uma medalha de Nossa Senhora Aparecida. Lázaro disse que o luto se juntou com outra sombra no coração. Ele pegou no meu braço, como se quisesse um apoio, e perguntou: 'Minha mãe roubou essas joias da esposa do Faisão ou ganhou de presente dele? Ela era uma ladra ou uma mulher amada? Até hoje fico angustiado com essa dúvida, Damiano. Nunca tinha contado isso pra ninguém, só falava pra mim mesmo... Você sabe, o solilóquio maluco do exilado. Agora, não sei por quê, contei pra você. Não esperava o que veio depois... Guardei o estojo, pensei em devolver as joias pro embaixador. Aí ouvi pancadas na porta da sala. Você não pode ter sossego, nem no luto. Mas alguém batendo com tanta força e insistência... Pensei que podia ser um aviso, um sinal nas incertezas do nosso caminho, nas traquinices do destino. Podia ser alguma coisa que a gente aprende na vida e lê nos romances'.

"Lázaro não ouviu mais as batidas, ia ficar deitado, mas cismou; botou o revólver no bolso da calça e viu lá fora um homem alto, fardado, apoiado no tronco do ipê plantado por dona Vidinha. O militar segurava o quepe, como se fosse uma bandeja. Era Godo, um colega de infância do Lázaro. Jogavam bola num descampado da favela no Plano Piloto, mas em Ceilândia raramente se viam. Lázaro ficou menos curioso do que apreensivo; Godo pediu desculpa por não ter ido ao velório e ao enterro da dona Vidinha; lembrou que nas festas juninas ela distribuía bolo de fubá, doce de feijão, canjica, paçoca... Pegou no quepe um maço de notas de dez cruzeiros e disse: 'Dona Vidinha me emprestou, mas só agora pude devolver'. Pediu um copo de água e, quando entrou na saleta, Lázaro perguntou se a mãe dele era agiota. O militar riu: 'Agiotagem com dona Maria Vidal? Que papo é esse? Você não conhecia tua mãe?'.

"Lázaro desconfiou de uma cilada; levou um copo e uma garrafa para a saleta, Godo bebeu, olhou os livros na estante e disse que tinha sido reprovado dois anos seguidos no vestibular; desistiu da universidade, foi biscateiro na rodoviária, depois pedreiro no Plano Piloto. Um engenheiro, dono da construtora, gostava do trabalho do Godo e tinha amigos militares. Ele iniciou a carreira no Exército graças a esse engenheiro. Era sargento de uma Brigada de Infantaria Motorizada na capital, e agora ia participar de uma missão de guerra. Uma guerra interna. Disse que sua brigada ia caçar guerrilheiros escondidos na floresta e infiltrados em vilarejos e pequenas cidades; o objetivo da operação era eliminar todos os subversivos: o comandante não queria levar prisioneiros nem cadáveres pra Brasília.

"'Nos treinamentos com o Elefante, aprendi a manter a calma, Damiano. Meu peito formigou quando Godo pegou um livro na estante, leu em voz alta um trecho e disse: "Não li esse romance. Por que esse sujeito estrangulou um homem com uma corda? A gente vai fazer isso com os comunistas, sufocar um por um, com fio de aço ou cipó. Você é professor?".'

"Lázaro disse que trabalhava em bares e dava aula particular; agradeceu a visita e a quitação do empréstimo. Godo prometeu voltar depois da guerra, deixou o livro aberto sobre a mesa da saleta e saiu. Lázaro leu a página da cena do estrangulamento e intuiu que a visita do Godo era um recado."

"Que recado?"

"Fiz essa mesma pergunta, Karin. Lázaro disse que era um recado da mãe. Passou aquela noite em Ceilândia pensando na luta armada e na mãe.

"'Uma luta dentro de mim, Damiano. A razão pra combater os milicos era forte, mas meu coração também pensava. E o coração dizia: a vida. O recado da minha mãe era sinal de vida, não de morte. Escutava uma voz murmurar: "Você deve viver". Era doideira esse murmúrio? Eu imaginava a voz da minha mãe? Não sei. Mas acreditei nas palavras. Acreditei e decidi. De manhã cedinho, fui a Taguatinga, acordei o Elefante e disse: "Amaro Razal, você sabe por que eu vim aqui?". A gente ficou cara a cara, num silêncio horrível. O que o Elefante estaria pensando de um amigo que tinha se preparado durante cinco meses, em absoluto sigilo, para uma missão de vida ou morte? Pensava o que eu pensava? Ele pôs as mãos nos meus ombros, mirou meus olhos e disse: "Sei por que você veio aqui. Uma visita antes do amanhecer não é bom sinal. Só quero fazer duas perguntas: posso acreditar em você? Devo confiar em Lázaro Vidal, filho da dona Vidinha?". Respondi que sim, com força na voz. A gente se abraçou, e eu fui embora sem ouvir a palavra "covarde".'

"Lázaro ainda não sabe o destino do Elefante. Os militares enterravam na floresta corpos de guerrilheiros feridos, de pé e algemados, e deixavam só a cabeça, para a fome dos bichos e insetos... O que ia ser uma guerra interna, foi um extermínio. Lázaro tinha aprendido a manejar uma arma, a sobreviver na mata, mas, no fundo, não queria convencer e arregimentar desvalidos para combater os militares.

"'Minhas atividades em Almas seriam pedagógicas e artísticas. Aprendi muita coisa com você, professor Acante, mas eu tinha, ainda tenho, outra concepção de teatro. Quando eu queria adaptar uma peça de Brecht, você recusava. Era por medo ou opção estética? Lá em Goiás, eu ia trabalhar com uma dramaturgia de aprendizagem, queria romper a barreira entre atores e espectadores. Minha ideia era envolver os moradores dos vilarejos em peças curtas, sem truques de ilusão. Esse era o meu objetivo. Ainda é. A gente não pode sonhar sem coragem.'

"Invejava essa coragem. Lázaro era um dos jovens movidos por um ideal heroico, a febre que move a história. Eu escrevia e adaptava tragédias, mas não queria o trágico na minha vida. Uma parte da cúpula militar parecia embriagada de tanto sangue e violência. Quando eu fugia com uma amiga pra Minas, ela parou na beira da estrada, pintou meu cabelo de cinza-claro e cobriu minha boca com um bigodão grisalho; usei óculos com lentes falsas, mudei de nome e de profissão. Envelheci. Fui outro. Lázaro não fez nada disso, nem fugiu. Foi ele mesmo o tempo todo. O medo é uma sombra na nossa alma; Lázaro não parecia sentir essa sombra, mas sentiu vergonha quando quis contar pra Dinah que tinha mudado de plano. No amor por ela não cabia tamanha desonra. Lázaro se angustiava com perguntas que não conseguia responder. Ele olhou em volta da mesa e disse: 'Minha índole de revolucionário foi interrompida por uma hesitação covarde ou por um estranho apelo materno à vida? Será que me faltava firmeza moral para me lançar totalmente à luta? Não sei se me deixei levar por um melodrama pessoal, nem se seria um combatente lúcido a serviço da grande causa. Pensava na fraqueza moral e dizia para mim mesmo que as circunstâncias pessoais e políticas podem justificar essa fraqueza. Eu estava dividido, Damiano...'.

"Lázaro só escapou dessa gangorra moral quando decidiu viver com Dinah em Almas. Vendeu a casa de Ceilândia pro dono do bar, em Taguatinga; tinha pressa pra mudar de vida, pegou o dinheiro no banco, comprou livros, material escolar, uma maleta e um par de botas. Estava feliz, o amor por Dinah tinha ajudado a superar o luto. Falava um pouco alto, a surdez do ouvido esquerdo era mais uma sequela da tortura. Em Brasília jogava duro comigo. Uma vez, depois da minha fala numa assembleia, me alertou: 'Cuidado com essa cautela excessiva, professor Acante. Quando a gente combate uma ditadura, a moderação pode levar à rendição ou ao conformismo. E isso fecha todas as janelas do futuro'.

"Em agosto de 73, ele ligou várias vezes pra Dinah, alguém atendia e batia o telefone. Na tarde de um domingo, foi ao apartamento na Asa Sul. O pai dela era funcionário de um ministério e idolatrava os generais; hoje, esse economista é mais um pária na capital. Lázaro tocou a campainha, viu a metade do corpo do pai e disse que precisava falar urgentemente com Dinah. Ele escancarou a porta, olhou o rosto e a roupa do Lázaro: 'Urgentemente? Dinah está com o teu amigo Martim. Sabe o que aquele safado fez? Dormiu no meu quarto, na minha cama. Depois fugiu pra São Paulo e ficou telefonando para cá, até minha filha correr atrás dele'.

"Lázaro ficou abatido, mas pediu o número do telefone da Dinah em São Paulo. O pai encostou a porta e minutos depois voltou com a folha de um caderno. Lázaro não viu um número de telefone no papel. Leu: *Dezembro de 1972. Noite antes da fuga*; depois leu frases de uma cena sexual e devolveu a folha pro economista. Aí ouviu um trote na escada, foi agarrado pelo porteiro e garroteado por um segurança; não conseguia mover o corpo, fechou os olhos, espremeu os lábios, mas não foi espancado; o economista disse aos dois homens: 'Minha filha se perdeu com péssimos elementos... Um índio maconheiro, o filho devasso de um oportunista e esse mulato subversivo de Ceilândia'.

"Lázaro foi arrastado escada abaixo. No térreo, o segurança abriu o paletó e mostrou o revólver na cintura: 'Bandidos e comunistas não têm vez na Asa Sul. Na próxima, já sabe...'.

"Aí ele falou do teu filho, Lina. Disse: 'Senti muito ciúme do Martim. Agulhadas com ódio, Damiano. Decorei o que eu tinha lido, como um ator secundário, um bobo, ou nem isso. As palavras dele me atormentaram durante o tempo de prisão e me perseguiram em Uppsala e Estocolmo. Sentia o cheiro da cena lúbrica, ouvia o ruído da chuva, a explosão dos raios, o barulho da tempestade... Podia ver o corpo da Dinah, os corpos acasalados... Martim se vingou do pai dela, e esse cara se vingou de mim'."

Karin se engasgou com um gole de vinho, tossiu e pediu desculpa. Damiano notou meu peito ofegante, minhas mãos entrelaçadas com força.

"Martim deixou aquela folha na mesa do escritório do economista, Lina. Foi uma vingança calculada, mas ele não podia saber que Lázaro também ficaria ferido.

"Lázaro queimou o mapa da Amazônia, o caderno com instruções de sobrevivência na selva, e arrumou as coisas dele na maleta e na mochila; de manhã ia entregar a chave da casa pro comprador e viajar pra Almas. Dormiu o sono do engano, pensando que Dinah amava Martim. Mas dormiu pouco. Acordou com barulho de trovões... Os estrondos não vinham das nuvens, as portas e as janelas da casa estremeciam; Lázaro pensou em Godo, tinha sido ingênuo em acreditar nele. Pensou também no Elefante e se lembrou das palavras do amigo. Sentia raiva de si mesmo por ter caído numa cilada, ia pegar o revólver na mochila, mas os invasores já tinham arrombado a porta. Quatro soldados e um tenente, comandante da operação. Lázaro foi algemado no quarto da dona Vidinha; os soldados vasculharam a maleta: livros, roupa, um par de botas, material escolar; o tenente esvaziou a mochila e examinou cada objeto: um rosário com um pequeno crucifixo, maços de cédulas dentro de uma fronha, fotos da dona Vidinha, um estojo com joias, um revólver com uma bala no tambor e um livro editado em Portugal. Os soldados levaram Lázaro pro jardinzinho, e uns dez minutos depois o tenente apareceu com um livro nas mãos.

"'Já amanhecia. O tenente arrancou umas páginas do livro *Pedagogia do oprimido*, botou as folhas no galho do ipê, pegou a pistola e fez vários disparos; depois os soldados me obrigaram a engolir pedaços de páginas queimadas e de flores amarelas, com cheiro de enxofre. Levei um chute no estômago, vomitei tudo, depois o tenente esfregou a capa do livro no meu rosto e disse que eu nunca ia esquecer aquela lição de pedagogia. O inferno começou no jardinzinho da casa de Ceilândia. A morte antes da morte.'

"No quartel de Brasília, Lázaro não revelou a origem da arma nem o nome do Elefante. O selo da Encontro na capa de *Pedagogia do oprimido* dizia onde ele tinha adquirido o livro. Um missionário da Pastoral da Terra em Taguatinga ajudou a libertar Lázaro. Esse padre dinamarquês conhecia Faisão, mas o embaixador tinha sido internado pela mulher e pelo filho numa clínica em Belo Horizonte. Quando voltou pra Brasília, soube que Lázaro estava preso e incomunicável, sem nenhuma proteção ou ajuda. Faisão conversou com diplomatas europeus e com um general, amigo dele; o inquérito da Justiça Militar acusava Lázaro de porte ilegal de arma, divulgação de literatura comunista e financiamento de atividades subversivas. Ele não esperava recuperar o dinheiro da venda da casa, mas queria as fotos e o rosário da mãe. Não devolveram nada. Disse que na cela do quartel do Exército o tempo passava mais devagar. Ele se angustiava com isso, sabia que alguma coisa horrível podia acontecer nas próximas horas, ou no minuto seguinte. A espera já era uma desgraça.

"Eu morava fora de Paris, ia pegar metrô e ônibus. Na Place de l'Estrapade, Lázaro se aproximou da boca de um anjo de pedra, molhou o rosto e disse que nos primeiros meses do exílio tinha acontecido uma coisa estranha: não conseguia falar, a boca e a língua tremiam, a mandíbula travava, ele emitia sons disparatados, ou ficava gago. Nos momentos mais agudos da depressão, tudo parecia ausente, fora dele. Às vezes chorava, com o pensamento em Dinah e dona Vidinha. Num dia de outono, emudeceu. Fez terapia e se tratou com uma fonoaudióloga. Nas sessões, tentava se comunicar em inglês. Precisou de tempo para descobrir e enfrentar os monstros que causavam tanta dor. No início, só pronunciava frases curtas, como num telegrama. Ficou apavorado com o risco de perder a língua materna: só em português podia expressar os sentimentos. Aos poucos, recuperou essa expressão. Ele tinha estudado espanhol e inglês em Brasília; no exílio aprendeu sueco e um pouco de francês e alemão, trabalhou numa agência de turismo, cuidou de velhos num asilo. Não conversava com ninguém no Brasil, mantinha contatos esporádicos com os comitês de anistia na Suécia. Ele e outros exilados tinham o título de nacionalidade brasileira, mas se recusavam a voltar sem passaporte.

"Na manhã seguinte, fui com ele até a Gare de Lyon. No metrô, contou o que tinha acontecido entre a noite e o amanhecer. Quando entrava no edifício de Évelyne, cruzou com um homem, os dois se olharam e não se falaram. Évelyne já tinha jantado, o prato do Lázaro ainda estava na mesa. Ele disse: 'Vi lá embaixo um cara que conheço: Jaime Dobles. Mas o nome verdadeiro desse cubano é Jaime Dolores'. Évelyne riu: 'Jaime Dolores? Conhece mesmo? De onde?'. Lázaro disse que tinha visto aquele Dobles ou Dolores em Brasília, uma vez só. Eu não sabia que Jaime e Évelyne se encontravam, nem contei pro Lázaro que minha amizade com o cubano estava estremecida. Essa história é outra... Évelyne tinha preparado um prato provençal e a sobremesa: bavarois de framboesas com cobertura de chocolate. 'Comida deliciosa, Damiano. E o vinho branco, um Chablis... Disse isso pra Évelyne, e perguntei como ela falava fluentemente nossa língua. Ela disse: "Sou filha de brasileira. A língua ainda é materna, não é? Falo também espanhol. Eu e Martim traduzimos a quatro mãos".'

"'Pensei em outro Martim, Damiano, mas eu só tinha um na minha memória. Perguntei: "Qual Martim?". Évelyne disse: "Martim Ríos, um querido amigo brasileiro. Só agora posso dizer que ele se exilou em Paris. Não costumo hospedar estranhos, mas Martim me pediu muito. Vocês eram apaixonados por uma atriz, não é? Ainda está magoado com ele?". Notei uma ponta de malícia no sorriso da Évelyne e preferi não responder. Aí ela perguntou se eu estava cansado de tanto andar por Paris. Eu disse: "Não sinto cansaço, sinto dores agudas no coração: *dolores, chère* Évelyne".'

"Combinaram de se ver no café da manhã. Ela deu pro Lázaro um papel com o número de um telefone e disse: 'Martim tem certeza de que você sabe com quem vai falar. Pode ligar daqui mesmo'.

"Lázaro mal conseguia falar com Dinah. A mudez da emoção. Ela só acreditou quando ele disse que era filho da Vidinha, estava exilado na Suécia e de passagem por Paris. Uma amiga do Martim tinha dado o número do telefone. Depois, um contou para o outro o que nenhum dos dois sabia. O tempo, a distância, a prisão, o sofrimento, o exílio, nada disso tinha matado o amor. Durante anos, Dinah pensou que ele estivesse morto, e Lázaro pensava que ela vivia com teu filho, Lina. Ouvi as últimas palavras dele na estação: 'Essa viagem a Paris... Você, Évelyne... Um dia vou abraçar aquele puto do Martim. A gente nasce pra tudo o que acontece, Damiano. Porque tudo pode acontecer, de bom e de ruim, até o quase impossível. A gente tem que acreditar nos sentimentos que nos fazem felizes'.

"Quando ele ia entrar no vagão, perguntei se tinha posto a fralda. Ele riu, chorando de felicidade. No fim do ano passado, conseguiu o passaporte e voltou pro Brasil. Anteontem estreou nossa peça em Brasília. Dinah e Lázaro me ajudaram a escrever o texto; eles pensavam que nunca mais fossem subir num palco... Lázaro só topou quando eu disse que a plateia ia participar da peça. É uma encenação inventiva da nossa vida no país do impasse."

Karin esperou Damiano beber o resto de vinho e abriu uma garrafinha de cachaça; ele reparou no rótulo colorido: trabalhadores num canavial e uma casa-grande desenhados com traços toscos. Arrancou pedaços do rótulo, fez um círculo com as tiras de papel, virou a garrafinha na taça e tomou um gole.

"Teu irmão, tua cunhada... Soube por alto, Lina. Karin me contou. Lamento muito. Acho que Martim ainda não sabe do assassinato."

"É, talvez não. E faz tempo que eu não sei nada do meu filho, Damiano."

Lembro que ele deu outro gole, mais ávido, e os cílios se fecharam; a mão que segurava a taça tremia um pouco, não sei se era o frio, o vinho, a cachaça, ou a mistura de tudo.

Não me ouviu ou ignorou o que eu disse? Então repeti: "Faz tempo que não sei nada do meu filho. Muito tempo".

"Por causa dele... foi também por causa dele que eu vim de Brasília. Sei que ele tem uma questão séria com o pai. Bom, depois eu conto um sonho do Martim. Não conheci teu irmão. Nem Leonardo. Karin também me falou dele. Mas conheci um parente do contra, teu ex-marido."

"Por acaso você viu aquele...?"

"Não foi um acaso. Ele quis falar comigo uns dias depois da explosão. O terror na noite de 30 de abril. Nosso grupo estava bebendo no Beirute quando a notícia do atentado circulou nas mesas. Dois militares iam detonar uma bomba no show do Riocentro. Era um plano brilhante: matar e mutilar várias pessoas e depois culpar a resistência contra a ditadura. A farsa não deu certo, a bomba explodiu no carro e matou um dos militares terroristas. A gente ainda não sabia se o atentado frustrado ia derrotar os milicos de extrema direita. Na dúvida, cancelei os ensaios e adiei a estreia da peça. No feriado de Primeiro de Maio, tudo ainda estava confuso. A gente se reuniu no sábado. Dinah argumentou que as versões oficiais do atentado eram contraditórias, mentirosas, e só confirmavam o embuste. A ala militar mais extremista não ia triunfar. Dinah tem o dom de não perder o equilíbrio, mesmo na escuridão. Falava com a paciência e a lucidez da razão, mas às vezes a gente não sabe o que a gente pensa saber. Eu duvidava um pouco do entendimento da Dinah, via um possível erro no que ela considerava uma verdade. Além disso, nem sempre o raciocínio livra a gente do medo. Quem não teme reviver a angústia do passado? Lázaro olhava calado o palco vazio; ele queria realizar com Dinah o projeto de teatro em Almas. Quando a reunião acabou, ele disse: 'Martim ficou na França. Será que ele previa isso?'. Os atores mais jovens não entenderam, nenhum conhecia teu filho. E eu não entendi quando Dinah disse que ele não ia voltar tão cedo pro Brasil. Não sei o motivo, Lina. Quando perguntei pra Dinah, sem a presença dos outros, ela falou que Martim não temia viver aqui; não podia dizer mais nada, seria uma traição. Deve ser um segredo que amarra os dois. Nó muito apertado não desata. A farsa dos militares terroristas foi escancarada, e o nosso grupo retomou os ensaios. Uma semana antes da estreia, recebi um bilhete com o timbre de uma construtora, assinado pelo pastor Rolf."

"Pastor Rolf?"

"Teu ex-marido. Pastor Rolf do Sacrário. Ele gosta de ser chamado assim. O bilhete era um convite pra tomar um café no escritório dele, às dez horas do dia seguinte. Até pouco tempo atrás, ele era um dos cérebros da repressão. Hoje essas cabeças não têm a mesma força. Estão recolhidas, de molho, mas continuam a conspirar, perigosamente. Fui ao escritório do Rolf. Um segurança me acompanhou até o quinto andar. Sala espaçosa, com janelas de vidro que dão para a praça dos Três Poderes e a Esplanada dos Ministérios. O gramado da praça estava seco, com manchas amareladas. O aperto de mão foi ainda mais seco. Ele apontou uma cadeira de espaldar alto, pegou uma garrafa térmica, serviu café e se sentou diante de uma mesa antiga, de madeira maciça, com gavetas laterais. O rosto na minha frente parecia de cera ou alabastro. Dei um gole no café morno, melado de açúcar, e perguntei como ele soubera que eu estava na capital. Me olhou sem mover a cabeça. O que ele via, além de mim, não sei. Sete fotografias coloridas decoravam a parede atrás dele. Sete templos. O mais recente foi inaugurado em janeiro. É um volume de concreto, meio troncho, com fachada de vidro fumê. O primeiro templo foi construído em Taguatinga. Agora administra sete, no Distrito Federal e em Goiás. Martim não chegou a ver o homem alucinado, pregando para pobres nas cidades-satélites e na rodoviária da capital. A voz dele não era desagradável.

"'Li as reportagens sobre a peça. Foi fácil encontrar o diretor ilustre. Você está hospedado num hotel simples, da época da fundação da capital. Hoje é um hotelzinho simpático. Conheço políticos e ministros que levam putas pra lá. Claro que não é o teu caso, mas você gosta de se esconder. Não descobri teu esconderijo em 73, mas no ano seguinte você foi visto no Rio. Morou na Tijuca, em Laranjeiras, Santa Teresa... Depois se mudou pra São Paulo e dirigiu uma peça. Meu filho foi um dos atores. O outro era Lélio Antunes, o Nortista. Um maconheiro, um imprestável. Eu estava em São Paulo, mas não pra ver aquela peça. Não vou ao teatro, já basta a capital. Aqui a gente representa o tempo todo, até quando dorme.'

"Ele falava com o olhar num porta-retratos no canto direito da mesa. Era a imagem de um menininho moreno, meio mirrado; perguntei a idade do Martim naquela foto.

"'Seis anos. É o meu outro filho. O caçula. Nasceu em Brasília, e não vai se estragar como o irmão dele... o meio-irmão.'.

"Tirou de uma gaveta um álbum que tinha uma sobrecapa de couro com manchas pretas e amareladas. Acariciou o couro, disse que era uma fêmea enorme, buchuda e bonita, mas atacava os novilhos da fazenda no Mato Grosso. A beleza felina não compensava o prejuízo. Aí pegou uma foto do álbum e olhou de novo pra mim. Era um olhar diferente. Tristeza, aflição... e amor. Às vezes a natureza se diverte e joga no mundo pessoas raras. O rosto dele parecia outro, de tão humano.

"'Esse é o Martim, com a mesma idade do caçula. Eu planejava ir a Paris para rever meu filho, mas a avó dele morreu. Ela me cativou desde o primeiro encontro. Faz muito tempo, foi na festa de formatura da minha turma da Politécnica. A filha tinha a beleza da mãe, mas só isso. E eu fiquei amigo da minha sogra. Era uma senhora prestativa, me informava muita coisa. Quando eu ligava pra Paris, Martim não falava comigo, mas bastava ouvir a voz, saber que estava vivo. Sumiu depois da morte da avó. A empregada dela é uma caiçara teimosa e petulante, não quer colaborar. Você é um grande amigo do meu filho, deve saber onde ele está.'

"Eu disse que Martim talvez estivesse na França, no sul da França, mas não sabia a cidade, muito menos o endereço. Falei uma verdade, Lina. Ele me encarou com um olhar desafiador, como se fosse possível me convencer de que eu estava mentindo. Arrancou uma folha de um bloco, com o mesmo timbre do cartão enviado pro hotel, e escreveu um número extenso, com um monte de zeros; me olhou de novo, muito sério. Olhei pro número, sem entender. Aí ele escreveu o símbolo da nossa moeda. Era um valor alto, apesar da inflação. Mais de seis, quase sete mil dólares. Ele tocou o papel com a caneta e disse que vivia muito bem sem o teatro, mas admitia que os atores e diretores precisavam viver, e que ele não podia viver sem o filho. Aí ouvi a voz de um profissional e de um pai, sem sinal de cinismo: 'Tenho mil defeitos, e você deve ter alguns. Mas sei guardar os grandes segredos. Além disso, certas feridas se curam sem deixar cicatriz'.

"Acreditou que eu hesitava, esperou um pouco, traçou uma linha em volta do número: 'Você está pensando em outro valor?'. Ele devia subornar militares, políticos, burocratas... Mas, um diretor de teatro? Repeti: 'Não sei nada do Martim'. Rolf falou que eu ia me arrepender. Tentava olhar sem medo pra ele, mas não sentia coragem no meu olhar. Como enfrentar aquele sujeito? Só restava a palavra. Então falei que as ameaças dele não me amedrontavam. Riscou os números, amassou o papel e disse: 'Se você for inteligente, vai sentir muito medo. Não hoje... Esses generais covardes enterraram a revolução de 64. Quando os verdadeiros patriotas voltarem, você e todos da sua laia vão ficar apavorados'.

"Dei uma risadinha e pensei: os patriotas mais ferrenhos querem decretar a eternidade da ditadura. Rolf não se chateou com meu riso, nem se exaltou. Sabia controlar a voz, disfarçar o ódio. Ele não gostava de teatro, mas que ator! Lembro que fiquei tenso quando ele disse com a mesma frieza: 'Muito bem. Você está dirigindo os ensaios de uma peça que vai estrear com brilho. Os atores, os dois principais... Uns anos atrás, peguei esse Lázaro em Ceilândia; meus amigos de São Paulo pegaram a moça. Os dois aguentaram o tranco com firmeza, não desembucharam muita coisa. Você sabe, essa Dinah era namorada do meu filho, ela envenenou a cabeça dele. Era bonita e exibida, gostava de mostrar as coxas, os peitos. Não sei como ficou depois. Ninguém sai o mesmo depois do batismo. O outro era mais perigoso, fazia treinamento de guerrilha no cerrado, estava louco pra matar militares e explodir a pátria'.

"Rolf contou como agiu pra prender Lázaro. Foi uma ação planejada. Parece que Godo não participou disso. Ele e Amaro Razal, o Elefante, não foram citados. Em todo caso, não perguntei nada. Teu ex-marido recebia relatórios e fotos de reuniões de pastorais católicas em cidades do Distrito Federal. Lázaro, o livreiro Jorge Alegre e um amigo dele eram ativos nessas pastorais. Esse amigo era o informante. Rolf disse: 'Na nossa comunidade de informações, tem companheiros que traem os companheiros de vocês. A gente também defende uma causa. Não é isso que vocês dizem: a luta por uma causa? Só que a gente tem muito mais força, tecnologia, recursos financeiros... e propaganda à vontade. Você não aceitou dinheiro pra dizer onde está meu filho. É orgulho? Alguma merda moral? Então vai saber de uma coisa. Poupei a vida da mãe do Martim, uma mulher...'.

"Olhou para baixo, prendeu os dedos de uma das mãos na outra e fez com muita força um movimento de tração, como se quisesse romper alguma coisa dentro dele. Separou as mãos e disse: 'Não quis acabar com a vida daquela mulher, é verdade. Mas ela sofre, e vai sofrer muito, pelos outros. O irmão… e a cunhada de mentira, a ruivinha subversiva. Dizem que foi esperta e escapuliu. Será?'."

"Você ouviu isso? Tem certeza?"

"Eu tentava entender se era isso mesmo, Lina. Vi na mesa uma águia de metal com bandeirinhas do Brasil e dos Estados Unidos, pensei em pegar a peça de bronze e retalhar o rosto de cera do assassino. Ele notou meu ar atônito, talvez meu instinto. Minha reação foi um pouco patética. Tomei o resto do café frio, fiz uma careta de asco, me levantei; ele também ficou de pé. Perto da porta ouvi a voz dele, meio fraca: 'Diga para a mãe… aquela mulher…'.

"Virei o corpo e vi os olhos vermelhos no rosto de um homem comum. Ele repetia 'aquela mulher'… Era uma voz sufocada, desespero de apaixonado."

O barulho de um caminhão de lixo na rua abafa o estrídulo dos grilos e a voz da Karin; quando o barulho lá fora cessou, ela perguntou de novo.

"*Desesperro* de apaixonado?"

Desesperro traiu a pronúncia até então perfeita da Karin. Lembro o rosto ruborizado da pianista, os olhos nos meus. Toquei minha testa, meus braços, senti um bafo de febre.

Apertei a tecla da pausa, voltei a fita, anotei o que escapara à transcrição, passei horas reescrevendo e organizando a fala do Damiano. Ouço sons da natureza e minha voz: "Aquele criminoso sabia que você ia me ver?".

Karin respondeu: "O Nortista me deu o telefone do hotel em Brasília, Lina. Conversei duas ou três vezes com Damiano".

"Será que essas conversas foram gravadas?"

"Não sei, Lina. Acho que ele não conhece Anita nem Karin, mas sabia que eu estava atrás de você. Ainda segue teus passos, perdeu a pista do Martim, mas é capaz de ir muito longe... Não vai desistir. Em setembro do ano passado, Martim me contou um sonho. Ele tinha saído da casa da Évelyne e percebeu que estava sendo perseguido por um homem engravatado. Correu nas ruas estreitas do Marais até a Bastilha, depois andou na calçada do canal, entrou na Rue Saint-Antoine e parou na feira da Rue d'Aligre. Não viu mais o perseguidor, aceitou um figo de um amigo feirante, abriu e devorou a fruta. Quando entrou no estúdio, o homem engravatado estava sentado diante da mesinha. Era o pai, lendo as 'Memórias' do filho.

"Depois desse sonho sem palavras, Martim cismou que o pai dele ia aparecer em Paris. Ele me disse isso no nosso último encontro, no finzinho do ano passado. Os livros estavam em caixas de papelão, e a roupa numa mochila azul. Martim falou da peça encenada por ele e pelo Nortista em São Paulo, me acusou de mentiroso, disse que eu não tinha escrito o texto. Leu isso no diário que roubou da Anita. Dinah escreveu esse texto quando viajava pela Europa. Cortei um trecho do monólogo do Martim sobre a tua morte. Dinah queria que ele encarasse a verdade, mas eu intuía que você estava viva. Era um pressentimento, uma crença quase mística, alguma coisa que a gente não sabe explicar. Martim também alimentava essa crença, mas com o sentimento dele. Lembro que me aproximei da mesinha para ver uma escultura de metal. Era uma estatueta nigeriana, amuleto das viagens do Martim, desde a fuga de Brasília. Aquela divindade feminina não era um fetiche, parecia viva para ele. Ao lado da estatueta, li teu nome e uma mensagem para você num papel de carta. Pensei que vocês mantivessem uma conversa secreta, mas era outro tipo de correspondência. Talvez Martim só veja você no espelho da memória. Ele pegou teu retrato na parede, botou ao lado do papel e cobriu com a mão o corpo da estatueta. Martim não pôde conter a emoção, Lina. Ele disse: 'Treze anos, Damiano... O sofrimento pode ter seus valores, mas quem quer sofrer? Minha infância foi detestável, quis riscar esse tempo horrível da minha vida. Me sentia órfão de pai, filho de ninguém, cúmulo da miséria... Vivi meus piores delírios quando era criança, e só depois entendi meus sentimentos. Esse foi o meu outro exílio, e o mais sofrido. Escrevi para Lina durante todo esse tempo, cartas e mais cartas com todos os meus sonhos desregrados... e com a imaginação, nossa liberdade. Uns dias atrás, rasguei tudo. Não queria ser um missivista sem destinatário. Mas guardei minhas memórias de Brasília, São Paulo e Paris. Como é possível sobreviver sem fabular?'.

"Ele largou a estatueta, foi até a janela e ficou de frente para a noite gelada. Ia deixar os livros com o zelador e viajar com a trupe da Anita e do Julião. Antes de eu sair do estúdio, quis saber o que ele ia fazer depois. Ele me olhou e perguntou: 'Depois quando, Damiano? Que tempo é esse?'. Eu disse: 'Depois dessa viagem você vai trabalhar com Évelyne em Paris? O que você pensa fazer futuramente?'. Quando a gente se abraçou, ele disse no meu ouvido: 'Futuramente, Damiano? O tempo presente é a nossa sina. O futuro é um devaneio da nossa esperança'.

"Saí do estúdio com a lembrança dessa frase e a impressão de que ele não esperava mais rever você, Lina. Do outro lado da Rue d'Aligre, vi o rosto dele, embaçado pelo vidro da janela. Eu tinha falado do futuro porque queria voltar pro Brasil com Justina. Ela trabalhava numa comunidade eclesial de base e conhecia Óscar Romero, o arcebispo de San Salvador. Justina está deprimida com a catástrofe social e política no país dela. Em março do ano passado, Romero foi assassinado dentro de uma capela por policiais de um esquadrão da morte. A família da Justina mora em El Salvador, e um dos irmãos está sumido. O consulado brasileiro em Paris negou o visto para ela, uma exilada política. Minha ideia era ir de avião pra Caiena e depois de barco pra Belém. O mesmo trajeto da minha viagem para o exílio. Mas ela não queria viver no Brasil como uma clandestina. Quando eu disse que a ditadura estava agonizante, ela imediatamente replicou: 'Na América Latina e no mundo todo esses monstros fascistas agonizam, mas não morrem. E o que é pior: voltam com força'. Talvez, mas minha cabeça já estava aqui, queria montar uma peça, rever os amigos, falar nossa língua... Apesar de tudo, tinha sede de Brasil."

Minha voz, arrastada pelo efeito do vinho, saiu um tanto agressiva: "Anita não viu mais meu filho, Damiano. Você disse para aquele criminoso que Martim podia estar no sul da França. Como soube disso?".

"No último telefonema, Justina..."

Uma vibração na porta de vidro cortou a voz do Damiano, o vento agitava as folhas da trepadeira, senti o bafo febril, mais forte, e esperei os primeiros latejos na cabeça.

Damiano pôs a sacola de couro no colo, pegou um pacote e me olhou, as pálpebras um pouco caídas.

"Telefonei pra Justina no mês passado. Ela recebeu um envelope grande endereçado a você, colocou nesse pacote e me enviou. Karin me pediu para entregar em mãos essa encomenda do Martim."

Em que Damiano pensava, no último olhar daquela noite? Karin percebeu que eu queria ficar sozinha e me acompanhou ao quarto do térreo. Rasguei a aba do pacote e tirei um envelope grande e pardo, postado em Perpignan.

"Parece que você não está bem. É aquela enxaqueca barulhenta?"

"É só um pouco de febre e cansaço, Karin. A viagem, os amigos do Martim, Damiano... Vou tomar um analgésico."

"Isso diminui a febre, mas não a emoção, Lina. Esse envelope... Amanhã você me conta... se puder contar."

Karin desceu para abrir o portão; escutei passos no pequeno pátio e a voz da Anita: "Damiano?". Abri o envelope, peguei um calhamaço atado por uma fita vermelha e me sentei diante da escrivaninha. As vozes na sala, mesmo abafadas, me incomodavam. Depois, no silêncio, as "Memórias" de Martim me impediram de dormir. No fim da noite, li o trecho de um capítulo, escrito em maio, há quase dez anos: *Não sei quase nada da tua vida, mãe... Quem, o quê, proíbe nosso encontro?*

Martim usou outras palavras na carta que me enviou naquele mês. Devo acreditar no autor das "Memórias" ou no filho que escreveu aquela carta?

Amanhecia sem sol, meu corpo sem febre. Queria continuar a leitura aqui, na casa do Carmo, sem ninguém por perto. Deixei na escrivaninha um bilhete para Karin, peguei minha sacola e fui até a sala: a garrafinha de cachaça e as taças, vazias; os pedaços do rótulo, antes em círculo, dispersos sobre a mesa; a sacola de couro do Damiano, no assento da cadeira. Contornei o piano, observei de perto a *Passagem por Ouro Preto*: no canto inferior direito, um menininho ergue a cabeça para um balão amarelo, que lembra uma lua ascendente; e só então percebi — ou imaginei —, na névoa adensada acima da pequena esfera amarela, as feições esfumadas de um rosto envelhecido.

Delinha confirmou sua visita a Ouro Preto na Semana da Pátria. Ficou desapontada por eu não ter visto Dinah, mas logo se animou quando eu disse que ia passar o chalé do Macuco para o nome dela: Maria Délia dos Santos Almada.

"Tua mãe não ia gostar disso, Lina. Seu Mariano, não sei. Você teve notícias do Martim? E o Dácio, o corpo...?"

"Martim está em algum lugar da França, ninguém sabe onde. Não sei nada do meu irmão, Delinha."

Nossa conversa se encerrou em silêncio.

Ontem terminei de reler os manuscritos de Martim. No fim da primeira parte, ele foge de Brasília para Goiânia com a culpa de um desertor. Minha fuga da capital — também por Goiânia — foi temerosa e frustrante, mas não me sentia uma desertora culpada. A deserção é uma recusa a algo que nos faz sofrer, nem sempre é um ato covarde, às vezes é uma aprendizagem. Nas "Memórias", "Lina" e "mãe" são personagens ou eu mesma? Será que as cartas e os diários dos amigos do Martim não foram reescritos por ele, "ladrão de memórias alheias"?

Quis ler, pensando assim: a vida dele e a dos amigos *podem* estar nessas "Memórias", com a imaginação de cada um, e com a linguagem do autor. Por que datilografou com fita vermelha essa fala da Dinah?

Você não deve desistir de amar a vida, Martim, e esse amor não pode se limitar à tua mãe.

Em Arles, ele deixou o grupo circense e voltou para Paris, morou no apartamento de exilados angolanos, que o hospedaram nas primeiras semanas do seu próprio exílio. Ele soube da morte da Ondina e partiu de novo, mas no quartinho de teto inclinado na Rue de la Goutte-d'Or terminou as "Memórias" com uma pergunta: *A memória só faz sentido depois do esquecimento?*

Essa pergunta me levou a outra: a memória escolhe o que ela esquece?

Meu ex-marido percebeu o que sempre me recusei a admitir, como certas mães que, talvez inconscientemente, teimam em permanecer incrédulas diante de uma verdade. Sim, a memória pode ser ardilosa quando decide esquecer. Há lembranças que aparecem lentamente, como uma gota no orvalho; outras surgem num átimo: lampejo em dia escuro. Hoje cedo me lembrei de uma tarde no Paraíso. Era sábado, Martim jogava bola no Clube Armênio; o pai dele entrou na sala e me disse, com uma voz tensa: "Um filho não olha para sua mãe como Martim olha para você. Ele se comporta de um modo estranho. O que está acontecendo?".

"Nada", respondi com raiva.

"Tem alguma coisa nesse nada."

Menos de um ano depois, durante uma noite bruta, Martim correu para me proteger e levou uma bofetada do pai. Fui dormir com o meu filho, nossos corpos feridos e humilhados na cama estreita. Reparava no rosto inchado, que me olhava do jeito que o pai dele estranhava. Fechei os olhos para não pensar naquilo, fiquei desnorteada, e logo inquieta com tantos beijos e carícias; podia ser amor do filho que procurava proteção no meu corpo, mas esse filho já não era criança. Acordei no chão, assustada, tentando entender o que tinha acontecido naquela noite, dizendo a mim mesma que eu devia suportar tudo, e que as mães buscam no amor aos filhos e na felicidade desse amor a força para lidar com os problemas deles. Mas Martim desejava bem mais do que uma mãe podia dar a um filho, e eu pensava — *queria pensar* — que ele talvez não tivesse consciência disso. Meu erro, engano ou cegueira foi ter sido cúmplice da atitude dele, que o pai considerava uma doença mental; para "curar" essa doença, recorria a castigos, surras, humilhações... Mas quando Martim era bebê, o pai chegava mais cedo do trabalho e o levava no carrinho ao bosque perto do quartel ou ao Ibirapuera, e eu me entregava às lembranças do meu amor por Jonas. Antes mesmo da adolescência, meu filho se apegou cada vez mais a mim, como se sentisse medo de perder algo remoto e profundo.

É preciso dar tempo ao passado. A leitura das "Memórias" deu algum sentido a tanta coisa esquecida; agora nem todas as dúvidas são vazias. Quando reli a última página, me fixei na pergunta do fim, mais opaca que a folha de papel. Foi então que notei marcas de palavras no verso dessa página, que eu julgava virgem. Virei a folha, vi a caligrafia deitada, sem os rabiscos de inseto da última carta, que Leo, pelo menos em parte, deve ter decifrado.

Ia enviar apenas as "Memórias"; mas, movido por um alento de assombro, escrevi esta breve confissão, que você pode ler em voz alta, como se fosse lançada ao ar: palavras de um verdadeiro fim.

Quando Ondina morreu, vim para o sul da França, numa andança lenta e sem destino. Passei pouco tempo em Perpignan, agora estou em Cerbère, a poucos passos do Mediterrâneo, e já disposto a partir, se for possível ir a algum lugar.

Nossa morada é terra de ninguém, Lina. Já não me interessa saber onde você mora, ou se ainda vive com Leonardo. Paixões proibidas nos crivam de culpa, mas nem sempre são monstruosas ou abjetas. Tua vida antes do casamento é um mistério, mas sei que você se casou sem amar, num ato de desespero ou fraqueza. Não me considero filho de um homem jamais amado por uma mulher que eu não amei como filho. Agora vivo na solidão de uma liberdade sonhadora, que talvez me ajude a apagar, não tua existência, mas esse desejo, surgido não sei quando nem como. Toda paixão verdadeira é uma vertigem perigosa.

Meu destino será tão incerto quanto os caminhos da errância, e essa incerteza talvez seja o canto profundo da minha liberdade.

Eu ainda tinha um fio de descrença no que eu mais temia, mas esse fio foi rompido, e a descrença, dissipada. Era esse o segredo entre Dinah e meu filho, o enlace de serpentes que os unia e sufocava? Será que ela afirmava que eu estava morta, só para que Martim acordasse de um pesadelo e voltasse a viver?

Ao contrário do que eu pensava, a tela branca pintada por Leo não é destinada ao criminoso que meu filho nega ser seu pai. Penso que Leo excluiu essa tela da *Galeria dos homens da morte* para que Martim não se juntasse aos facínoras. O emaranhado de fios em relevo que formam um labirinto no fundo branco talvez aluda à loucura: razão da existência do meu filho. Será que o tempo não passou por ele? Como foi possível desenganar o tempo e alimentar por tantos anos essa paixão? Ele não saberá nada da minha vida com Leonardo, nem da minha história com Jonas e das pessoas ao *meu* redor.

Agora não sou mais prisioneira da tua ausência, Martim, nem pedirei a você uma litania de perdões. Mas se essa vertigem perigosa não for banida do teu coração e da tua imaginação, tua vida será um exílio sem fim…

Agradecimentos

Sou extremamente grato a Ruth Lanna, João e Gabriel, aos amigos e editores Luiz Schwarcz, Emilio Fraia, Márcia Copola, e aos amigos de Ouro Preto, que, de alguma forma, me ajudaram a escrever este romance: Ângelo Oswaldo de Araújo Santos, Daiane de Oliveira Gonçalves, Gabriel Luz de Oliveira, Guiomar de Grammont, Marcia Osorio, Mônica Gama, Paulo Antônio de Souza, Roberto Sussuca. Agradeço o apoio da Universidade Federal de Ouro Preto (UFOP).

Eu vi a cidade sóbria
Medida na eternidade,
Severa se confrontando
À cinza das ampulhetas,
Sem outro ornato apurado
Além da pedra do chão.
Eu vi a cidade barroca
*Vivendo da luz do céu.**

* Murilo Mendes, "Flores de Ouro Preto". In: *Poesia completa*. São Paulo: Companhia das letras, 2025.

1ª EDIÇÃO [2025] 3 reimpressões

ESTA OBRA FOI COMPOSTA PELO ACQUA ESTÚDIO EM MERIDIEN E IMPRESSA PELA GRÁFICA BARTIRA EM OFSETE SOBRE PAPEL PÓLEN DA SUZANO S.A. PARA A EDITORA SCHWARCZ EM JANEIRO DE 2026

FSC
www.fsc.org
MISTO
Papel | Apoiando o manejo florestal responsável
FSC® C105484

A marca FSC® é a garantia de que a madeira utilizada na fabricação do papel deste livro provém de florestas que foram gerenciadas de maneira ambientalmente correta, socialmente justa e economicamente viável, além de outras fontes de origem controlada.